Peking-Der Leere Thron

Ernst Cordes

闲置的

皇城

20 世纪 30 年代
德国记者眼中的
老北京

[德] 恩斯特·柯德士　著

王迎宪　译

北京大学出版社
PEKING UNIVERSITY PRESS

图书在版编目（CIP）数据

闲置的皇城：20世纪30年代德国记者眼中的老北京/（德）恩斯特·柯德士 (Ernst Cordes) 著；王迎宪译.—北京：北京大学出版社，2019.5
ISBN 978-7-301-28069-0

Ⅰ.①闲⋯　Ⅱ.①恩⋯　②王⋯　Ⅲ.①游记－作品集－德国－近代　Ⅳ.① I516.64

中国版本图书馆 CIP 数据核字（2017）第 024540 号

书　　　名	闲置的皇城：20 世纪 30 年代德国记者眼中的老北京 XIANZHI DE HUANGCHENG: ERSHI SHIJI SANSHI NIANDAI DEGUO JIZHE YANZHONG DE LAOBEIJING
著作责任者	[德] 恩斯特·柯德士 著　王迎宪 译
责 任 编 辑	张丽娉
标 准 书 号	ISBN 978-7-301-28069-0
出 版 发 行	北京大学出版社
地　　　址	北京市海淀区成府路 205 号　100871
网　　　址	http://www.pup.cn　新浪微博：@ 北京大学出版社 @ 培文图书
电 子 信 箱	pkupw@qq.com
电　　　话	邮购部 010-62752015　发行部 010-62750672　编辑部 010-62750883
印 刷 者	天津联城印刷有限公司
经 销 者	新华书店
	787 毫米 × 1092 毫米　16 开本　19.5 印张　200 千字
	2019 年 5 月第 1 版　2019 年 5 月第 1 次印刷
定　　　价	66.00 元

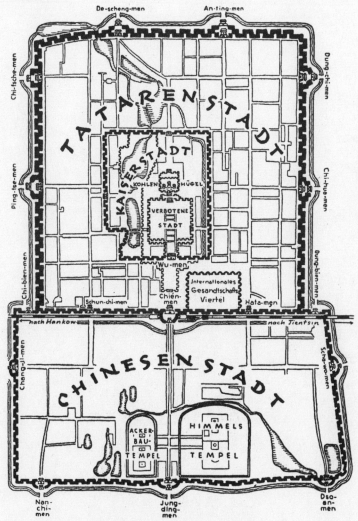

德文原书绘制的 20 世纪 30 年代老北京地图

目 录

好一幅老北京《清明上河图》!

　　"好一幅老北京《清明上河图》!"这是我读完《闲置的皇城》一书后的由衷感叹,何况这幅绘声绘色、生动可读的《清明上河图》还是由一位蓝眼睛、高鼻梁、金头发的"老外"描画出来的!

　　可不是吗?

　　一如传世珍品《清明上河图》的表现手法,睿智的作者也采用中国画传统独到的"散点透视"技法,摄取了二十世纪三十年代老北京——北平(当时的北京被更名为"北平")的城郭景致与人文风貌。

　　瞧瞧这精彩纷呈的画面:这里是恢宏壮观、金碧辉煌的皇家紫禁城,那里是青砖灰瓦、闹中取静的平民四合院;这里是人声鼎沸、百肆杂陈的传统庙会,那里是车水马龙、店铺林立的前门大街……在狭小的胡同巷里,晃悠着农历七月十五祭祖驱鬼的莲花灯火和街头小贩孤独寂寥的身影;在典雅秀丽的皇家公园里,耸立着珍珠般镶嵌在青山绿水间的亭台楼榭和巍巍古塔;在云雾缭绕的山崖上,京城阔少在豪华的山庄别墅指点江山、纵论国事;在荒凉偏僻的乡村里,昔日位高权重、晚年穷困潦倒的清末大太监们在悲凉凄苦地诉说。老人展、"地狱秀"、中元节……天桥把式、洞房花烛、新春欢庆……皇宫、城墙、寺庙、军营、农舍、餐馆、酒吧、商店……官吏、僧人、商贾、市民、欧洲游客、学生、车夫、郎中、警察、乞丐……觅食的牲猪、嚼草的灰驴、狂吠的恶狗……春天的花蕾、夏日的骄阳、金秋的落叶、严冬的雪花……形形色色，林林总总，作者纵横驰骋、细致入微的笔触，可谓揽括了老北京的方方面面，画尽了皇城的气派和风流！

不仅如此，在"画面"的结构上，作者也做到了繁而不乱、长而不冗、大而不臃。首尾呼应、段落分明、思路明晰，随意识而流动的写实风格，更是给人以一气呵成的整体感、身临其境的亲切感。大到盖世皇城的蔚为壮观，小到普通农妇的举手投足……既有具体形象的生动描述，也有情感宣泄的浪漫遐想，人与景、动与静、大与小、疏与密、聚与散等细节元素，都处理得灵动巧妙、有机得当，充分体现了作者非凡的洞察力和谋篇布局的高度驾驭能力。

面对《闲置的皇城》描绘出的这样一幅纤毫毕现、栩栩如生的老北京《清明上河图》，又怎不叫人叹为观止呢？！更何况画作《清明上河图》还只是一纸二维的平面视图，而置身于《闲置的皇城》，您听得见对话，看得到动静，一如生动的 3D 影视，营造出的是一个更为美妙的三维立体欣赏空间！

我读过不少外国人写的关于中国社会写真的纪实著作，大都有泛泛而谈、隔靴搔痒之嫌，可读恩斯特·柯德士先生的大作，会使人产生一种颇中肯綮、淋漓酣畅的快感。老北京的历史、民俗、文化……他能随手拈来，且信笔由缰地评说、解读。夹叙夹议的文风，不仅道出了他高超的写作技巧，还饱含着他对中国和中国人的一份了解和理解。

在对历史的陈述中，作者没有平铺直叙，将"北京生平"简单化、公式化，而是通过八旗王子的一番慷慨陈词，引导着读者的思绪游弋在历史与现实之间，在历史事实的接受中感悟现实。一则明朝皇帝自尽情节的描述，更有野史不野、借古讽今的借鉴与隐喻之效果。

作者更擅长写民俗，在四合院里欢庆传统佳节，在农家院里领略婚嫁习俗，在"人间地狱"里接受道德说教，还有乡村郎中有关"狐狸精"附体的荒谬诊断，以及"童子尿抗御感冒"的诡秘医道……您再读《吴太太上街购物》一篇，梳妆台前一丝不苟的打扮、黄包车上目不斜视的冷艳、水果店里讨价还价的镇定，把一个讲究、孤傲、精明的北京女人刻画得真是惟妙惟肖、入木三分。

而推崇北京文化更可以说是《闲置的皇城》一书的重中之重了。读读《北京的灰尘》吧："北京的整个文化历史都沉淀在这尘埃沙粒之中……只有了解了中国的历史，才不会对'北京灰尘'产生偏见。这种灰尘其实并不是什么脏东西，而是碾碎了的东方文化的一个最小载体……是经过了几千年艰难曲折的高度文化熏陶，经潮起潮落研磨而成的颗粒、灰尘、细粉。历史沉淀、隐藏在这尘粒之中……在我的眼中，它不是渺小的，而是巨大的、雄伟的，象征着宏伟壮观、被岁月摧毁了的古老皇宫和殿宇！世界上没有哪一个地方有这种尘粒，只有在北京：精细的、粉尘式废墟！相比之下，其他任何一个地方的文化遗存都太过直接、粗糙，其组成部分还都是一块块可见的石块。而在北京，则是这些精微细腻的尘粒……"这精彩绝伦的评说，这发自内心、不乏理性的由衷赞美诗又怎不叫人拍案叫绝呢！要放在今天，这别样的移情、痴迷的偏爱，怕会使长期受沙尘暴和雾霾侵扰的北京人忍俊不禁。但它确实也从另一个角度告诉我们一个事实：几千年沉淀下来的厚重文化底蕴才是北京皇城的根本魅力之所在。

《闲置的皇城》中还有很多值得读者留意的地方，诸如对肆意毁我圆明园的英法联军野蛮行径的鞭挞、北京人对日本侵略者的蔑视和痛恨，还有作者对北京下层劳动人民寄予的深切同情等。

作为读者，我诧异，一个外国人竟能把北京城和北京人写得如此深情、真切！作为译者，我折服，恩斯特·柯德士先生如此熟谙中国人独到的、特有的心灵姿势和生命律动，真不愧是一位知我九州、懂我华夏的"中国通"。

据我所知，作者的父亲就是一位地地道道的"中国通"。众所周知，发生在 1900 年 6 月 20 日北京东单牌楼的、德国公使克林德遇袭身亡事件，是直接引发震惊中外的八国联军侵华事件的导火索，而作者的父亲海里希·柯德士（Heinrich Cordes）作为克林德的贴身翻译官，当时就在被杀公使克林德身边，是现场目击者。在《闲置的皇城》一书中，作者首次披露了他父亲亲历这一事件的日记节选，为今人廓清这层历史迷雾提供了不可多得的第一手资料。作者从小在天津长大，能说一口流利的中国北方话，其母亲也有一半的中国血统。正是这非同寻常的家庭背景成就了他浓郁的中国情结，使他对中国人民有着与生俱来的亲切感。正如作者在书中写到的："我觉得，我不应该是一个纯粹来这里消遣娱乐的旅游者，而应该是一个不知疲倦的、中国社会生活的观察者……"

要感谢这位"不知疲倦的观察者"。是他，为我们见证北平、了解老北京，提供了一个新的角度。

"北京，一个精心打造的、完美统一的艺术杰作，一座无与伦比的、风格独特的城池！一首气势磅礴的恢宏赞歌……"（书中语）北京是一本大书，要读懂它谈何容易。作为译者，我深感欣慰和幸运的是，能为解读北京、收藏北京提供一种思路，并有此机会，将二十世纪三十年代"老外"谱就的这首"老北京颂歌"奉献给读者。

"中国历史的另类见证"（另类见证，即非中国人提供的见证也），是我数年前在译著《中国飞行》出版时撰写的译者序中提出的一个命题。我以为，纵观汉唐以降中外交往上千年的悠久历史，与我中华民族有一面之交的异邦人士何止万千，政治家、贸易商、传教士、旅游者，还有那些不齿于人类的侵略者，或长或短，或深或浅，或正或反，上上下下、方方面面，该留下了多少"另类见证"，搜集起来该是一笔多大的精神财富！为此我特别呼吁：在政府的热心关照和民间团体的鼎力支持下成立"回眸历史——外国人眼中的中国"丛书出版特别文化基金会，以凝聚海内外或政府或民间的各方力量，以搜尽天下中国历史之"另类见证"为己任，为中华民族子孙后代留下这笔难得的精神财富。

在《闲置的皇城》出版之际，我不揣冒昧，旧话重提，希望读者有心，你我携手，共襄义举。

最后，我要衷心地感谢北京大学出版社，感谢张丽娉编辑以及为《闲置的皇城》出版做出努力的各位同仁，感谢一如既往理解我、支持我的家人和众多热心快肠的中德朋友。

王迎宪

2013 年深秋完稿于德国鲁尔河畔美岑村寓所

第一章

市井生活

最惬意的消遣娱乐场所就在这一带，有戏院、鸦片馆、妓院。前门大街上这条狭窄弯曲的小胡同是整个北京最富丽堂皇的地方，它集中了全北京最昂贵、最豪华奢侈的商家店铺。胡同里还有各类美食餐馆，餐馆的后院建有人工袖珍花园，身穿绫罗绸缎、酒足饭饱后的食客们可以在花园里逍遥散步。

前往北京

"您相信吗？我都有些怯场了，今天就要到达北京。我的心，从现在开始就已经忐忑不安了。"我在表达着对北京的感受：

"北京是一座特别令人着迷的城市，就我所知，每年都会吸引来自世界各地的数万名游客。不是因为别的，而是北京城上千年悠久历史形成的独特魅力在吸引着他们。您能理解吗？只要一临近北京，人们就会如此激动万分！此时的我，就像一个小人物正惶恐不安地在等待着高高在上的部长的召见，或者，像一个年幼的男孩，突然间就要置身于自己曾经阅读过的、童话故事里描述的大森林里了……北京，就是这样充满神秘地、富有吸引力地坐落在我的前方。"

在列车车厢里，我正在与对面坐着的一位日本军官聊着天，当我说上面这些话的时候，他也只是心不在焉地随意点点头附和着。我心存疑虑地想，他一定对我这些赞美北京的话语不感兴趣。看他那副毫无耐心的样子，好像是焦急地在等待我叙述的停止，以便能礼貌地偷偷溜掉。在中国，我经常会遇到这种情况，即少数与你聊天的日本人会产生这种念头。日本人不太愿意与你泛泛交谈，一般性的话题只是略微提及；他们热衷聊的是眼前发生的、有实际利用价值的话题。

在亚洲，日本人关心的只是他们感兴趣的事情，尽管这个兴趣也相当宽泛。但总的说来，他们真正的兴趣还是围绕于一定的政治目的。

日本军官准备站起来了，他已经穿好一直放在旁边的那双擦得锃亮的军靴。就像我们欧洲人每到一处要将帽子取下挂起来一样，日本人每到一处都要脱掉鞋子，这在日本本土是没有人会感到奇怪的。

出于礼貌，告别的时候，日本军官还是想就我对北京的描述说上几句，他一边系着挂有军刀和手枪的武装带，一边说了起来：

"我多次访问北京，我知道北京。对我来说，您的这些想法并不新鲜，但我更关注的是有关北京的一些具体事物。例如，您很快就会看到那些围绕北京城的坚固城墙。我更关心的是，这些坚固的城墙到底具有什么样的战略意义！这个城市是攻不下来的，只要它有几挺机关枪，你就休想占领它。因为，北京城四周都是开阔地带，是机关枪大显身手的好地方！"

他打开车厢门，谦恭地向我表示要遗憾地离开了。他指了指走廊，但还没走出车厢门，另一只手就好像在空中抓住了什么似的，猛地往下一拽。这动作到底啥意思呀？待他走到了车厢外，车厢里一阵臭气扑鼻而来，我才得以明白：他以一个向下拉绳子的动作做配合，无所顾忌地放了一个不响的臭屁。事后好长时间，我都还在对这一无所顾忌的行为感到好笑。唉！也只有日本人对待这些自然事物会如此随意——可怕的随意。

我望着车窗外，嫩绿色的风景此时像一幕幕奇特少见的电影画面，如胶卷倒片一样地迅速向后移动。看来火车的时速并不低，舒适的软座椅缓冲了车身急速行驶带来的颠簸。扑鼻而来的是浓郁清香的新鲜空气，啊！真是一个美好、愉快的旅行！

此时，车厢里除了我，别无他人。没有人放肆地咳嗽、喘气，也没有人随地吐痰和闲聊。真不知道，车上到底还有没有乘客？乘客们一定都聚集在餐车里，在那里抽烟、喝酒、吃饭、聊天。不用说，那里一定人声鼎沸，热闹非凡，中国人只要一扎堆就是这样。

能独自一人坐在车厢里，我感到十分满意。我能毫无顾忌地大口吮吸着来自车窗外泥土散发出来的、调和了成熟庄稼味儿的清新空气，能品味田野上蒸腾着的湿润雾霭，以及从硕大的树冠上、叶梢尖飘散出来的醉人芬芳，当然，还有从淤泥沉积的沼泽地里弥漫出来的百年腐臭。车窗外，刚收割后的庄稼地一垄垄地闪过，排排柳树垂挂着长长的翠绿色枝条，像一串串缀满珍珠的挂帘。远远望去，辽阔的平原风光像隐藏在垂柳织成的绿色纱幔后面一样。田野上，银色的小溪水流潺潺，沿着溪水渠道棕色的田间小道，如影随形、蜿蜒曲折地向四面八方延伸。

转瞬即逝的印象，一次性的、不可重复的田园风光，有些尚可存留在记忆里，更多的则会像气泡一样，在缓缓的上升过程中渐渐消失。

窗外原野上一座古老的灰色宝塔，此时正好进入了我的视野。这是一座多层塔，层层重叠，像彼此摞在一起的带檐的帽子。塔身由下至上渐升渐细，顶部是一个带小圆肚结的塔尖。明暗之间，微微泛红的西部天空映衬着古塔的雄姿。

一阵短暂的轰隆声响起，列车驶过了一座小旱桥，不一会儿，又恢复了原有的单调节奏——咔嚓嚓、咔嚓嚓……一段奇特的思绪此时也涌上了脑际。

三十多年前，我父亲也曾行驶在这一段铁线路上。那是一个不平静的岁月，在这里从事修建北京西线铁路的德国工程师被谋杀或被劫持。

整个直隶地区[1]因义和团拳民暴动，正处于极度的骚乱之中，义和团要将外国人和基督徒清除出境。在天津已经驻扎有俄国和英国的军队，其他国家的军队也在向北京进发。

1900年，义和团暴动！有见识的权威人士只要一谈起这一事件，嘴唇都会禁不住打起哆嗦。

我父亲在日记中这样写道：

"列车正驶向北京，这是我第一次坐火车前往。列车挂有一节车厢，该车厢除了前部设有一个小的邮政点外，其余部分均为豪华雅座。坐在舒适的软皮座椅上，以前行路难的情景就会梦幻般地出现在眼前：要么坐着折磨人的手推车或骑着马颠簸在灰飞尘扬的老旧公路上，要么在现在这种干旱季节，坐在岸高水浅、翻滚着黄泥水的海河客船上。"

火车在飞驰，朝着东——南——东的方向，朝着古老的皇城——北京。

"北京"这个名字隐喻、沉淀、承载着几千年沉重命运的历史。三千年前这个城市就第一次出现在中国年鉴上，被称为"蓟"。从混沌的远古起源直到今天，北京这个城市跌宕沉浮的命运几乎与中华民族的命运一样：多次摧毁又多次重建。忽必烈汗统治了"世界莫能与比"的中华大帝国并定都于此，明朝曾短时间地放弃了这个城市，而清皇帝则使北京成为令世界瞩目的中心。

城市与人一样，也有它人性化的个性特点。有些城市过于普通，人们很快就会将其忘记，而有些城市却有着很独特的吸引力，北京就是

---

[1] 今河北省。——译者注

民国时期老北京城的铁路线与城门远景

这样一座魅力之城。不过，在细节上人们还真很难说清，北京特殊的魅力到底体现在什么地方：因为它是世界大都市？因为它有灯火斑斓的宽阔大街？因为它那日夜奔流不息的生活潮水？还是因为它拥有精心维护的、体现出传统文化意蕴的建筑群的美丽呢？肯定不全是。可能是因为北京城区规划的恢宏大器，可能是因为古老城楼昂首冲天的壮观辉煌，也可能是因为皇家建筑群房顶色彩的美丽和谐。或者，是因为这座城市能唤起人们意味深长、具有历史意义的记忆；或者，是因为北京城自身蕴含着的巨大对立与反差：新与旧？传统与现代？或两者的融合……一切都不是，不！一切又都是。

北京，一个精心打造的、完美统一的艺术杰作，一座无与伦比的、风格独特的城池！

我上次离开北京城的时候，它还叫"北京"，但现在已经改称"北平"了，寓意"北部的和平"。民国政府已经迁往扬子江畔的南京，但尽管如此，北京作为京都的特征和标志是无法轻易抹去的，北京数百年的威

20世纪初的老北京
哈德门（今崇文门）

名不是一夜之间确立起来的，除非人们要把地球上的
一切都变得相同，一如有人已经多次在中国历史上所
做的那样。

对中国人而言，北京一直像宗教一样闪耀着皇城
神圣的光华，这种光华是永恒的，它不会因为几年人
为的宣传就被磨灭掉。

突然，列车上的中国服务员将车厢门猛地一下推

开了，车门"嘎嘎嘎"的叫唤声吓了我一大跳。服务员问我："是否愿意去餐车吃晚餐？"

我没有兴趣去餐车就餐，也不愿意离开诱人的车窗。

"什么时候到北京？"我借机问道。

"很快！"他简短作答后迅速就又把车门"砰"的一声关上了。

他现在最感兴趣的是去餐车就餐的乘客，因为他可以得到"提成"，每一个中国偏远小城市的乞丐孩儿大概都知道这个词儿。

大约一个小时之后，走道上传来"下一站北京，终点站到了！"的声音，我一下像从梦中被唤醒。嗬！这么快就到达目的地了！

窗外，一片漆黑，还看不到城墙，列车似乎也没有减速而在继续向前飞驰。很快，轰隆一阵声响过后，列车穿过了一个城墙隧道，这才真正驶进了中国北京城。减速了的列车缓慢地沿着将汉人居住区与真正的京城——八旗人居住区分隔开来的高大城墙行进。接下来，右边一座宏伟的大城门——哈德门[2] 透过车窗进入视野：北京第一眼。

又过了六分钟左右，列车才缓缓地停了下来。站台上，巨大的白色站牌上写着两个明亮醒目的大字——北京。

---

[2]　哈德门即今天的崇文门。——译者注

北京的"弗里德里希大街[3]"

两辆黄包车一前一后紧紧地跟着，车夫奔跑在沥青路面上，脚步敦实、沉闷，几乎听不到声音。大街从哈德门延伸至前门，这是南城墙的两个城门，中间要经过外国公使馆区。前面车上坐着我的朋友杨先生，我的车跟在他的后面。

"我今晚要带您去的这个地方，"杨先生转身回头对我说道："是北京最热闹的、最受欢迎的一条街道，号称是北京的'弗里德里希大街'。"

"最惬意的消遣娱乐场所就在这一带，有戏院、鸦片馆、妓院。前门大街上这条狭窄弯曲的小胡同是整个北京最富丽堂皇的地方，它集中了全北京最昂贵、最豪华奢侈的商家店铺，如金银首饰店、古瓷古玩店、漆器店、丝绸锦缎店等。胡同里还有各类美食餐馆，餐馆的后院建有人工袖珍花园，身穿绫罗绸缎、酒足饭饱后的食客们可以在花园里逍遥散步。胡同虽小，但应有尽有，游客们可以不分白天黑夜，尽情地享受人世间的快乐，欣赏绝世珍品，品尝美味佳肴！"杨先生还在继续说道：

---

[3]　德国首都柏林市中心区一条重要的文化和商业街。——译者注

20世纪初北京前门地区鸟瞰图（航拍照片）

"华丽打造的宝石首饰，精美漂亮、闻名于世的北京特产，如金银丝编织品、精心雕镂的铜器……所有这些都是手工制作且价格极其便宜。我确信，您一定会喜欢这个地方。"说到这里，杨先生才停止了他那带着刻意强调、充满着希望的介绍。

从他谈吐的语气中，你分明能感受到一种一定程度上的自豪，一种对中国人的才干，对拥有的财富和文化的自豪。那口气仿佛想说：在制作精美绝伦的工艺品方面，全世界高高在上的唯我中华民族莫属。不过，就个人的经验感受和理解而言，我也十分赞同杨先生的看法，正因为如此，中国才守旧落后。事实上今天仍是如此，至少在与拥有先进技术的西方国家相比较是这样的。中国人以众所周知的数千年的经验，一直在努力开发自己的手工艺制作能力，发展令我们西方人几乎难以想象的文化艺术。

"真热闹，"杨先生扭过头又重复了一遍，同时带着询问的目光瞅着汗流浃背、气喘吁吁拉着我奔跑的黄包车夫，好像再问：难道我说得不对吗？车夫以笑作答，发出阵阵"嗯嗯"的鼻音，继续一路小跑。

"热闹"是一个汉语词，大致意思是"活动很多""丰富的经营项目""色彩纷呈"……字面上很难准确翻译，它寓意着、包含着拥有异国风味的直观景象和内心感受，在德语中甚至都找不到一个能对应的词。娱乐场上人来人往，可以称之为"热闹"；五彩缤纷、活动内容丰富的乡村集市、年度庙会也可称"热闹"。"热闹"是一个形容词，表达一种吸引人的、欢乐的节日气氛。

杨先生又端端正正地坐在黄包车上了，只是时不时会出于礼貌，回头对我说说话，猛地甩出一两句来。说话时，头都差不多向后扭转了一半，可肩膀却还是一动不动地向着前方。

"这个外国公使馆区一到晚上就安静下来了，像一个荒凉的无人区，"经过公使馆区时，杨先生又说："不过，公使馆区很快就会被我们甩到后面的。"

确实，这一段灰色的沥青马路给人一种特别死寂的印象，这差不多是北京唯一一条两边有宽宽人行道的街道。就整个中国而言，这样的街道也是非常少见的。街道两旁等距离栽种的槐树像一尊尊沉默无语的生灵，挺立着黑色的躯干，盘绕错节、纵横交叉的树冠给我的感觉就像一株株巨大的珊瑚。在这个季节，树上的树叶已经很少了，但尽管如此，一阵风吹过，还是有零星的叶子会随风飘落下来。

差不多每隔一百米，我们就会经过一个身穿蓝色卡其布警服的执勤警察，他们站在马路中央，手里把玩似的晃动着一根又粗又短的橡胶警棍。这是外国人在公使馆区豢养的一批私人警察队伍，警察均是中国人，但听任一位英国长官调遣。他们的任务是，管住那些纠缠不休、影响交通的中国人，维持公使馆区内的秩序。对待中国人，他们会放肆鲁莽、不讲客气、毫无顾忌地频频挥舞他们手中的警棍。但在外国人面前，他们则毕恭毕敬，勤于帮助。他们非常清楚，是谁在供养着他们。

外国公使馆区的街道两旁耸立着一栋栋威严阴森的大型建筑物。放眼整个公使馆园区，除了少数几个彩绘过的大门仍遵循着传统的中国式建筑风格外，其余均是欧美风格建筑。在这里，西方各种建筑形式令人惊讶地混合在一起：哥特式的尖顶、坚固结实的立方体结构、带圆柱支承结构的建筑物如同古老的希腊城，更像是巴西、阿根廷有钱人的豪华大别墅。这些建筑分别隶属于国外银行驻中国的分行、办公楼、酒店、私人住宅楼、商店、军营，以及驻扎在这里的国际联军的军官俱乐部。

突然，道路倾斜，一路下坡，车夫开始以极其危险的速度急速奔跑，双脚仓促地追逐着车轮。如果此时车在飞奔中突然翻倒，车夫就会翻筋斗，车上的乘客就会被高高抛起，然后重重地摔倒在坚硬的、满是窟窿且铺满了尖厉石块的道路上。想起来都叫人不寒而栗！

带着这种狂野的速度，车夫又迅疾地将车向左拐进了一条横街，横街又平坦起来了。在约八十米的前方，我们看见了所有北京城墙的城门中最沉重，同时也是最雄伟、最富威慑力的城门——前门，意即"前面的门"。

一个传说中的巨大鳞甲怪兽，站立在有着八级宽大台阶的城墙上，黑幽幽地、神秘地面对着丝绒般繁星点点的夜空，它是皇权威严崇高的一个象征。箭楼下的城墙洞开了一个城门，在过去，只有皇帝和皇帝身边最亲近的人才允许通过这道城门，其他随从只能从外城绕行进入八旗人的城区，或者转身走左右的两个小门。

高大威严的箭楼曾在1900年义和团起义中被义和团烧毁，他们要燃起冲天的火光，以此告诫、号召全体中国人起来反对耶稣基督和外国人。虽然整个箭楼被烧毁殆尽，但熊熊大火的劝诫目的却没有达到，义和团的拳民们并没有突然袭击外国人区！

之后，焚毁后的箭楼又重新被修建，数百名能工巧匠和艺术家用了差不多五年的时间才最终完成。八个向外翘首延展的楼层设计得十分大胆，结构支架全部采用竹子材料，没有用钉子、铁锤和其他金属件，大的接缝处也只是通过竹楔、鱼胶和木槌将其紧紧地组合在一起。箭楼牢

前门大街近景

固且具有强大的抵御外力的能力，以至于在气候风云的变幻中、在战争的猛烈冲击中仍然巍然屹立。

城门两边是"前门外大街"，这里是北京最繁华的商业街和消遣娱乐区。从城门开始，一条笔直的、宽宽的街道向南延伸，一眼望不到头。街道两边，商店毗邻，店门上方是五颜六色耀眼的弧形彩灯。大街上人来人往，车水马龙，好不热闹。黄包车夫兴奋的吆喝声此起彼伏，为了在熙熙攘攘的人群中拓出一条道来，不时会听到他们粗野的叫骂

民国时期前门外大街街市景象

声。黄包车一辆接着一辆，混乱无序，没完没了。

车辆在街道中间行驶，左右两边则是被踏得结结实实的手推车车道。车道没有铺上石板，沉重的车轮已经将泥土地面挤压出一道道深深的凹槽。晚间时分，当街道上不再有装满货物的骡马大车来往行驶时，热闹的夜市就会开张，各家商店和货亭的门前都会支起各类货摊。数不清的逛夜市的人，在货摊前拥挤着、推搡着，或观看或购买琳琅满目的各类商品。

夜市上的商品可谓应有尽有：零头布、学生用的不锈钢圆规、抛过光的绘图丁字尺、两毛钱就能买到的便宜日本产自来水笔、玫瑰色的长筒女袜松紧带，以及经碰撞已经凹陷下去的旧自行车铃铛，等等。除了日用品，还有小巧玲珑，用绿色、红色、紫色等各色丝绸制成的女式绣花鞋，亮闪闪的丝绸鞋面上绣着令人惊叹的精美图案，大多是蝴蝶、花卉、水果、花瓣、花环、彩带等式样，炫目的颜色鲜亮刺眼。女鞋的长度不过是大拇指和食指张开的大小，像布娃娃的玩具鞋，但事实上是给缠过脚的小脚太太们穿的。货摊上还有灯笼、皮货、便宜的首饰、装饰品、打磨过的绿色玻璃、真正的玉石、使用过的丝绸被或棉被。还有来自上海的中国歌女、演员、电影明星的照片，照片仿欧式风格装裱，但模仿的水平却极其有限。一个货摊上正在出售传统的中国刺绣品，在这里花几分钱就能买到一块漂亮的刺绣品；另一个摊位上，一溜排开的是一尊尊造型生动的彩陶神仙塑像。

夜市里，四面八方传来的是商贩们声情并茂的叫卖声和与顾客讨价还价的声音，一阵讨价还价之后，价格可降到喊价的十分之三、十分之二，甚至十分之一。这里的商品没有固定的价格，价格均与商品受喜爱的程度有关。中国人善于讨价还价，对于他们而言，砍价是一种娱乐和消遣，也是"热闹"的一种表现。

我与杨先生走过夜市一个又一个的摊位，我们得不断地拨开密密匝匝拥挤的人群才能向前挪动。杨先生时时刻刻都表现出自己果断、富有活力的性格，以及高人一等的贵族意识。他不推不攘、毫无顾忌，时不时还不留情面地当面斥责他人，绸布长衫的衣着表明了他尊贵的身份。穷人和受教育程度低的下层人敬畏他们这些贵人。

在一个专卖窗帘布的货摊前，我们停了下来，窗帘的卖主正蹲在他的宝贝后面卖力地吆喝着，声音是如此响亮和快速：

"一毛钱一块、两毛钱一块、三毛钱一块……"一直喊到十元钱一块。

卖主汗流浃背，一左一右地挥舞着手中攥着的窗帘，不断向行人展示、夸耀、兜售着他的商品。不言而喻的是，人们并不知道他吆喝是哪一块窗帘的价格，他喊出的价格顺序只有极少数与他拿在手中的商品顺序相符。例如卖主吆喝"一毛钱一块"，但手上拿着的窗帘没准要卖五元钱。如果有顾客流露出购买某一块窗帘的欲望，他马上便示意两个手脚麻利的助手上前，然后是买主和卖主长时间的讨价还价：八元钱可以降到四毛钱，两毛钱可以砍价到两分钱。而叫卖者根本不会受价格暴跌的影响，仍会像一台自动喇叭机一样，不停地重复叫喊着那些套话。

不过，叫卖的吆喝声并不单调、乏味，相反，有着十分打动人的节奏、韵律和韵脚。面对顾客，吆喝出了一个"舒"音，就会再吆喝上一个"布"音；吆喝出一个"俏"音，就会再吆喝上一个"娇"音；吆喝出一个"王"音，就会再吆喝上一个"长"音……如此这般，抑扬顿挫，十分押韵。几乎所有的货摊、商店，成百上千号人都在这样声嘶力竭地大声叫卖，那气势，真胜过一阵阵台风的呼啸。

一个类似于望远镜的黄铜仪器架在一副三脚架上，一大堆人围着它，"天文望远镜"和不停的叫喊声吸引着夜市上的游人。

"一分钱看一次，好有趣的景观哟……"人们纷纷挤上前去，交上一分钱，趴在"天文望远镜"上瞄上一眼。瞄过的人离开时都会扮出一副怪相，还带着难以掩饰的满意微笑，狡谲地皱皱眉头。

我拨开挡在前面的人，也想凑过去看看"热闹"，可杨先生一把拉住了我，带着一脸轻蔑的神色说道：

老北京街头的
书画店铺

　　"行了行了，不要看了，这些是下等人才喜欢的东
西！"

　　"那望远镜里到底能看到什么呢？"我向他打听。

　　"没什么好东西，"杨先生毫无兴致地说："都是些
低级无聊、有伤风化的照片，就像人们在埃及塞得港买
到的那些下流照片，是你们西方文明中的糟粕。"他不耐
烦地挥动着手臂，不愿再说下去了。

　　接着，杨先生将我拉到一边，说："走，拐进这条胡

同，里面都是些十分讲究的高档商店。逛商店之前，我们可以先去一个茶馆坐坐，那里相当不错，可以好好地休息休息。"

我们紧贴着商店的橱窗边缘，在胡同里行走着。胡同很狭窄，得十分谨慎，以免被奔跑穿行的黄包车给撞上。胡同里的房檐都很低，行走时也得缩着脖子低着头，稍不留神就会碰到伸出来的檐角。

小小的胡同里商店连着商店，闪烁着耀眼的彩灯，各种各样奇声怪调充斥其间：歌声、喧闹声、乐曲演奏声、敲打声、叮当声……不绝于耳。商店里有人造绢花、金银器、手镯、指环、耳坠，还有鞋帽、布料和丝绸品。胡同里还有餐馆，走过餐馆门前时，人的整个身躯都会裹挟在弥漫着蒸腾的油雾之中。继续往前走是一家接一家的中国古董店，所有的古董物件都精心地陈列在玻璃柜里。

杨先生继续对我介绍："在这样一条简陋的胡同里，人们简直想象不到会有这么多家品位高雅的商店。在这里，您能买到指甲般大小的钻石，也能买到像您身材那么高大的玉石，还能买到珊瑚项链，项链的链环不是人工粘接而成的，而是用手工精心地从一块大珊瑚石上切削下来镂刻而成的。有带刺绣图案的丝绸帘子，一块刺绣图案的完成往往需要几代人的手工操作，它不是用搓成的棉线，而是用一根根丝线头绣成。肉眼难以分辨的这种丝线头，就像蚕吐出来的丝一样。您能想象吗，一根小丝线头连着另一根小丝线头，这该是一项多么细致入微的工作！"

杨先生说得特别兴奋忘我，正好路过一家明亮的商店橱窗时，我的头不巧撞上了檐角，由于撞击过猛，房檐上的一块瓦片都掉到地上摔了个粉碎。杨先生吃了一惊，赶紧过来关切地询问是否撞破了头：

"撞疼了吗？只是起了一个包还是流血负伤了？"他一脸痛苦难受的表情，好像是他自己的头被撞疼了一样。

他扶着我的胳膊，进了邻近的一家商店。一进店，他就急忙向店员告急，要求他们赶快将水、膏药和茶端过来。

"是的，搬一张凳子过来！您先坐下吧。""扑通"一声，我坐到了凳子上。

"不要紧，没有关系！只是一个小包，很快就会消退的。"我赶紧说道。

身材肥胖、略显臃肿的店老板热心地招呼我喝茶，边说边小心地将手中膏药帖子上覆盖的一层纸揭开，然后对着涂在帖子上的一层有黏性的黑色药膏哈气，将其软化，趁我不注意的当口，一下子将膏药贴在了我的额头上。

我无法拒绝，鱼胶般黏糊糊的药膏一下子就紧紧地吸附在额头上了。随后，一股凉丝丝的舒适感油然而生，几分钟后，疼痛感竟全然消失了。

杨先生与店老板，以及店老板的家人呈半圆形地围在了我的周围，木然地、富有同情心地看着我。

"感觉舒服些了吗？"终于，店老板上前一步，弯着腰关切地问道。

"这种膏药效果特别好。"另一个人插嘴。

"需要叫一辆小轿车送我们回家吗？"杨先生问我。

"我完全没有问题，只是起了一个小包。"我拒绝了杨先生的好意，从座位上站了起来，表现出完全没有什么疼痛感的样子。

"我们可以继续往前逛。"我对杨先生说。

我和杨先生正要鞠躬致谢，店老板急忙礼节性地上前将我扶住，不让我弯腰鞠躬。同时，用手挡住我的嘴，也不让我言谢。

"不麻烦，不用谢，这是完全应该的，您如此郑重，实不敢当！我深感抱歉，使您产生了如此不安的感觉。"我听见也看见站在周围的人都在向我鞠躬致谢。

"您太客气了，不敢当不敢当，谢谢您，我们都谢谢您！"乐于助人的店老板连声说道，还略显难堪地用手不断地上下抹擦着身穿的无光泽的灰色丝绸大褂。

在蜂拥而至的礼貌和礼节面前，我和杨先生竟不知所措，只得转身准备离去了。

"小心！"正待转身，后面有人提醒我："小心玻璃柜。"

我赶紧站住，小心翼翼地转过身去，看见了这个差点撞上了的玻璃柜。玻璃柜里陈列着一尊大的玉石花瓶，花瓶上镂刻着云彩、飞龙和花朵等栩栩如生的艺术图案，我好奇地凑了过去。店主见我对花瓶产生兴趣，马上走过来。

"这是我最昂贵的一尊花瓶。"店主十分骄傲地夸耀道。

"这三个是什么？中间一个盘，左右两边还各立着一个花瓶？"我指着陈列品问。

"这三件是一个整体，可不是分开的三个花瓶。"他回答道。

"您看见将它们连在一起的链子了吗？"他问我。

确实如此，三位一体，用一根链子连着，两个细长花瓶上手指粗的耳柄牵出了两根粗粗的玉链，与中间的大玉盘相连，每根链子都由七个椭圆形的玉环组成。

"难道玉还能够被弯曲和焊接在一起吗？"我惊讶地询问道。我不敢相信，这三个玉器是由单一的一块大玉坯镂刻而成的。我的问题令在场的人都笑了起来，杨先生更是带着自豪的语气强调说：

"是的，这三件玉器确实是由一块玉坯镂刻而成的。"

"确实是由一块玉石雕琢而成。"店主点头称是。说着，他打开玻璃柜门，以便我能近距离观赏。我无言以对。

何等精细的手工技艺，令人难以想象的工艺品！每一件都是艺术品，包括那两根玉链。镂刻，这一独创的高超技艺，该需要多大的耐心！一个小小的差错，就会令整个工作前功尽弃。包括那铅笔般粗的玉链，粗细均匀、大小一致、排列整齐，真令人叹为观止！

"确实不是粘上去的，"店主引导着我仔细地观察："完全出自一块玉坯。"

"这件完美的艺术品价值多少呢？"我问道。此时，我的好奇大过了惊奇。

"只要七万元！"我听清楚了。

我们再次相互鞠躬，互致告别："回见！"

一位八旗王子的邀请

逛市场、走胡同，迷宫似的把人搞得晕头转向，我真不知道现在应该左行还是右拐，或者按北京人的表达习惯，该往东还是往西。此外，人还得小心翼翼地迈步，因为前天刚下过大雨，街道路面尚未完全干燥，时不时地要跳过这里或那里留下的还不算小的泥坑和水洼。

胡同里光线微弱，如果没有商店橱窗里弧光灯发出的淡绿色光芒，人们根本就看不见通往店门的、由石板铺成的歪斜的石阶。在北京，真正意义上的路灯，有时候只是在十字街头能够看到，一根像是被风暴打弯了的木头电线杆，端头亮着一盏微微泛红的灯泡，像教堂里幽幽的烛火，阴森、僻静，给人一种被冷落的苍凉感。

胡同在这里分岔。

"慢一点！"杨先生在叫唤，他走在胡同的另外一边。

"您不必越过身前的水洼，您向南拐，转向那个门廊甬道，我们先在那里面休息一会儿。"他跳过好几个水洼，横过街道来到了我所在的一边。

"太脏了，令人恶心！"他一边诅咒着一边灵活地跳上了通向茶馆门的石阶，并撩起脚不停地摇晃，以便甩掉粘在鞋上的污泥。

"这里面很好玩。我想带您去见识见识茶馆后院修建的一个人工洞穴。"未等杨先生说完，手臂还伸展在空中，一个熟悉的声音即刻打断他的话：

"哈罗，柯！哈罗，杨！"

杨先生友好地转向我，说道："我们的朋友，'八旗王子'来了，他一来，我们这个安宁平和的夜晚也就没有了。"

"为什么呢？他这个人不是一直都十分风趣、快乐吗？"

"是的，正因为如此，整个茶楼都会被他搅得乱七八糟，在这方面，他可是出了名的。只有茶楼的跑堂们会十分高兴，因为他给的小费很多……"

八旗王子已经下了黄包车，一跃跨过横在我们中间的水洼。

"你们真是两个可爱的孩子，"他快活地开着玩笑："顺便问一句，今天晚上你们在这里有什么安排吗？"

他转向我继续说道："我今天已经去找您三次了，您家的佣人不知道您藏在哪里。我估计您与杨先生在一起。"说着，他用手指了指杨先生："我想，在这里一定能找到你们。"他大声地叫喊着，整个胡同似乎都能听见，像面对着一群民众演讲，两只手还响亮地拍打藏在细腻柔滑的丝绸大褂前摆后的大腿："太好了，来，让我们一起好好快活快活，走，进去吧！"随即，他拉着我们的胳膊把我们请进了店门。

面对这种毫无顾忌、自由自在的活泼劲儿，我和杨先生都显得黯然失色。八旗王子能说一口流利的、几乎没有错误的德语，而杨先生不仅不懂德语，对其他欧洲语言更是一无所知。他会日语，以前在东京学过，可日语在这里又派不上用场，我和八旗王子都不会日语。不过，这并不意味我们三人之间的交谈就一定会有问题，因为，我们都可以说汉语，只要八旗王子不刻意地炫耀自己喜爱的德语。八旗王子与我交谈时只用德语，有时为了弥补语言上对杨先生不敬的尴尬，也会视杨先生的表情说上几句汉语，即交替地使用两种语言。他可以不中断话头地在用德语交谈时插进汉语。

"'Ich war heutenachmittage'（我今天下午）到梁太太那里喝茶去了，"八旗王子用两种语言掺和着说道：

"'Wo tching la'（我请了）梁太太到北京最高级的酒家东华楼去共度'Ba Jüe-sche-wu'（八月十五）中秋节，这是一个特别有意义的日子，也就是后天。杨先生，我最恭敬地邀请'ni gen Sie'（你跟他）"，他将头转向我继续说道：

"'You gung Fu me jou'（有工夫没有）？"

我当然有时间，杨先生也附和着点头同意。

"'Chau'（好）！"八旗王子很果断地结束了这个话题，然后带着我们"咚咚咚"地登上了一个嘎嘎作响的旋转楼梯，楼梯连着上面的茶楼雅间。四周站立着的跑堂们吆喝着欢迎我们，像对待高级贵宾一样，尽可能地用最尊贵的头衔称呼我们。

楼上有许多喧闹的小雅间，分别在狭窄的走道两边。雅间均没有门，只有一块白布门帘挡住外来好奇的目光。不言而喻的是，茶馆将最好的雅间留给了我们。雅间里，除了中间一个大圆桌和沿墙的一排凳子外，就什么都没有了。

我们一到，几位跑堂就忙活开了，三位跑堂殷勤地上前为我们取帽宽衣，另外三位跑堂则将靠墙的三把椅子移到了桌旁，第七位跑堂将一块干净的桌布铺到了圆桌上，陈设简单的房间一下子就变得舒适宜人了。准备妥当后，六位跑堂相继离开，留下一位等着我们点菜。

在老北京茶馆内喝茶、听曲儿

就在八旗王子不紧不慢悠闲点菜的时候，一位跑堂为我们端上了清香扑鼻的中国茶。茶水几乎是无色的，只有那么一点点绿色的氤氲，茶水里沉浮着的几片扁扁宽宽的茶叶像漂浮的几朵深褐色云团。杨先生已经开始惬意地、出声地喝起茶来，他早就期待着这杯茶了。

跑堂弯着腰，拿着八旗王子点好的菜单准备出去，还没有走到门口就又被大声叫住了，提醒跑堂别忘了他要的三位漂亮歌女，边说边举着右手伸出了后面的三个手指，跑堂完全会意地点了点头。

然而，杨先生对八旗王子要了三位歌女有些不以为然，私下对我说："瞧，先前我怎么对您说的，他会把这里搞得乌烟瘴气。"

"您说什么？杨先生。"八旗王子听到了杨先生的议论，故而问道：

"放心吧，不会搞得乌烟瘴气！我招来的这三位可爱的小姐今天不会上桌，她们只是坐在靠墙的椅子上演奏动听的音乐为我们助兴而已。您想的肯定是另外一类小姐。"他接着说："今天我会很文明的。我们只是在这里吃点东西，然后下楼去划船，荡舟穿行人造的山洞。这就是我今天的安排，我们可以长时间地在一起进行严肃认真的交谈。您知道吗？"

接下来，他将头转向我，继续说："我有一种感觉，大多数外国人对北京都一无所知。他们只是单纯地认为，北京美，有魅力，北京奇妙并且大，"讲到这里，八旗王子张开双臂，做出了一个令人好笑的"大"的姿势。

"大，是因为世界上不会有第二个城市具有如此宏大的规模，欧洲的那些城堡式的城池又怎么能与我们的北京相提并论呢！它们至多只相当于北京的一个小小城区。也正因为如此，外国人才会惊呼这里的'大'"。说到此，他同样又表现出一种嘲弄般的、不屑一顾的姿态。

"谁要是只得出这种结论，谁就还没有真正理解北京。"他带着不容置疑的口气，两个眼球在我和杨先生之间来回转动着。

"北京不仅仅城市规模大，更是一首气势磅礴的恢宏赞歌，它讴歌了一个伟大民族上千年的历史，一个集荣耀、辉煌、悲痛以及上帝的宠爱于一身的悠久历史。"他吸了口气，目光追随着正在端菜的跑堂，同时不言语地伸手示意，指挥歌女们在靠墙的椅子上坐下。

"拥有世界上最优秀文化的最大部分和数千年的丰富阅历，这些是支撑北京的强大支柱。"说着，他的手围成了圆柱状。

很快，他又继续侃了起来，伸长手臂指向我说：

"你们理解的北京都太实用主义了，城墙、皇家建筑、寺庙和古

塔，所有这些都只是北京的表象。你们深感着迷的是，精神的和手工的
产品。事实上，这个城市体现出来的巨大成就、了不起的壮举，才是本
质的。"

说到这里，他的双臂又举向空中，在我们面前郑重地撑起一个高高
的拱形，好像要十分肃穆、虔诚地再将双臂摊开、摆平。

"它代表、体现着一种威严和力量！"他攥紧拳头，以一种指挥员的
腔调中断了讲述。

在此期间，杨先生却一直在埋头吃着，"啧啧"的吃饭声似乎在清
楚地告诉旁人，"瞧！我吃得该有多么香甜"。八旗王子劝我品尝，同
时用筷子从瓷碗里夹起两块海参送到我的盘中："尝尝，都煮开了，它
看起来怪怪的，老滑头一样，但吃起来味道鲜美极了。对视觉神经有好
处，像牡蛎。"几乎与此同时，他又开始夸夸其谈地侃了起来：

"要理解上帝的这一成就和壮举，就得理解中国史诗般的悠久历
史。中国历史的起点并不清晰，没有一定的事件和一个特定的行为或
年代来界定它。公元前 2704 年，也就是四千多年前，我们的历史尚处
在朦胧的神话传说阶段。出现的第一个伟大统治者是黄帝，打这开始
很快形成了所谓皇帝的世袭链。三十二个朝代从公元前 2205 年'启'
称帝的朝代开始，直至 1912 年的清朝结束，最后留下一个小继承人溥
仪——1934 年伪满洲国的'康德'皇帝。"

八旗王子用筷子将一块松脆的竹笋尖从调味酱里捞起来，十分享受
地咀嚼起来。

"'Vox populi, vor dei'（民意就是天意），这是一句对你们来说意
味深长的罗马格言。"他继续说道，不仅完全没有停止嘴里吧唧吧唧的

咀嚼，还与前面所说的内容毫不相干，边说边费力地咽下一块卡在喉咙里的食物：

"一千五百年前，一位皇家官员就曾说过几乎是同样的格言：'上天所见，乃民众所见，上天所闻，乃民众所闻。'[4] 其思路是，统治者要顺乎被统治者的意愿。这是我们中华民族古老的民主思想，即上天赋予和收回使命要根据统治者是否遵从于民众的使命为准。在中国，针对反动统治者的揭竿起义行为，是一种道义。这种道义，作为一种大众意识得到了认可和支持。"

八旗王子停顿一下，开始细心地吃一只蟹腿，将蟹腿里的肉吮吸出来，然后将吸空了的蟹腿随意扔在地上，舌头舔了舔嘴唇又继续讲了起来：

"我不是想给你们讲完整的中国历史，只是讲我认为对理解北京有意义的几个重点片段。中国以血统为依据的世袭传承、朝代更替是从秦朝第一个皇帝开始的，公元前 221 年，秦始皇建立了第一个中央集权的君主专制制度，他可以被视为中华大帝国的缔造者。在他之前，皇位的继承人由部落的首领们选举产生，其原则是，合法的权威不是依靠权力，而是依靠道德品性。"

他呷了一口茶，一副酒足饭饱的样子，很舒服地打了一个嗝后，又嘟着嘴向上呼了一口气接着讲述：

"当然，秦始皇开始的朝代并没有持续多长，但他满足了，他为后世成就了一个强大的国家：三千五百公里长的长城以及打那以后合法延续的王位继承权，一个大一统的中华大帝国。"说到这里，他从袖口中抽出一条手绢，擦了擦额上的汗珠。

---

[4] 中国古代《尚书秦誓》中有"天视自我民视，天听自我民听"一语。——译者注

"在秦始皇之前的三百多年前，孔夫子就为中国民众奠定了道德基础，我想援引孔夫子的几句格言。"说到这里，他眯上眼睛，像图书管理员在书库查找书籍一样，在填满了知识的脑袋里搜索着，然后谨慎地放慢了说话的速度，似乎是努力要将格言的一字一句真切地表达出来：

"道之以政，齐之以刑，民免而无耻；道之以德，齐之以礼，有耻且格。"[5]

他又睁开眼睛点着头望着我，好像在说：您明白吗？这可是在公元前五百年前啊！也就是两千四百年前。他站了起来，松开了绑在腰上的玫瑰色腰带，提了提裤子后，将腰带又重新扎紧。

"如果人们用历史的眼光去正确理解北京，然后再去品味它，徘徊其间，观察北京人，漫步在北京的街道、小巷、广场、庙宇和市场里，就会感觉是在欣赏一件艺术品，从而获得巨大的享受。北京体现了人类的自豪和伟大。"说这话时，他一直都没有落座，而是带着傲慢自负的神情站在桌旁。

说完后，他又喝了口茶，然后仰起头用茶水响亮地漱了漱口，再将茶水吐到墙角的瓷痰盂里。当舌头仍在嘴里上下搅动、清洁口腔的同时，他走向一直沉默不语的听众杨先生，拍了拍杨先生的肩头问道：

"'Tsche-bau-la-ma'（吃饱了吗）？'Chen dui bu tchi'（真对不起），整个晚上我几乎都在说您听不懂的德语。我向我们的朋友柯先生讲了讲

---

[5]　意即：用政令来治理百姓，用刑罚来整顿百姓，百姓只会暂时地免于罪过，却没有廉耻之心。如果用道德来引导百姓，用礼教来同化百姓，百姓不但有廉耻之心，而且人心归服。——译者注

我们这座城市和它的传统历史，但愿他对我的介绍感兴趣。"他十分客气地对杨先生解释，并再次转向了我。

"很感兴趣！"我急忙回答道："我特别喜欢这样的谈话，它为我揭开了关于中国的新的神秘之处，使我对你们生活和工作的观察又有了新的视野。坦率地说，对你们文化和理念的钦佩感进一步加深了。"

杨先生也赞同地点了点头，好像想说，总算赢来了这个时刻，即人们不会再长期地用西方国家出于无知和不全面的移情能力虚构出来的、可笑的老生常谈和陈词滥调，来对中国不屑一顾了。八旗王子倒显得没那么过分的激动，我如此认真庄重地听他讲述，还完全接受了他得出的结论，这反倒使他觉得有点尴尬了。

"柯先生！您太善解人意了！"他殷勤友好地道谢，同时又马上转移了话题。

"之后，我想在小船上再给您讲一些趣闻逸事，现在……"他转向了一直坐在一旁，彬彬有礼、默默无语的三位歌女，吆喝道：

"来！你们演奏点吸引人的音乐，唱一首歌吧！"姑娘们开始演奏琵琶，他也开始招呼站在门边的跑堂结账了。

看到八旗王子要结账，杨先生恼火地一下子从座位上跳了起来。

"不行不行，我来结账！柯先生是我邀请的，自然不能让您八旗王子来结账。"杨先生固执地要从八旗王子手中抢过账单，八旗王子同样执意不让："行了行了，您是我的客人，是我说服你们到这里来的，当然结账非我莫属。"

一时间，两个男人在房间里相互责备地争相付账，推推搡搡地从一个角落到另一个角落。凳子被碰倒了，站在一旁观看的跑堂们也都咻咻地笑了起来，我在一旁也是忍俊不禁。

这是中国人的习惯：在任何情况下都要讲客套，如果表现出不讲客套的话，那就得吵架了。就在二人讨价还价争得不可开交的时候，跑堂过来干预了，拦开双方挥舞着的手臂，说道：

"王大爷（王殿下），请您把账单还给我，"他伸长胳膊一把抓住账单走到了门边："你们是我的常客了，这个账单我自己来付，为你们付一次账，我值！"

八旗王子马上追到门口，在走廊里大声叫道："好了好了，茶房（跑堂），记在我的账上。"

"好好好！多谢了！"跑堂回应道。

八旗王子带着胜利者的神态，以一种嘲笑的口吻对处于下风的杨先生说：

"您看看，现在茶房替我们付账了。"

杨先生自我感觉有些受辱，赌气似的马上从上衣口袋里掏出钱夹，抽出了几张钞票放在桌子上。一位跑堂正好在收拾桌上剩下的碗筷，杨先生说："来来来！这些是给你们的小费。"对此，八旗王子没有表示反对。

跑堂带着满脸愉快的笑容，面对我们每一个人都深深鞠了一躬，抿着嘴，数都没数多少钱，径直塞进了衣袋。

其中的两位姑娘开始弹拨琵琶了，脖子长长的那位姑娘弹出的音调热情而又低沉。短暂的前奏之后，站着的第三位姑娘开始唱歌。银铃般的歌声清脆响亮，间或会出现一点嘶哑的杂音，虽然谈不上有什么高深的演唱造诣，但听起来却十分可人，姑娘的眼神亲切感人。演唱时，她的胳膊优雅地垂在两侧，孩子般玲珑的身躯随着音乐的节奏动情地摇摆着。

八旗王子和杨先生的脸上表现出高兴快乐的神情，两眼直勾勾地盯着歌女，像在观赏一个梦境中的仙女。这不断重复的、对我而言近乎刺耳的音乐声又会在中国人的心灵中唤起一种什么样的记忆、什么样的感受和什么样的快乐与痛苦呢？

突然间，歌女发出一阵令人心悸的高音，这种高音总会让我感到害怕。一会儿就跑调了，但声音还在拔高，跳跃性的拔高使不停颤动的声音更加刺耳。拔高还在持续：四度、五度……还在持续，其间没有呼吸……十度、十一度、十二度……超高强度的刺激。八旗王子和杨先生兴奋地满脸放着光彩。十五度、十六度……声音终于顶到了尽头，不再继续上拔了！我不由得深深地吸了一大口气，八旗王子和杨先生更是激动地放开嗓子大声叫道：

"好！好！"——如意大利人的喝彩声"Gut Bravo！"同时使劲地鼓起掌来。

"太好了！"八旗王子边赞扬边送给每位姑娘一块亮闪闪的银圆，杨先生也不甘示弱，同样一人给了一块银圆，姑娘们喜形于色。

"好了，现在我们下去划船，一切我都让跑堂们准备好了。"八旗王子边说边示意我们赶快穿上大衣。然后转向那些看起来他早就十分熟悉的姑娘们，开玩笑似的调侃道：

"对你们来说，跟着我们太危险了，所以今天不能带上你们。我与这位朋友还有一个十分严肃的话题要说。"说着拍了拍我的肩膀："下一次吧，对不起了！"

过道上，跑堂们用特意拉长的响亮音调左一个先生右一个先生地叫唤着："柯先生、杨先生……"然后将我们迎送下楼，到达前往后院人工花园的出口处。

不一会儿，我们就驾舟游弋在人工池塘上了，池塘水面漂浮着个大且新鲜的莲花、水仙花，以及盘子般大小的睡莲。池塘右边立着的是堆砌起来的人造山崖，与院子里小小的人工池塘比起来，这座假山竟显得高大巍峨。小舟驶过池塘上搭建的虎桥，荡进两岸高约一米左右的狭窄蜿蜒的水渠。不一会儿，人就不会去在意身边这些按比例缩小兴建的人工景致了，甚至还会不自觉地产生一种置身于野外、浪漫旷远的感觉。虽然公园里照明用的是隐藏着的蓝色白炽灯泡，但光线协调，像是沐浴在珍珠母色彩的月光中。有时，小船会驶过一盏色彩淡雅的宫灯，这种宫灯很容易勾起人们对修道士寂寞孤独的记忆。突然间，水道暗了下来：经过一个小型隧道，隧道延伸连着一个洞穴。黑暗的洞穴中，只有五颜六色的灯光倒影在水面上闪闪烁烁。尽管整个设施建造得那么简陋和笨拙，但还是能使游人获得一份孩子般的快乐与新奇。

当我们的船从洞穴里再次划出来的时候，八旗王子向我这边欠了欠身子，小心谨慎地与我耳语起来，那样子是怕惊动了正在打盹的杨先生，他可真是一个富有爱心的人。八旗王子现在可以无拘无束地说德语了，可以尽情地发挥了。如果说，在此之前他给我描述的还只是中国历史的一些大致轮廓，只是为了使我对北京的魅力建立起一个基本概念的话，那么现在他要对我介绍的就该是细节了。

他给我讲述中国的宗教、神话传说中的庞然大物、雕塑艺术、陶瓷；讲述中国最早的发明：只用于节日欢庆、以和平为目的的火药，以及纸张、印刷术；讲述中国的花瓶、绘画、服装衣饰、建筑……讲述所有不需要引用老子、孔子、孟子、庄子格言的伟大事物。

我仔细地倾听着，发自内心地确信，他的表达出自一种观念上的自信，他的表达流畅、自然、和谐，像在讲述一个浪漫的小说故事。他用最佳的词语赞美了自己国家的传统文化，在他看来，这历经了五千年历史的传统文化至今仍是那么鲜活，那么起作用，使他能高高在上，使他倍感骄傲、自豪和伟大。

差不多两个小时过去了，已经是深夜两点，他还在不停地讲述并开始总结概括："这就是中国！北京就是中国！这个城市凝聚了从古至今所有中华文化的精华。在中国，还没有哪一个城市能与之比肩。我们现在就身在这个伟大的城市。"他指了指我们乘坐的小船，结束了讲述。同时，他睁大两眼看着我，好像在问：他对北京的意识和感悟是否也使我感到了震撼！

"我再插上几句，"他又补充说道：

"打一个比方，大概可以帮助您理解我所说的'伟大'，虽然这个比方有那么点浮夸的意味，但至少，如果您理解了这个比方代表的含义，就会知道我为什么要这样说了。我们伟大的长城，正如您所知道的，是四千年前修建的，它能将你们德意志帝国三千五百公里长的全部边界线围上一又四分之一圈，还包括你们东部和北部的海湾。"

他似乎是利用了我的困惑和迷惘，第二个比方马上又使我深感意外：

"在中国的长城面前，那整整晚了两千五百年、用黏土堆垛起来的罗马土堤——在德国的西南面还能见到一点遗迹——算得了什么呢？沿着法国东海岸四千年前建造的'马其诺防线'又怎么能与之相比呢？"八旗王子带着挑战性的眼光盯着我，似乎在说：难道这还不够帮助您理解"伟大"的内涵吗？

　　我连忙点头称是，我感到了自己的渺小，甚至感到胆怯和畏惧。

　　我身后传来轻轻的响声，杨先生已经打鼾了。此时，人的鼾声在我听来竟是人造田园风景中一曲特别的音乐。

　　小船靠岸了，停靠在岸边一座小亭子旁，粗壮的崭新圆柱支撑着亭顶。

北京生平

　　一个人如果在中国待上一年半载，他会说，我了解中国。但如果一个人在中国生活了二十年，他就会越来越清楚，他对中国竟然还是那么一无所知。

　　我确实很担心自己对北京的认识也会这样，内心的不平静与日俱增。我怎样才算真正地认识了北京呢？

　　北京，作为一个庄严雄伟的整体形象一直影响着我，但我不能仅仅只是满足于影响我、作用于我的这种超凡魅力和刺激，不能仅仅满足于用惊羡的眼光去赞赏和钦佩它。难道我只需要沉醉于、热衷于它的妩媚、它的芳香和它的风采多姿，而不应该有自己的进一步思考吗？我并没有受某博物馆之托，要对北京进行公式化的研究和考察，那样的研究和考察对我而言不仅仅是过于刻板，还会使我油然而生担忧，担心会因此夺去北京之于我的美丽和神秘，而恰恰是这美丽和神秘，使我每天对这座城市都能保持着一份惊喜，使我能快乐地置身于它寻常的生活细节之中。我要或多或少地欣赏它、探究它，学会面对它的美丽，真正理解和认识它的美丽。

　　所有关于北京流传的、徘徊在神话和历史现实之间的历史和故事，都在我的头脑里丰富多彩、杂乱无章地存储着。对于我寻觅、探求的理智，特别是感悟来说，这些存储的信息并不能令我满意。事情往往就是这样，如果你想理性地去理解、接受魅力和美丽的话，结果就很难尽如人意。但是，尽管有这些潜在的、郁结着的、时不时突然闪现出来的些许不满意的意识和感觉，我还是相信自己可靠的、能够以正确方式甄别和欣赏对象的直觉，相信我的眼睛以及对事物进行综合的天赋，我能够通过我的知识和想象力使眼前的现实鲜活、强化起来。

我常常陷入沉思地漫步在城东围绕着皇宫的血红色城墙外，我甚至在犹豫，是否应该先走进皇宫，或者还是应该先绕着城墙，围着皇宫转一圈。我像一只小猫围着一锅烫嘴的糊糊。

绕着皇宫的整个城墙走上一圈大约有十公里！墙体超过两人的高度，五百年前建造而成，至今仍巍然屹立，坚不可摧。墙砖用粘合力极强的黏土搅拌制成，因此十分坚硬和牢固。同样，涂抹在城墙表面血红的色彩也年代久远。悠悠岁月风雨的剥蚀和风化，在墙体上留下了一块块疤痕，也给城墙留下一份令人深感敬畏的厚重和沧桑。金色的马约里卡琉璃瓦墙顶从上部盖住了墙体，墙顶还向两边墙外伸出几手宽的顶檐。在墙的外围，离墙根约十步、十二步远处，挖有护城河，用以阻挡试图进攻皇城的歹人。护城河的宽度与德国柏林中世纪修建的边界堡垒运河差不多，陡峭的河岸用大方石块砌成。在这个季节，护城河里的水很少，为了灌溉城市周围的稻田，八旗城墙外的闸门已经开闸放水了。

今天仍保持着建设初期规模的北京建筑，是由皇家国库花费大量的财力、物力，由二十万劳工服了整整二十年的劳役才建成的。二十万劳工、二十个四季，试想，修建这座宏伟的皇城付出了多么艰辛的劳动！二十万劳工在威逼下不得不背离自己的家园，像羊群一样被赶到这里。谁要是不从，就得为这些大型工程建设上缴沉重的赋税。这样的大型工程在中国并不是唯一的，光人们知道的就有非凡的长城和贯通中国南北的京杭大运河，大运河是中国当时唯一的大型交通要道。

应该说，世界上没有第二座城市能与北京相比较。试问，哪一座城市有如此恢宏大气、雄伟壮观的规模？又有哪一座城市有如此严谨的整体布局，能在规划设计中将哪怕最小的角落、城墙的每一块砖石，将彩釉屋顶色彩的协调，包括屋顶反射出来的金色、蓝色、绿色和棕色的光泽都一一考虑进去呢？作为例子，只有罗马城的雄伟壮观在一定程度上还能与北京比上一比，较之于其他欧洲城市，罗马城池还算有一批帝国的大型古老建筑。

北京是一个独一无二的巨大建筑整体，人们甚至不能将它一个部分一个部分地拆开来观赏，如这里是富丽堂皇的天坛，那里是耸立着巍峨塔楼的城墙；这里是充满魅力的古塔或景致如画的汉白玉石桥，那里是两米多高、表情愤怒张牙舞爪的石狮；这里是诗情画意般流溢着建筑艺术美感的亭榭楼阁，那里是装饰着最精美花纹浮雕的汉白玉栏杆、扶手……北京的单个部分个个都显得美丽壮观，但它们所唤起的，即便是将所有的部分机械叠加起来，也都远远代表不了北京的阅历。北京的单个建筑，在别的城市兴许也能看到，作为单个的景观，它们身在北京，但又不是北京。

北京是一个整体、一个统一体，是一件完整的艺术品。如果不想破坏它整体本质的不可重复性和不可分解性，人们就不应该把它一个个精美的部分肢解开来。

北京是一件一次性浇铸而成的完整铸件！

从一座城市的所有标志和特征来看，除了它作为城市的目的制约性和可居住性外，它就是一座巨大的纪念性石碑，见证、铭刻着中国数千年的历史。相对而言，埃及的大金字塔又算得了什么呢？仅围绕北京城城墙的石砖就达到数个"基奥普斯金字塔"（Cheopspyramide）的用量，若言及整个城池的壮观气势，埃及的金字塔也只有沉默的份儿……

我来到了侧门，红色的城墙在这里断开，从侧门可以窥视皇宫内院。我没有走进去，而是继续在城墙外围散步溜达。

人们在观察这座城市的建筑群时，切不可忽视它的本质：它不像其他城市的规模是随着时间的推移逐渐形成的。北京城是在规划与设计好之后一次性建成的，就像建造一座房子一样。由二十万劳工，经过二十年的时间！根据五百多年前中国明朝皇帝的意愿，要以中国最好的建筑师最富创造性的灵感，要以数千艺术家和工匠们的智慧，以及二十万劳工的全部心血，在中国北部的黄土地上魔术般地变出一座魅力无比的"海市蜃楼"来。永远保留住这座世界上最大的宫殿群，是中国历朝历代皇帝的心愿。任岁月流逝、时代更迭，一个个皇帝驾崩，一个个王朝被推翻，但北京城永在。

北京经历了很多朝代，包括最后一个众所周知的、统治到1912年的清王朝。北京今天仍像五百多年前那样，只要不被人为地破坏，它还会巍然屹立上千年。我希望，破坏北京城的事件不会再发生，因为，如此伟大的文物一旦遭到破坏，人类很可能不会再拥有了。如今，谁敢真正地——即便他拥有当代最绝对的权力——再一次冒天下之大不韪呢？

　　这就是北京,一件二十万劳工在七千三百天里,伴随日出日落完成的伟大杰作。

　　实际还没有溜达到一个小时,但我感觉似乎已经走了很长一段艰难的路,此时还只是沿着环绕皇宫的城墙根散步。一定是似火的骄阳,使我觉得闷热难受。真是一个惬意的善举,让我突然感受到了一片阴凉,这是一棵棵疙节丛生的参天古松和金钟柏树撑起的、由悬挂在枝干上疲惫的绿叶奉献和施舍出的一片阴凉。古松和金钟柏在公园里环绕着"煤山[6]"生长,煤山是附近唯一引人注目的、凸出地面的山丘,除了煤山,整个皇城四周都是一片平地。

　　我沿着山路向山上走去,深深地呼吸着香味浓郁的空气,同时也享受着树木的嫩绿。煤山并不陡峭,最多有五十至六十米高,铺着石子的山路缓缓上行。煤山是百年前由开挖护城河的泥土堆积于此而成的。

　　我登上了煤山三座山峰中最高的一座,倚坐在山顶凉亭中护栏围着的阳台上。公园里游人甚少,只有周围风吹树林发出的沙沙响声。我惬意地享受着独自一人的清静,闲情逸致地沉湎于梦幻及思考之中。

　　站在这里,我似乎看见一幅幅展现中国历史的画面在身前缓缓上升。

　　就在这座凉亭旁,中国明朝最后一位皇帝用自己的腰带上吊自尽了。我抬头仰视着由上了油漆的粗壮亭柱支撑着的沉重亭顶,亭顶内壁有大量彩色壁画,壁画内容为中国古老的传说故事,围绕壁画的很多亭顶橡木和粗横梁上,都描画有涡卷形的曲线及装饰性图案。仔细观察,

_____

[6]　现名为景山。——译者注

煤山，坐落在紫禁城北面的人造山丘

你会发现这些壁画画作的细腻和精美，它们一定都是勤勉用心的艺术家用纤细小巧的中国书画毛笔精心绘制而成的。

很可能，不幸的崇祯皇帝在他生命的最后半个小时里，也像我这样仰视了这座凉亭的穹顶和穹顶上众多精美的彩画。

崇祯皇帝是明朝第十六任皇帝，他当时的口碑并不好，被人认为是明先祖以来最差的一位皇帝。崇祯皇帝的皇宫由那些不可靠、不可信赖的人士和贪官污吏包围着，他自己很少过问国家的命运和前途。骄横的将军和地方长官任意盘剥人民，搜刮来的钱财只是部分上缴皇宫，上缴皇宫的钱财也只是部分进了国库，其余的则流进了掌有皇宫大权、贪得无厌的宦官和太监手中。中国的民众越来越贫穷，在饥饿和水灾中大批大批地死去，人口数在那个时期陡减了将近一半。因此，那段时间中国各地出现风起云涌的农民起义就不足为奇了。忍无可忍、濒临绝望的农民自发地成群聚集起来，到处烧杀掠抢。北方的满族军队察觉到了明朝内部的腐败堕落，也开始越过边界，袭击侵扰明朝的东北部。

当时，皇宫正内外交困，战斗越来越逼近北京城，叛军和满族占领军已经攻下了北京郊外，京城周围的皇家守城部队遭到袭击，几乎在没有任何抵抗的情况下就被击溃。各地起义暴动的农民正与满族人结成同盟，要联手夺取皇位。

四面受困的皇帝仓皇地逃到皇宫北面这座光秃秃的山丘上，站在这里，他看到了在城郊四野猖狂肆虐的敌人，听到了震天的喊杀声。他犹豫不决，不知如何是好：要么前去抵抗企图占领皇宫的起义军，要么接受命运的安排。绝望之际，他请来了一位巫师。巫师用三根魔签暗示和表明他的命运：如果最长的一根魔签落下来，表示幸运；最短的一根魔签落下来，则表示所有的一切都将失去。一个世界上最大帝国的君主命

远眺煤山

运就这样系在了三根魔签上！

结果，最短的魔签落了下来，无奈的皇帝只好将皇宫掌玺大臣叫到煤山上我现在所处的这座小亭子里，亲自口授了一份认罪书，称自己有罪，不配做一名皇帝。然后，将掌玺大臣遣回了皇宫。

皇帝独自一人站立在亭内，赐给了自己短短的几分钟时间。他再次环顾一下四周，侧耳聆听着周边树叶的低语，一如我现在站在亭内的情形。他想起了十五位先祖，让先祖们一一在记忆的荧光屏上闪过，然后登上了我现在坐着的这个有栏杆的阳台，解下了闪耀着宝石光芒的腰带，小心谨慎地（也不在乎再耽误这几分钟了）将腰带系在粗粗的横梁上，将自己的头颅挂在垂下的绳套里，然后一脚蹬离了阳台……

满族人来了，迁入了皇宫，建立了统治中国的大清帝国。时为1644 年。

我坐在阳台上抬头仰望，伸出手指掐算着年代，因为我不是一个十分擅长心算的人。屈指数来，这一事件的发生已经过去差不多三百年了。

在北京的皇帝龙座上

    杨先生戴着一副眼镜，这是一位日本医生为他配的。他读书太多，久而久之成了近视眼。但尽管如此，只要凑近瞧什么东西时，他还是会眨巴眨巴那小眯眼。他的视力总是那么差劲，以至于我坐在黄包车上、在五十米开外的地方向他驶去时，他都没有认出我来。此时，他正站在午门进口处，心神不安地走来走去。如此久等，他很可能在生我的气。

    一辆破旧的黄包车拉着我径直向城门口跑去。通向午门铺着大理石板的街道并不平坦，每一次车轱辘驶过石板间的接缝时，小小的车身都会剧烈地抖动一下。

    多么壮美雄伟的建筑啊！

    血红色的高大城墙带着大块陈旧斑驳的铜绿色疤痕，巍然屹立在我眼前。古老的城墙在这里围成了一个大的四方院落，三个大城门洞开墙体，中间的城门为午门，是专事皇帝进入皇宫的大门。城墙由带城垛的护栏围了起来，城垛后面一定还延展有宽厚的墙体，因为城墙上还站立着亭阁般美丽如画的高大城楼，后面还有带营房建筑的走道。城门上方的城墙上，建有一座相当大的厅堂建筑，像城楼一样，也有两顶呈阶梯状的金色屋顶覆盖着，建筑的顶盖由涂有红漆的粗大圆柱支撑着。围绕着厅堂的是一圈走廊，走廊靠外的一面用明亮的白色大理石护栏隔开。

此时，我坐的黄包车已经驶近了城墙，一抬头就能见到很多墙顶上屋檐向外伸出的椽木端。椽木下端的色彩是多么的丰富啊！每一个厘米都细致工整地画上了龙、花朵、飞禽、植物、传说中的图腾动物、花瓶等图案，自然界所有的色彩和人类无尽的想象都汇聚在这里，熠熠生辉。

我很快打发了黄包车夫，他正在用一条脏兮兮的毛巾擦拭着满头的汗水。跟随着杨先生，我们经过了午门，他沉默不语，看来还在为久等生着气呢。

这座用数座围墙来挡住世俗眼睛的"紫禁城"，曾经是中国最神圣之地，可今天只需要花一点儿钱就可以参观了，降格到了"古董、文物"的地步。也就是说，它成了一座典型的、可供人们随时参观的名胜古迹，成了介乎于艺术、工艺、仿制品之间的中间物了。

尽管随着"中华民国"政府的成立，去掉了紫禁城神秘的光环，但这里仍是最富有魅力、最令人着迷的地方。特别是那些崇尚灿烂艺术、辉煌历史的人，能幸运地在这里目睹亲历，从而得到启示和领悟。也能在对现实的惊诧、赞叹中，深化对历史的认知和概念。所有的这些，以前都只能在书面文字作品中读到。

走进紫禁城，第一印象就是它的不可思议、无与伦比，其感觉简直令人难以形容。众多的皇宫院落都是用均衡一致、壮观漂亮的房屋建筑从四面围起来的，宽敞阔大的场地用四方石板铺就，庭院里还有难以尽数的大理石过道和拱形小桥，墙上、门上均富有意义地有序布置着生

壮观威严的北京紫禁城

午门外

机盎然的彩色陶瓷浮雕。数不清的、从上至下刷涂了不同颜色油漆的粗大圆柱撑起沉重的房顶，还有一座座高大宽敞、通风良好的殿宇厅堂。所有这一切都是用最好的材料，集中了全国最优秀的能工巧匠修建起来的。

紫禁城的富丽堂皇，很难用语言表达出来。每一个细节都设计得如此别致、精美绝伦。整体效果井井有条，建筑结构坚固结实，看起来，再经受数百年风雨也不成问题。这是一个真正的人间梦境！

我现在见到的这些还只是"天子"居住的皇宫里一个很小的部分。现在的殿宇厅堂都空了，五百年间收集而来的大量艺术品和世间珍品有不少都不见了，被偷被毁了，或者被卖给了国外的博物馆和财大气粗的私人收藏者。至于仍留下的足够多的古老珍品，也被当今政府有准备地转移了，以免这些价值百万、千万甚或价值连城的珍品宝贝在战争中被破坏。自民国政府1912年成立以来，北京的上空就一直笼罩着不祥的战争阴云。

还可能有什么珍宝没有被拖走吗？整列整列的火车满满地装载着宫中珍宝运往南京，一到深夜，军队就会封锁紫禁城前往火车站的道路。这些珍宝包括名画、花瓶、刺绣、瓷器、宝石、象牙、漆雕、乌檀木家具，以及大量罕见的座钟、挂钟。座钟、挂钟有当时耶稣教会人士逗留皇宫期间制作的，也有德国路德维希二世（Ludwig Ⅱ）通过特命全权外交大使呈送给中国皇帝的。被运走的珍宝中，有硕大的皇帝玉玺、皇后娘娘和妃子们的饰物、绣有华丽金银的刺绣、镶有珍贵宝石的黄色绸缎宽大龙袍……以前，这里还有一尊一米多高、由一整块白玉镂刻而成的玉佛，它是古印度大君王呈献给中国皇帝的贡品，现在也见不到了……

尽管殿宇厅堂空荡荡，到处寂静无声，但所有留下来的、搬不走的一切，仍然昭示着这里的富贵、伟大与权力。

如果你在皇家大院的地板上行走，四面八方都会传来阴森恐怖的"咚咚"回响声。杨先生走在我前面，我们一会儿上台阶，一会儿下台阶，从一个院落到另一个院落，时左时右，转来转去，走过如此多的院落和殿堂，自己都不知道身在何处了。

那精心雕刻的乌檀木桌椅在哪里？沉重的丝绸窗帘在哪里？那些身着华丽官服、权高位重的官员大臣在哪里聚会？宫廷的贵妇们、众多的世界上最美丽的宫女们又在哪里？她们可都是皇后娘娘和皇帝的妃子。哪里又是笼罩着神圣、不可触犯、至高无上、令人战栗敬畏的氛围的地方呢？我们走过一处长长的柱廊，那是皇帝贴身保镖的居所，现在自然也是空无一人。我们参观了一座富丽堂皇的戏台，戏台上方只有圆柱支撑的沉重屋顶。从前，这里可是全国最好的戏班子给皇帝和皇后娘娘唱戏的地方……

有时候，我们能遇见一小队如我和杨先生一样来这里参观的人群，有男有女，当我们走过他们的时候，总能听见他们七嘴八舌、滑稽有趣的议论声：

"多么漂亮啊！多么瑰丽啊！多么富有魅力啊！啊！多么……"

看不到他们严肃思考的神情，我真怀疑，他们是否真正知道这是什么地方，不然的话，他们不会如此走马观花地在这里匆匆而过了。

与他们相反，对每一个细节我几乎都要弯下腰来近距离观赏一番，不论是一根廊柱，还是一个精心雕琢过的大理石护栏；不论是墙上的木雕，或只是简单的一面殿墙。光光的殿墙墙面上以前没准就悬挂着一幅

民国时期的天安门

传世名画，或者挂着一件价值不菲的宝物，谁知道呢！？我从地上捡起一小块碎片，夹在手指间欣赏，这一小块"金子"是不是就是从以前高悬于皇帝头顶的龙爪上掉下来的一部分呢？靠着墙根，还有许多黄色的马约里卡彩色釉陶碎屑，我的口袋里已经装得满满的了，为什么我会热衷收集这些残屑呢？

"为什么在这里见不到树呢？"我问杨先生。

对这个问题，杨先生表现出深感惊讶的神态，他看了看四周后，带着些许尴尬的微笑说："这个问题问得好，这里确实看不到哪怕是一棵树！这是一个很少见的现象，我自己都没有留意。没有人知道，为什么这里没有种树。不过，很可能这里的一切都必须是石头做成的，得严格遵守这一戒律。树，树！"他带着令我不解的迷茫和困惑，好像我要他对此负责一样。

"对面的公园里、湖泊边倒是种有大量的树，但是这里……嘿嘿嘿！"他神经质地干笑起来：

"这里没有，我也不知道为什么。"看来，杨先生对这一话题已经江郎才尽，说不出所以然来了，我也不便再继续发问。

我们又来到了一块有汉白玉浮雕的石板前，石板斜向上，两边是御路石阶。这是一个造型十分生动的浮雕，其罕见、精细的浮雕工艺激发起我极大的兴趣。浮雕图案是一条在流云间飞翔的巨龙，龙的神态显得特别愤怒且凶狠，身躯积聚着力量，富有张力地在空中绷着、弯曲着、悬浮着、摇摆着、鞭打着……狰狞的龙爪向四方强有力地伸展着。气呼呼的龙头上，龙须飘舞，龙舌喷吐，意欲咬住前面悬浮着的一个白色大球，即"宝珠"。正如杨先生向我介绍的，"宝珠"是纯洁高尚和伟大神圣的象征。体现无上权力的巨龙追逐着"宝珠"，要驱魔降妖，保护世间所有。

这种巨龙图腾的画面在中国神话传说中多次出现，几乎在每一个皇家宫廷院落里都能见到。龙也是保护神的象征，因此，在许多中国民间私宅的门上和墙上，也都有这种龙图腾的形象。

我们拾级而上，来到一个宽阔的汉白玉大理石平台上。面积宽大的平台上仅耸立着唯一一座宏大坚固的建筑物，像周围所有的建筑一样，它也是一个单层平房，整个建筑物就只是一个大厅。

"这便是皇帝御座所在的金銮殿。"杨先生用手指着这座与紫禁城其他房屋建筑一样覆盖着黄色的琉璃瓦，但屋顶规模却超出一般的宏伟大殿说道。

尽管这座金銮殿与我在照片上多次见到的其他任何一座中国大型庙宇建筑没有什么大的区别，但在我的眼里，它稳固、坚实、巍然屹立、别具风格。我不知道，是因为我的眼光独特还是因为我的想象别样。它特别高大吗？倒也不是，如此高大规模的厅堂建筑在中国还有很多。

中国房屋建筑的特色就是如此，既千篇一律，又各具特色，每个都有一张独特的"脸"。一方面具有可以互相替换的外在相似性，另一方面又具有完全不可替代的内在独立性，尽管外表形式显得单一，但看起来并不使人感到单调乏味。相反，人们能很清楚地感觉到，每个房屋都有所不同，都不能由周边的其他房子来取代。中国的房屋，其大小、颜色、房顶、窗户的布置、横梁、椽木，以及其单层性几乎都是一样，甚至包括建筑材料，均采用灰色火砖、砂浆。但尽管如此，每个房屋还是有自己的外貌特征，就像一张张很难描述出个性的人脸一样。

这座供奉金銮宝座的大殿就拥有充分体现建筑内在生气和灵魂的外貌特征，人们尽可以根据外貌心驰神往地任意想象，但又无法确切地将自己想象的内容表达出来。从外表看，这座大殿估摸有八十米长、四十米宽、十米高，屋顶的长度超出一般，顶盖为闪闪发亮的黄色琉璃瓦，其形状像圆的长条形面包。巨大的龙首装饰着山墙，屋顶的四个角上蹲坐着很多生动活泼的小型图腾动物形象。这一切都还显示不出它不同于其他中国庙宇建筑的特色，但它就是不同！它有一种吸引人的魔力，能唤起人们无尽的想象，引起人们由衷的尊崇——如同一位天才人物的脸。

杨先生感到十分惊讶，我竟然盯着这样一个"匣子"站立了这么久。他已经叫来一位看门人，可以带我们参观这座大殿。

走进大殿，马上就有一种无限大的感觉。在微弱昏暗的光亮中，我看到两个人都难以合抱的擎顶大圆柱，大殿四周是涂了颜色的木雕墙面，所有的颜色都是金色和血红色。

殿堂的中间放的是金光闪闪的金銮宝座。五个四级小台阶通向放置宝座的平台，三个在正面，两个在侧面。宝座的后面立着多块全部镀了金漆的屏风，屏风前面是一张长条形的金色桌子。每一个台阶两边都有扶手栏杆，栏杆上装饰着很多精细的雕刻，诸如风格化了的云彩、图腾动物和飞龙的形体。同样，金銮宝座宽宽的椅背上也装饰有既严谨又生动活泼的云彩和龙形图案，相似的木雕使宝座上的五块椅背富有生气。

我用手指摸了一下金桌和金銮宝座的椅背，上面尽是灰尘。看门人赶紧走了过来，生怕我要干什么不允许干的事儿。当他知道我只是想证明一下桌上一厘米厚的灰尘时，感觉到似乎有责任似的，有点抱歉地说：

"不久前，这里还定期有人来打扫灰尘，因为很多精美漂亮的设施都还在，现在东西都搬走了。打那以后，就没人来管这些灰尘了。参观的人越来越少，这里也没有什么更多的东西可看了。以前，皇宫里每一个房间放的可都是宝贝和艺术珍品。现在，有时会进来几个人瞧一瞧皇帝的宝座，殿里什么都没有，就这把大椅子，闲置的皇座……"说着说着，他长长地大声打了一个哈欠，接着又马上道歉道："长时间地待在这令人困倦的昏暗朦胧中，人就会感到疲倦。"

"我能在这皇座上坐一坐吗？"我问看门人，并用手指了指皇座。

"没什么好坐的，"他拒绝了："到处都是灰尘，此外，我不能保证，皇座是否还能承受得住您的体重。没准一坐上去就垮了，这样，我的麻

紫禁城金銮殿里的皇帝宝座

烦就大了……"

　　但我又请求说："这点灰尘不算什么，我不相信皇座就这么脆弱，它不会垮掉的。"

　　"没准我可以承担这个风险，如果您能给我些许小费的话……"看门人说这话时有些尴尬，还悻悻地笑了起来。

　　"应该不会少吧，"我笑着将两毛钱塞到他已经摊开的手上。

　　我终于坐在了皇帝的金銮宝座上！它是那么宽大和坚固，至少可以并排坐三个人。毫不奇怪的是，宝座上的黄色刺绣软坐垫已经随同其他宝贝和艺术珍品搬走了。我尽量让自己安静下来，因为，我无意将皇帝的金銮宝座坐垮。我将胳膊肘支撑在皇座前的桌子上，不由地思考起中华大帝国无比伟大、无限荣耀的过去。

你现在可是坐在真正的中华大帝国的皇帝宝座上！有点像演戏。这一念头闪过我的脑际，我继续着自己的想象：

如果此时皇座会开口说话、要行使它的权力，那将会怎样呢？如果最后的那位清朝皇室后裔，也就是当今伪满洲国的"康德"皇帝溥仪坐在这里，郑重地宣告：我要夺回我先祖的帝国！如果如此，又会怎么样呢？我想象着，他的日本顾问将会完全理解地互相点头示意，接下来，从密谋策划的会议中走出来，跪在皇帝面前宣布：

"祝中国伟大尊贵的皇帝健康长寿！您的要求是上天的旨意，您本来就应该是中国和这个皇位的合法继承者。可他们却违背上天的意志强行地驱逐了您。这个罪行是一定要清算的！陛下，我们的军队将为您、为上天所用……"

一个约莫五分钟的短短梦境。

我站起来离开皇座，小心翼翼地绕着皇座所在的平台走了一圈，然后沿着中间的四级小台阶慢慢走下。我不敢扶住台阶边的护栏，唯恐它突然垮掉。随后离开了这座光线昏暗的殿堂。

杨先生和看门人在外面等我，正坐在殿外大理石护栏上抽烟。看起来，杨先生正在为我安慰那位看门人，我只听到了他说的最后一句话：

"……他不会在里面干什么的，只是突然有了这样一个奇怪的念头而已。"

当杨先生看见我如此严肃、若有所思地向他们走来，便停止了交谈，站起来向我问道：

"您怎么回事，身上都沾满了灰尘！看门的，过来帮他拍拍身后的灰尘。"他又将头转向了我：

　　"您将我们的皇帝宝座都看清楚了吗？关于皇座，我还要给您做一个大报告。我们去中南海转转吧，那里有一座小岛，很值得一玩！在那里，我们可以舒适地坐在藤椅上享用茶水、冷饮和点心，安安静静地聊天……"

在幽禁皇帝的人工岛上

　　坐在藤椅上真是特别舒适，人一坐上去，它就会嘎吱嘎吱作响。把这种响声视为坐垫的特殊表现形式之一，内心就会感觉到一种真正的愉悦。

　　当我抱着这种心态端坐在杨先生的对面，享受着坐藤椅的快乐时，茶房伙计已经从我们身后的茶亭里走出来，问我俩想吃点什么。随即在我和杨先生之间的桌子上摆上一盘盐拌瓜子儿、两个无柄茶杯和一个描画着彩色鸟雀和花草的茶壶。我点了两只熏制的椒盐龙虾。茶房告诉我，还得先去其他店里购买龙虾。这种看起来味道就一定会很不错的龙虾，我在菜市场上经常见到，总想亲口尝一尝。

　　中南海清爽靓丽的湖水，此时吸引了我的注意力。

　　宽阔的湖面在我们的脚下向四方延展，远方美丽如画的风景给人的感觉就像是一把巨大的、展开了的中国折扇。清澈的湖水里可见绿色的水藻和攀缘植物，湖面上宽大的荷叶随风摇摆。荷叶中间生长出桃子般大小、含苞欲放的荷花花蕾，粉红色的荷花像是漂亮女孩害羞的脸蛋，有些荷花呈象牙黄色、紫色和鲜亮的红色。完全开放的荷花看起来则像开了花的仙人掌，只是个头更大一些而已。

人工湖中央的这座小岛是以前的一位皇帝授意修建的，作为人工湖来说，这片湖已相当大了。同样，湖中这座人工堆积起来的小岛也不算小，大约有两三百米宽。湖水环绕的小岛上有小山、人工洞穴和可供居住的庄园，皇帝心仪喜欢的设施应有尽有：观望亭、阳台、连接一排排建筑的带顶盖的漂亮回廊、围墙围着的宫院。一如其他小型中国庭院的格局，宫院里还有露天戏台，而供人休闲的石凳有的建在闲适安逸的角落里，有的建在沙沙作响的大树下。石板铺成的公园小径交叉、纵横地缠绕着"小山"，穿过一个一人多高的洞穴，小岛上还建有一座拜神祭祀的寺庙。

"陆地"上有数座汉白玉小桥连接着南海上的小岛。人们在建设中还十分艺术地赋予人工岛屿一种未开发的原始自然特点，可谓袖珍版"山水"。中国人称这种艺术风景为"山水"，根据意义可以简单地翻译为"景观"。

我们身后的这座小亭子也十分令人着迷，可今天，亭子却成了茶点店。

"真令人陶醉啊！"面对杨先生，我感叹道。他却向前探过身子对我说："是啊！这座人工岛 [7] 确实令人陶醉，但它也是一个悲剧上演的地方。"他开始述说了：

"这个故事不仅仅很有意思，因为我们现在正好就在岛上，它还很有历史意义。可以这样说，如果我们年轻的皇帝没有被最后一位权高位重、阴谋成瘾的慈禧太后流放并囚禁在这里，中国政治的发展说不定就完全是另外一个进程了。中国很可能不会沉沦得这么深，不会四分五

---

[7]　即瀛台。——译者注

裂，不会那么贫穷，今天的中国人站在世界上会完全是另外一个样子，日本人也不敢如此轻而易举地玩弄我们，我们就不会是一只任这个小小岛国和其他外夷恣意宰割的羔羊了……"杨先生意犹未尽地一口气说了这么多。

杨先生喝了一口茶，完全没有因"中国和日本"这个棘手的话题而显得格外激动和愤怒。相反，倒给人以格外冷静、沉着的印象。他掀起长衫的前摆，跷起了二郎腿，然后舒舒服服地倚靠在藤椅背上。

阳光照耀的湖面上，白色的蝴蝶翩翩起舞，蜻蜓在嬉戏追逐，蜜蜂在嗡嗡吟唱……不时，会有几只青蛙蹦蹦跳跳地来到我们脚边，然后又"扑通扑通"地跳回水中。

"十九世纪中叶，还是慈禧太后当政的时期，"杨先生继续讲述："中国的有识之士就意识到，由于数百年的闭关自守，中国在许多方面都大大落后了。那时，正好西方列强，包括日本人来到了中国。他们发现这里是一个绝好的商贸之地，于是耀武扬威地开来坚船、架起利炮，以便强行通商。但在中国的宫廷里，存在着反对势力，他们拒绝所有外来的新事物。有权势和野心的太监们倚仗着太后个人的宠信，掌握着几乎所有的权力，还监管着国库收入。人民被沉重的赋税压得喘不过气来，他们试图起义造反，推翻清朝政权，著名的太平天国农民运动因此而爆发。

"尽管宫廷破败、堕落，被道德沦丧的阉人太监掌管着，尽管任人唯亲而导致各地省府存在众多问题，但国家还是有一批坚守传统的仁人志士，一如历史上那些力图将中国建设成繁荣富强、文化高度发达的国度的人，如两江总督、直隶总督曾国藩，直隶总督、北洋通商大臣李鸿章等。

"但是，曾国藩等有远见的政治家提出的改良方案，如要以西方模式对中国政治体制进行改良更新，要彻底清除政府官员行贿腐败、胡作非为的行为，要组建一个现代化、纪律严明的国家军队，以及最重要的是要扩建一个现代化的交通网等却被冷落了。"

说到这里，杨先生一仰头，一个大弧线远远地向湖面上吐了一口痰，坚定有力地继续说道：

"遗憾的是，朝廷理解不了这些改良方案，他们宁愿相信算命先生的话。慈禧太后也反对这些革新建议，对此抱漠不关心的态度。实际上，是这些建议违背了她的意愿，因为只有'老佛爷'才是天才，是有智慧的人。慈禧太后的顾问当时也非常强势。经过百般努力，李鸿章终于请了一支外国团队，于 1876 年在中国修建了第一条铁路：上海——吴淞铁路线。长江就是在吴淞口流入大海的。这段铁路长尚不足十六公里。当民众见到第一列蒸汽机车在他们的耕田里驶过、耕田里的祖坟没有得到有效保护时，一下子就惊慌起来。民众的这种情绪正好被具有宗教性质的暴动团体所利用，进一步被煽动起来。面对民怨，朝廷也束手无策，只好以最快的速度从外国人手中买下机车，示范性地作为'魔鬼的一个拙劣产物'丢进了长江。在此之后的五年时间里，皇家宫院、朝廷上下再也不准提'火车'二字。"

杨先生沉默了下来。

一阵清风吹过，公园里古老的云杉树沙沙作响。远处湖面上，两只天鹅正在硕大的荷叶间游弋。茶房伙计踩着毫无声响的鞋底又轻轻地走了过来，端来一壶新泡的茶水和我点的龙虾。我用两只手剥开龙虾壳，一块块地将虾肉送进嘴里，那味道真是妙极了！

"这时，出现了一个转折点，"带着夏日清新热情的语调，杨先生继续说：

"由于一直由慈禧太后垂帘听政的皇位继承人光绪皇帝已长大成人，可以理事朝政，故顺理成章地接管了朝廷事务。年事已高的慈禧太后退位，和她所有的宫廷侍从迁进坐落在北京西北部数公里处、花两千多万两银子修建的夏宫'颐和园'。顺便说一句，当时人们还在私下里议论，陪同慈禧太后的好几个太监都不是真正的阉人，而是正常的男人。"说到这里，杨先生诡秘地笑了起来。

"这大概不属于我在这里要说的话题，尽管它清楚地曝光了慈禧太后的私生活。光绪皇帝是一位聪明的年轻人，他认为广东人康有为是一个特别能干的顾问和幕僚。在康有为的影响下，光绪皇帝很快也就淡忘了与慈禧太后之间残存的、本来就很紧张的关系。

"年轻的光绪皇帝在一百天之内宣布了不少于二十七项改良主张，其目的在于，根据这些改良主张在中国十八个省内推行彻底的变法新政，进行改组革新。就在这时，他遭到慈禧太后的警告和指责。但光绪皇帝为了使自己的新政有保障地进行，为了完成'上天'赋予的将中国从外侮中拯救出来的任务，没有去理会慈禧太后的警告和指责。相反，他做出决定，从现在开始，要对他的对手直至最小的贪官污吏进行毫不留情的清洗。作为实施这一清洗行动的序幕，他首先计划要将得宠于慈禧太后、年龄最大、权势也最大的直隶省地方长官荣禄杀掉，然后再将慈禧太后抓起来。但是，这一谋反行动终被发现并挫败了，年轻的皇帝被抓了起来，流放到……"杨先生的语调降低，他站起来指着脚下的人工岛接着说道：

"光绪皇帝被带到这座小岛，被软禁在小山上的某一个厅堂里，被逼写下了退位诏书。他以健康不佳为借口，跪求慈禧太后重新接管朝廷政务。"说到这里，杨先生又一屁股重新坐到藤椅上。

幽禁光绪皇帝的南海瀛台

"光绪皇帝在这个岛上被囚禁了十年，直到他离开人世。令人深感奇怪的是，他正好在慈禧太后去世的前一天死去，时间是 1908 年 11 月 14 日。"

杨先生再一次沉默，沙沙作响的树叶声更大了。接下来，杨先生又以一种低沉、心灰意冷、听天由命似的语调轻声说道：

"几乎所有的改良派人士都被处以极刑。摆脱了内部和外部的困境后，慈禧太后继续主宰着倒退的思想。1900 年，反对外国人的'义和团运动'爆发，要秘密处死所有的外国人，并悬赏每一个外国人的人头。霸道专横的慈禧太后，就像她作为满族女人叶赫那拉氏那样，在她生命的最后一刻，在众多的皇子中指定了当时还未满四岁的小溥仪作为皇位的继承者……今天……"

"……今天的伪满洲国皇帝。"我马上替他说了一句。

杨先生笑起来了，询问似的看着我。但我什么都没说，而是向下看着我身前的盘子，盘子上横竖交叉地放着透明的红色龙虾壳，像古代巨型爬行动物蜥蜴的残余物，又像"世界的中心"——中国历史遗留下来的废墟残骸一样。

"龙虾的味道真好！"我赞叹道。

我们起身围绕着流放皇帝的小岛散了一会儿步，我默默地在心里将其与圣赫勒拿岛[8]做比较：那同样是一个勾起人们伤心回忆的地方。

我们走过一座用厚重的四方石板铺就的小桥回到了"陆地"上，又沿着一排古老、满是节疤的树林慢慢行走着。路的另一边则是绿草茵茵的平坦湖畔，平和宁静的宽大草地像铺上的一块大彩色地毯。湖面上

---

[8]　拿破仑流放在这个岛上，终其一生。——译者注

荡漾着几条小船，船上是手拉着手的年轻中国男女学生，男学生身穿欧式上装，女学生穿着素洁清爽的紧身衣裳。此情此景，我的思绪一下子飞到了远方，飞到了意大利的威尼斯，飞到了夏日里万般柔情的德国万湖。但我要说，这里更美，更罗曼蒂克，这里有千年中华大帝国历史的深沉回响。

"您现在想去哪?"杨先生问我:"很遗憾，我没有那么多时间陪您了。"杨先生看了看手腕上的那块留学日本带回来的手表说。

"哦! 您完全不用顾及我。"我回答道。

"如果您没有什么特别的安排，我倒有一个建议，"他对我说:"您可以沿着城墙一直走到前门。站在前门楼上，一面可以清楚地鸟瞰整个八旗城区，在另一面您可以看到形形色色、杂乱无章、热闹繁忙的汉人居住地区。在前门，整个紫禁城，包括我们刚才去过的皇家公园都能尽收眼底，您对宫廷院落和皇家建筑的比例会获得一个生动直观的印象。这里离那里已经不远了，只要朝着您现在见到的前门走就行了，五分钟左右吧。"

又是至少约十分钟来来回回的互相客套后，我们才告别。我谢谢他陪我逛公园，杨先生也同样谢我，还极力阻止我的谢意。我的客气劲也被刺激了起来，也极力拒绝他的谢意，并告诉他，谢我是不必要和多余的，杨先生又是"以其人之道还治其人之身"地反过来劝阻我。过路人都好奇地站住观望，心里一定在琢磨，这两人怕是在互相责备吧。我们俩人就这样你来我往、严肃认真、"讨价还价"地讲着客套话，以求保全我们各自的"面子"。

我很快走近城墙，站在了前门门楼上，迎着拂面而来的微风。头顶上方是屋檐檐边向外远伸的门楼屋顶，身后则是至少能并排行驶三辆汽车的宽宽的登城坡道，脚下是雄伟壮观的北京城。在阳光的照耀下，北京城更是灿烂辉煌、熠熠生辉，呈现出华美堂皇的鲜艳色彩，像一首气势磅礴、恢宏壮阔的交响曲。我曲弯着手臂扶靠在围绕着城墙内圈的半人高护墙上，所处的位置正好在东、西两个角楼中间，两个角楼相距约七公里。向北，规模宏大、建筑华丽的皇城一览无余。皇帝当政的时候，这可是凡夫俗子不允许踏进一步的地方。

城墙甬道的另一边同样由护墙保卫着，护墙上每隔几米就建有一个射击垛口，以便保卫城市的士兵能够将步枪、长矛或弓箭伸出去。这是一个十分正规、城堡垛口式的防御工事。

宽阔的北京城在我的眼前延展，富丽堂皇的一大片皇家大院呈前后左右对称布置，给人一种法度严谨，但又十分惬意舒适、均匀自然的感觉。在真正的皇城区内，宫院一个挨着一个笔直地拉成一条，一直延伸至紫禁城，所有的屋顶都闪烁着耀眼的金光——皇家色彩。紫禁城后面是呈深暗色的煤山，山上能见到小巧玲珑的亭台楼阁。

穿过十二道城门，人们可到达八旗城区。每一道城门上都耸立着一座威严高大的门楼，前门门楼是所有九座门楼中最大、最漂亮的一座。汉人城区的一面直接比邻八旗城区，另外三面不交界的城界均用灰色砖墙围了起来，但与围绕八旗城的城墙相比，灰色砖墙要低矮、单薄多了。

北京城看起来就是这样一个由四个四方盒子比邻拼接起来的城市，四个城区分别是"紫禁城""皇城""八旗城"和"汉人城"，每个城区都有自己独立的护城墙，城市规划得十分缜密。街道从一个城门对准另

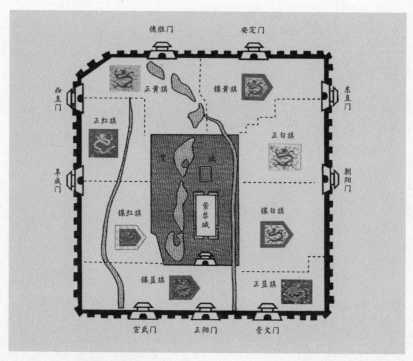

老北京城区主要区域分布图

一个城门延伸，纵横交错，将城市分成许多今天人们居住着的四方形大住宅区。

　　世界上还没有一个城市能像这座京城一样，给人如此法度严谨、气势强大和庄严崇高的印象。北京城被誉为整个世界的精神、文化和政治中心，因为，中国的皇帝自诩为"天下神授第一"。他是政治上、宗教上的首脑，其能量和作用是无人能比的。

　　北京在历史上、文化上和道义上都明显地体现了整个中国的伟大和威严，谁要是能在精神意义的层面上理解和认识这个城市，谁就能把握住中国的伟大，把握住我们钦佩和尊崇的中国以及在人类的各个领域都

天坛祈年殿前

表现得如此伟大、崇高和强大的中国人民。过去的四千年间，中国朝代更迭，拥有过很多帝都皇城，但还没有一个能与北京类比。皇帝掌握着人类富贵和贫穷的命运，是神灵和上天的化身，他统治世间万事万物和所有民族，他的要求和权力是没有限制的。同样可以想象的是，大量世间奇珍异宝作为贡品被供奉到了北京，有来自暹罗、印度、波斯、土耳其、俄国的贡品，还有来自当时完全不能与今日同语的欧洲的贡品，中国各省的进贡就更不用说了。

China——"中国"，字面上的解释为"中央之国"，即世界和世界价值的中心，你会因此而感到吃惊吗？今天，人们在北京还能找到所谓"世界中心"的明显佐证：一个圆形的大理石平台坐落在一个同样呈圆形、有三层平台的大理石祭坛中央，前往祭坛须登三个九级台阶。这个祭坛平台就坐落在"天坛"宽阔的广场上。今天，每一位外国旅游者都可以莅临参观。以前，中国皇帝在这个祭坛上摆上供奉上天的牛羊牲口祭品，从这里察其信仰，天坛确实被认为是世界的中心点，连接着上天。

我鸟瞰着皇家屋顶闪耀着金光的琉璃瓦，如燃烧的点点烛火发出的粼粼波光，华贵的紫红色将皇家围墙拉出条条严谨的直线。阳光下，大片厚重的亲王府屋顶上的琉璃瓦闪烁着玉石般的绿色。数不清的灰色院墙将灰白色的四合院围住，城堡似的城墙围绕着八旗城区和汉人城区，灰蒙蒙的一片，像一部气势磅礴的人间传说。

整个城区被一个细密朦胧的灰色纱网覆盖着，这是空气中飞扬的北京灰尘。北京灰尘，这伴随数千年文化产物的气候产品，神秘莫测地悬浮在城市上空，使得雾霭笼罩下的所有更加失真、珍贵，更令人尊崇和敬畏。这座皇城给人的感觉就是如此，如一个在中国北方黄土地上经数百年洗礼褪色了的宽广、巨大的华盖。

在北京最好的餐馆里

在北京，有观赏不尽的东西，这里的每一块石头都承载着中国伟大、辉煌、悲剧性的历史记忆。在这座城市里，即便待上数年，仍会觉得有学不完的东西。二十七公里长、将近四十九平方公里面积围绕起来的北京城墙里，有取之不尽的宝藏。每一座桥都蕴含宗教意义，每一根圆柱上都涂抹着具有象征意味闪亮的彩漆，数千尊神像带着生动无比的面部表情和神色俯视众生，每一尊神像的神情也都含义丰富，是深藏着的、形形色色的人类心灵的再现！

我沿着四米高暗红色的东城墙行走，墙的顶部覆盖的也是马约里卡彩釉琉璃瓦。城墙保存得十分完好，只有红色的涂层上有些许或这里或那里的因岁月风化剥蚀的痕迹，这残留在墙体上的斑驳痕迹，就像青铜器皿上的绿锈一样，更能诱发人们的崇敬、敬畏之情。

几分钟以后，我到达将红色城墙断开的城门：东安门——紫禁城的东门。今天，一位看门人正坐在一间小木房里出售参观皇宫的门票。紫禁城，这个以往供极少数人享用的全中国最上流、最高雅的地方，今天已经改建成了民众游乐的公园。现在，进进出出的都是一家一家的平民百姓。

我今天另外有约，正在去往北京最好的一家餐馆途中，按照杨先生的描述，餐馆应该就在附近。我拐上了自东安门笔直向东的宽敞大街。时近黄昏，走到一片有许多木棚作坊的区域，木棚里微弱的煤油灯光给人一种家庭般的温馨感觉。尽管北京已经有了电灯照明，但对大部分平民百姓来说，用电还是过于昂贵。

走过一个木工作坊时我站住了，木工师傅正在将一个结实的轮毂安装在轮面宽宽的圆形木框架上。在我看来，像是农村里常用的那种大马车轱辘，轮子与地面接触的轮面上密密地铆上了大头铆钉，滚动时将地面压出深深的凹槽。

正在干活的木工师傅头上悬挂着一盏煤油灯，就像我们欧洲百年前使用的那样。正当老师傅抬头喘气的时候，他注意到了我。在开始一阵惊慌之后，他马上半咳嗽、半疲劳地微笑着向我打招呼："吃过晚饭了吗？"

这是中国一句最流行的问候语，就像我们说"晚上好"一样。

"还在忙啊！"我也礼貌地搭腔。

"进来喝碗茶吧！"他邀请我，同时将手中沉重的木槌扔到地上。我感谢他的邀请赶紧说道：

"不了，我还得赶路。请问，'大光楼'餐馆就在这附近吗？"

"走过几幢房子就是了，"他十分热情地告诉我，并用手指向东面："满打满算也就五十步左右！"

不一会儿，我就站在了一幢老房子前，眼前是透着微光的纸糊窗户，不绝于耳的嘈杂声从里面传了出来：人的吆喝声、木擀面杖"咚咚咚"有节奏地敲打声、炒菜时锅铲在铁锅里"哗哗哗"的搅拌声、火剪夹"砰砰砰"的碰撞声……同样，也有瓷器掉在石头地板上的破碎声。

老北京烤鸭的传统制作过程

这里很可能是餐馆的厨房。

　　仅从外观上看，此餐馆并没有什么特别讲究之处，倒像是贫穷的苦力们就餐的地方。但正门上方一块书写着流畅、遒劲的"大光楼"三个烫金大字的门匾，显示着它的高贵，周边街道上还停放着许多小轿车。显然，这不是穷人光顾的餐馆。

　　走进餐馆时，又是一阵流行的、欢闹的欢迎仪式，在围站着的众多接待人员和跑堂的大声吆喝下，我被迎了进来。身材臃肿肥胖的老板告诉我，王先生定下的包间在第二个院子里。油光满面的老板右耳朵上还夹着一支写字用的毛笔，他叫来一个跑堂，把我带到了后院的包间。

　　"哈罗！哈罗！"王先生和杨先生大声叫喊着，欢迎我的到来。他们正站在院子中间一个养着许多肥鲫鱼的大圆木桶旁，交代跑堂今晚要吃的是哪一条鱼。

　　"欢迎，欢迎！"王先生热情地对着我打招呼，而精通中国烹调的杨先生正在向站在一旁的跑堂交代厨师做这条鱼的烹调技艺："红熏鱼！"也就是将糖酸汁趁热浇在端上来的油煎鲫鱼上，一道十分可口的中国菜。跑堂点头称是，双手使劲地抓着还在活蹦乱跳的鲫鱼走了。

　　他俩彬彬有礼地陪着我来到包间，许多愉快的笑脸都朝向了我，有男有女，大多数人我都不认识。

　　相对而言，这个包间并不大，且充满着各式各样的芳香味儿。有沿墙根摆放着的一溜大瓷花钵里和桌上彩色花瓶里逸出的花香：菊花、丁香花、白色和红色的大丽花、绣球花、茶黄色和深红色的玫瑰花……房间角落里还缠绕、攀缘着一株小小的、从一个大肚瓷瓶里伸出来的金莲花藤，小花朵像长长的耳环向下垂挂着。一条长的浅紫色的风信子枝条在对面的墙角闪耀着光芒，它插在一个高高的、花瓶状的竹制墩钵里。

包间里花香四溢，甜得像蜂蜜，清爽得像外面轻拂的秋风，新鲜得像飘逸出来的德国科隆香水。

茶水端上来后，王先生将在座的各位一一介绍给我。这位是性格活泼热情、身材娇小的胡太太，那位是长着漂亮长睫毛的吴小姐，吴小姐长长的睫毛影子在闪光的瞳孔里反射出来，她的眼皮总是介乎于半睁半闭之间，流露出也掩饰着一丝羞涩。在此期间，她几乎就没有大声地说过话。相反，接下来的一位女士曾小姐则总是笑容可掬，嘴唇微微闭合，好像在嘲笑什么似的。曾小姐应该是在座所有女士中最妩媚、最具魅力的一位了。梁小姐声音洪亮，说话很快，但一字一句清楚可辨，有点像器乐演奏中的断奏、顿音，只是在说每句话的最后一个词时，总喜欢唱歌似的有意拉长音调来予以强调。如果她说"不是"，她就会在说"不"的时候，将嘴唇向前凸出，以便接下来在平息笑容的面部表情表达出"是"时，能流露不寻常的魅力和温柔。

茶桌对面的人在聊些什么，我不能够完全都听懂，但我还是在新奇地注意倾听。我承认，我在与曾小姐谈话时并没有十分注意礼节。曾小姐此时就站在我身后，嗑着瓜子儿，并风度优雅地将瓜子壳快速吐在地板上。

"请坐下来嘛！"曾小姐转向了我，同时将我旁边的一个藤椅摆正后坐了下来。

"您怎么这么沉默，难道您不会说中文吗？学着嗑嗑瓜子儿吧。"她说着将手掌伸了过来，凹进去的掌心里放着一些瓜子儿。

"谢谢！瓜子儿吃起来这么困难……"为了不再与她继续交谈下去，我拒绝了她的提议。我不知道，我的耳朵为什么就像中了邪一样，一直在倾听桌对面梁小姐与一位德国女士之间兴奋的交谈。

"您的中文说得不错嘛。"曾小姐还是接过了话头。哪知道，我简单抛出的一句瓜子儿难嗑的话，竟促使她要详细地教我吃瓜子儿的技巧。

"您看，您用两个手指夹住瓜子儿，用上下门牙轻轻一嗑，只需嗑瓜子儿上部的尖头，由上往下，两片瓜子壳就会自己裂开，您再将舌尖向前伸出，然后收回，瓜子儿自然就会落在您的舌头上了。"

她是如此可爱、认真地给我讲解嗑瓜子儿的程序，不仅如此，还示范开了。她有着一双娇小、孩子般秀气的小手，指甲上涂着红色。指甲上涂色并非是西化的产物，也是中国的传统习俗。

在嗑瓜子儿的当口，我欣赏着她那珍珠般整齐细碎的牙齿，好漂亮的一排牙齿啊！由红色的薄嘴唇包围着。描画口红也是地地道道的中国习俗，当然，不是用接吻后仍能留住口红的口红笔，而是用植物的颜色，被称为"胭脂"。脸上化妆扑的腮红也是使用同样的颜色。

"咔嚓！咔嚓！"她就是这样嗑瓜子儿的，瓜子儿放到嘴里，一声"咔嚓"，一两下咬瓜子儿的动作，可口的瓜子仁就在嘴里"融化"了。遗憾的是，我嗑瓜子儿的功夫还不到家，吃进去的瓜子壳要比瓜子仁多多了。

瓜子还确实味道别致，有点像欧洲的榛子，但带点盐味和烟味。如曾小姐教我的，吃瓜子时要用舌尖，要求的技巧和灵活性并不低。尖厉的瓜子壳尖总是像针尖一样刺痛我的舌头，舌头尖都开始滴血了。当我告诉曾小姐的时候，她竟开心地"咯咯咯"笑了起来，要我将舌头伸给她看。我不拘礼节地迎着她伸长了舌头，她吃惊地向后退去，就像我伸出来的是一个要袭击她的变色龙舌头。她吃惊地用手挡住了嘴，"哎哟"一声地叫了起来：

"真的，都滴血了！""哎哟"是中国人在感到惊讶时常常发出的叫唤声。

"柯！柯！"我听见一声用中文直呼我名字的响亮声音，只见梁小姐正拨开众多站立着闲聊的男男女女向我走了过来。她说，有一个相当重要的问题要问我，端着一杯茶就说开了：

"王先生刚才告诉我，您是一位作家，正在写报道、写书。我对此也深感兴趣，有时候也写点东西。我平时主要写点小诗，按我们中国诗的文体。我能给您读上几行诗吗？"说完，她那圆圆的大眼睛从下至上盯着我。除了点头，我还能说什么呢？

她的眼睑慢慢下垂，眼睛盯着地面开始读了起来：

当百合还是欲放的花苞
白天像肤若凝脂的象牙
灼热的是芬芳的清香
然而，我的灵魂在蓝天振翅
我的心充满了柔情似的悲伤
我，像光滑的仙女之手
在爱抚着我黑色的秀发

读到这里，她小心地将茶杯送到嘴边，似乎是避免无事可干的尴尬，准备接受我肯定、赞赏的话语。

"是的，"她又说道："我的诗当然还显得相当笨拙，我们所有的诗歌听起来都还显得有那么些童稚般的天真与简单，与你们的诗歌相比完全是另外一回事。我也读过一些翻译过来的、您的同行歌德的诗歌。"
说这话时，她显得是那么天真、理所当然。

"当然，我也曾费劲地背过其中的一首。我背一首给您听听如何？"
她张开手指边思考边按揉着自己的太阳穴，直到她终于开始轻声地背诵
起来：

> 看见一个孩子、一朵站着的小玫瑰
>
> 小花开放在原野……

她没能继续背诵下去，剩下的诗行她已经忘记了。

"我的记忆力太差，背诵你们的诗歌也太难了。"梁小姐抱怨道："我
家里有不少歌德的诗集，您认识您的同行歌德吗？"

"是的，我知道歌德，但我个人并不认识他，他是一位伟大的诗
人。"我说。

"哦！真是太好了！"她带着十分兴奋的语调感叹道："歌德到底多
大年纪了？"

"相当老了，屈指数来差不多快两百岁了。"我开玩笑似的回答。

"这当然是高寿了，"她说这话时似乎也在极力思考，两眼若有所思
地盯着茶水杯。不一会儿，她又抬起可爱的小额头，没有把握地侧面看
着我小声小气地问道："他是不是都已经去世了？"

"肉体上是的，但精神上没有。他于1832年安葬在德国的魏玛。"

"这太令人伤心了！"她感情深切地说道："所有的人最后都会死，
但好人不会死，他们会升天，会成为神。您相信这个说法吗？"

我点头示意，以便梁太太不会注意到我揶揄的笑意，她又在进行哲

学方面的探讨了。结束时，她有点心灰意冷地说：

"弄明白一个来自西方的人是如此困难，好像是听明白了，可你们表达的却是另外一个意思……"她摆出一副引人深思的神态，光滑的嘴唇难为情地一张一合着。

"不要想那么多，"我对她说："东西方之间确实存在着很多误解，但人们不应该放弃消除这些误解的希望。我认为，东西方之间应该架起一座桥梁，明确其未来。您应该继续研究歌德，他会很好地引导您进入我们的思维世界。同时，我也不会无所事事，会继续探讨你们的同行孔夫子、老子、李太白……"

听到我说"同行"这个词，梁太太一下子生气起来，并极力地否定，意即：我怎么能将她视为这些圣人的同行呢！

"我只是一个普通人，而孔夫子、老子……他们是泰斗、圣人。"她又不好意思地抱怨了好一阵子。直到我终于注意到，她真的是在为我亵渎圣人的言词很不安时，我马上对她解释道：

"这就是前面提到的误解，您看，我们在这里聊天，在此之前，您把歌德说成我的同行，不也是一样吗？我也是用同样的表达方式，称'老子'为您的同行。我一直以为称呼同行是你们国家一种比较普通的表达方式。因此，您大可不必为此抗议。我用同样的礼节回报，您竟如此激动。话又说回来，您现在不也在像他们那样，在写诗、在研究哲学吗？"显而易见，我的这一番话确实使她平静了不少，她发自内心地感到开心，并笑着说道："您真的十分会狡辩，不过，我会慢慢学会理解你们的。"

王先生走了过来，向梁太太道了声对不起，友好地挽上手臂将我带走了。他带着一种意味深长的微笑告诉我，要给我介绍有关这家餐馆的趣闻，但这些话题当着女人的面又不好说。

"您会对此感兴趣吗？"

在昏暗的院子中间，背靠着一口大的陶瓷鱼缸，王先生开始述说起来："说这个餐馆是北京城最好的一家是有其真实的历史故事作为依据的。离这里不远处是东安门，"他伸长手臂指向西边。

"东安门是前往皇宫的通道，正如您所知道的，皇室的所有事务主要是由阉人，即皇宫的太监们打理，他们大都还是一些相当有智慧的人。在宫里，没有很多事给他们干，他们事实上也干不了很多事。"说到这里，王先生意味深长地笑了起来，带着狡黠的神态继续说道：

"因此，太监们会在其他方面去寻求享受，他们中特别机灵的人会去学作画，另外一些人则会在演说技巧、戏剧表演方面展现他们特别突出的才华，比如有些人去拉二胡或弹琵琶，有戏唱得相当不错的太监，当然是唱'女'高音啦！在各个行当，他们都进行了认真的学习和钻研，他们中甚至还有朝廷的高级大臣和皇帝贴身的顾问。当时的情形就是如此。"

王先生的表情不再那么郑重其事了，他接着说道：

"如您能够想象得到的，太监们都有一个特别讲究的舌头，因为所有男女间的情欲、色欲都集中到他们的味觉，转移到他们的食欲上来了。对烹调他们要求很高，总是在细心琢磨、精心配制美味可口的菜肴。宫里请的很多厨师都因厨艺不精而付出了生命，太监们同样是十分专横残忍的，如果一个厨师做的菜肴没有达到他们要求的口味，次日就会被砍头！

"太监们的味觉神经是如此的细腻，例如，用很多调料煎出的一条鱼，他们能吃出鱼的年龄，是一个月、两个月或三个月，还是五个月，甚至能吃出这条鱼来自哪一个鱼塘或哪一条江河。对待肉食、蔬菜、调料、茶……简言之，所有入口的食物他们都有研究。以前，民间有这样一种说法，即没有一个厨师在太监那里能活过七天的。即便现实中不会这么短，但不定哪一天就会有一个厨师人头落地！"

"这听起来像是印度寓言故事《一千零一夜》中的情节，"王先生看着我继续说道："故事是这么说的：明天一早就要送来一位年轻姑娘处死。可美丽聪慧的桑鲁卓姑娘，通过讲述一连串精彩的故事，吸引、迷惑住了凶残的国王，使国王产生明晚继续聆听故事的要求和欲望。就这样，为了不死，桑鲁卓的故事一天一个地讲述了一千零一夜，直到最后国王赦免了她。国王不仅让桑鲁卓继续活下去，而且他每天早上杀死一个姑娘的凶残习性也得以杜绝。人们在讲述太监厨师的故事时也有类似情节，那是乾隆时期，距今约两百五十年了。这位厨师知道太监欣赏自己的厨艺，将被砍头的日期一天一天地往后推，直到数年后作为一个例外被解雇，最后年迈地死去。这位厨师被解雇后开了一家餐馆，也就是我们就餐的这家餐馆。一代接一代，皇宫的太监们总来这家餐馆订购他们想吃的饭菜。"

王先生沉默了，好像故事已经讲完。当我看了他一眼后，他又禁不住绘声绘色地夸夸其谈起来："还有呢！这家餐馆吃剩的饭菜都不会被随便扔掉的，将继续卖给次一等的二流餐馆，再剩下的会送到三流或四流餐馆，直至乞丐们聚餐的小吃店，最后的残汤剩羹也会留给与人类友好的动物，如猪、狗之类。这就是我们菜肴的等级，一点点、一滴滴，从上至下，都没有浪费掉，如水流一般：从水的源头到小溪，从小溪再到江河，从江河再汇入无边无际的大海。"

　　"哦！现在我们得赶快进去了，"王先生结束了他的讲述："不然，客人们会对我们滞留在外感到奇怪的，梁太太也会怪罪我占用了她这么长的时间。她一定还想为您背诵诗歌呢……"

七月十五：中元节

　　正当我准备出门的时候，听到前院响起了"砰砰砰"的敲门声，声音低沉而又生硬。院子里的佣人向我迎面走来，告诉我来了一位客人。

　　我正想问是谁，只见情绪总是十分激动的杨先生跌跌撞撞失控地跨过了前院，通向第二个院子的小门门槛径直冲了进来。接着，又像几乎所有的中国人那样，觉得如此冒失不妥，出于迷信又返回到前院，再一次顺利且稳当地跨过第二个院门的门槛。

　　中国的门从来就没有直接接地的，门下都建有一个七至十五厘米高的门槛，木头做的门槛从一个门柱铺接到另外一个门柱。如果不抬脚，是进不了中国人的家门的。门槛能够阻止那些试图偷偷溜进房间、给家人带来致命疾病的妖魔鬼怪。在中国各地，实际生活中的一些必要设施差不多都会借助圣灵、神仙、鬼怪、家神的存在来予以诠释。例如，在中国，就没有一条大街或小巷的通道会笔直地直接对准院门，而这个院门又通过院内的圆门笔直地对准其他第二道、第三道院门，人们走进一个个院子都必须拐上几个弯，转过几个角。在中国人的想象中，妖魔鬼怪只会直行，不会拐弯。如果通往院门的道路拐上几个弯，就可以挡住恶魔进入住宅。在中国，日常生活中的每一个小小的细节都套在了一个形象化的、有象征性的、特别缜密的风俗习惯的网络和规定中，几乎无一例外。如怎么吃饭，怎么喝水，茶壶不允许在桌子上怎样摆放，怎么舀水，怎么过门槛，怎么穿衣脱衣，做头发和提灯时应具备的行为……所有的都由妖魔鬼怪的习性做了规定，这些妖魔鬼怪就潜藏和埋伏在人们的过错与不经意的疏忽之中。

"太好了，总算找到您了！"杨先生伸开手臂向我迎面走来："您今天晚上有什么安排吗？"

"没有，我只想现在到城墙上去散散步。"我回答说。

"那好，我陪您去散散步，还能给您做向导，晚上再到我那儿去做客。"杨先生说道："今天是农历七月十五，一个节日，我们要祭奠死去亲人的灵魂。按照我们中国人的说法，死人的魂魄今天会重返人间，在空气中游荡。大街上会很热闹，来来往往的人的手上都提着纸糊的大莲花灯笼，以此表示对死去亲人灵魂的怀念和敬意，同时也避开这些魂魄可能带来的对人有威胁的危险。数千盏灯笼充满着整个大街小巷和广场，十分壮观、吸引人。"

我们走在尘土飞扬的狭窄胡同里，走不上几步，杨先生就会拽着我的袖子说："这里要拐啦。"在如此拐上几条胡同后，我就分不清东南西北了。当我再问杨先生所在的方位时，杨先生告诉我说："如果一个人不具备辨认方向的天赋，他在北京就会寸步难行。难道您没有注意到，北京是一座方位感极强的城市吗？在这里，没有前后左右，只有东南西北。如果您在北京问路，北京人的回答是：您笔直往西，再向北拐，然后往东走，到一条向南的胡同，再……虽然听起来对一个熟悉地方情况的人都会觉得糊涂、懵懂，但实际上这种表达是最有效的。北京是一个

俯瞰老北京四合院

大的四方城，完全依照指南针的方位建造，大到围绕城池的城墙，小到一家家的四合院。所有的街道、胡同都是从东到西或从南到北，与城墙彼此平行。街道、胡同都是一条线拉直，相交成直角。斜向交叉的街道在这个城市几乎见不到，如果在某一个地方偶尔出现一条斜向交叉的街道，人们会认为是妖魔作怪的拙劣产物，从而避免走这条街，特别是夜深人静时，没人敢走。一排排围成四合院的房屋也是一个相应的整体，如我们所言，房子和房间没有东南东或西北西朝向的。这种房子不会有，即便有，也没有人敢住。因此，北京人没有不会认清方位的，哪怕是在深夜。"

"但是，"正当我们向东走的时候，我提出质疑："如果在这里，如您所说，没有左和右的概念，人们怎么表示左右呢？"我摊开了双手："难

老北京四合院内景

道我是'南手'和'北手'吗？我再旋转个四分之一圈，我的手不就马上又变成'东手'和'西手'了。"

听我这么一说，杨先生一下子竟愣住了，想了想接着又说道："自然界所有成双成对出现的和活动的事物，指南针罗盘都无法区别出来，例如鞋、耳朵、眼睛等。"

我们又拐过了一个胡同角，向右，没等杨先生提醒，我自己就确定了方位：向右，即向南。此时，一群兴高采烈的儿童正朝我们迎面走来，很快我俩就被萤火虫般舞动跳跃的烛光海洋团团围住了。每一个由小小的火苗形成的光亮都源自一个平面的、边缘呈尖形锯齿状的纸壳罩，纸壳罩由六片纸糊的大荷花花瓣组成，玫瑰色、白色、黄色、绿色……色彩丰富、大小不一。孩子们的声音清脆响亮，为了驱赶空气中游荡着的妖魔鬼怪，他们在欢呼、在叫喊……

走出胡同口，我们来到一个四四方方的平地上。杨先生告诉我说，以前这里是北京一个古老的制造铜钱的工厂，后来被烧毁了，也没有再重建，这块地现在属于国家。人们为什么没有在这块地坪上栽树、种植花草，杨先生也不明白。

"数十年来一直都是这个样子。"杨先生说。

"为什么这块地没有被划分成建筑用地，没有将它卖掉或租出去呢？"

杨先生没有因为要回答我一个又一个的新鲜问题而感到厌倦，他说："它自有它自己的道理，即便您不认可它。这里闹鬼，会带来霉运，人们都这么说，谁还敢在闹鬼的地方买地呢……"

"为什么这么说呢？"我问。

他耸耸肩，继续说道："我也不知道，事实就是如此，您可以问问这里的邻居。黑夜中，这里经常能碰到鬼影。不过，您现在最好不要再问了……"说到这里，杨先生自己就显得十分惊恐地四下望了望，并不自觉地越来越近地靠向我。

我们幸运地经过了广场，没有遇到一个妖魔或鬼怪。在下一个胡同里，我们看见了一个卖纸荷花灯笼的人，正操着抑郁忧伤的腔调叫卖着他的商品："买灯！"除了他，胡同里别无他人。

杨先生一声不吭，看来，他的身体还被鬼怪纠缠着呢。除了卖灯人的灯笼里闪出的红色火苗，整条胡同漆黑一团。杨先生快步走向卖灯人，买了两朵带烛火的花灯，我们手提花灯，作为武器驱赶着鬼怪，继续前行。

很快我们抵达城墙，坚固而又森严的城墙拔地而起。城墙有九米高，上面是十米宽的长长走道，过去高大坚固的防御工事今天仍然那么雄伟壮观，只不过真正到了紧要关头，它已经不会再拥有以前那么重要的防御意义了。

站在城墙上，向东望是一望无际的田野乡村，向西望整个北京城尽收眼底。北京城里，四合院一个接着一个，灰色一片，拥挤、低矮，顶着沉重的房顶。狭长的胡同像一条条犁沟，宽阔的街道像一条条长长的运河。现在是黑夜，故看不到对面的城墙，要在白天，对面城墙上锯齿状的墙垛和城楼都能清晰可见。城墙间是大约七公里见方、面积可观的北京城。

北京城外是一片田园风光，离城墙不远是人工挖掘的一条宽宽的护城河，与城墙一样围绕着整个北京城。今天，护城河上流光溢彩，一条条小舟在河上穿行，数不清的、闪烁着灯火的小纸花灯把护城河照得通亮，从城里出来的城市居民们在这里祭奠死去的亲人的灵魂。站在城墙上，耳闻河面上不断传来的嘈杂喧哗声，眼见一条条挂满灯笼的船在水中黛色的倒影，给人留下的印象倒是十分深刻。我和杨先生站在城墙上，小心谨慎地摇晃着手中的花灯，谨防纸花中点燃的蜡烛熄灭。杨先生已经多次提醒过我，火苗熄灭可是不祥之兆。

空气是静止的，没有一丝风，头顶上是熠熠生辉、繁星点点的夜的苍穹，闪耀着深蓝和金色的光芒。月亮，这个在远东每一个节日里我都期待见到的、每每光顾的灵物，今天却出乎意外地缺席了。

"死去了的人的灵魂现在正在空气中游荡，"杨先生又低声地对我说起来了："它要寻找一个替身，以便能再次回到人间，谁要是碰到了它，谁就会死。与此同时，一个新的灵魂会诞生，这就是这个节日——中元

老北京的护城河

节（天主教万灵节）的意义所在。"

一个灵魂转世，一个活着的人就可能要付出死的代价。

城墙上，充斥着一种别样的情调和气氛，可以说到处都是神鬼。杨先生正沉默不语地注视着城墙下烛火闪动的花灯在河水中的倒影。

北京城里，一群群花灯在胡同里奔涌，黑暗中舞动着五颜六色，恰似阴森的空气中无家可归的孤魂野鬼在恣意游荡……

第二章

四合院里

我的眼光追随着他，看他是怎样穿过小庭院、走过院里内墙上的圆形月亮门之后消失的。月亮门通向第二个庭院，与第一个庭院一样，第二个庭院铺的也是灰色地砖，收拾得干干净净。北京所有的四合院几乎都设计得一样：往往是五六个院落一个接一个地套着，由一排排平房方方正正地框着。

第三个庭院里的一只"夜莺"

　　"好呐！东家，"一位中国佣人答应着，并赶紧跑去向梁太太禀报我的到来。

　　我的眼光追随着他，看他是怎样穿过小庭院、走过院里内墙上的圆形月亮门之后消失的。月亮门通向第二个庭院，与第一个庭院一样，第二个庭院铺的也是灰色地砖，收拾得干干净净。北京所有的四合院几乎都设计得一样：往往是五六个院落一个接一个地套着，由一排排平房方方正正地框着。

　　已经不是白天了，人们只能靠天空施舍的那么一点点朦胧的反光来辨认物件的明暗。街上不时会传来混杂着的、各种各样难以确定的嘈杂声：狗的狂吠声、小商贩们的叫卖声、尖厉刺耳的车轮滚动声，以及黄包车弹簧起伏时发出的嘎吱嘎吱声……对这些反复出现的喧闹声，人们已经无意识地习以为常了，把它们当做城市固有的一类"和声"和"混响"，并作为噪声的"窃窃私语"来接受，而不会作为单个的"独奏曲"来欣赏了。

　　突然间，一阵嘹亮而又美妙的鸟叫声划破黄昏的朦胧，让人不由自主地要侧耳倾听。这鸣叫声是那么清脆悦耳、那么富有动人的音乐魅力，它唧啾鸣啭、抑扬顿挫的断奏和顿音中，跳跃着稳定的和弦——纯粹的咏叹调式。

人的耳膜也像人眼里的晶状体：如果一个人固定住某一个对象并长时间地注视这个对象，那么就会引起对这一对象的专注，而周围其他的一切都会渐渐淡出视野。同样，当第一声鸟鸣振动了我的耳膜，我就几乎开始完全自主自愿地去迎合、去期待这个音调，很快满耳就只是回荡着这婉转动听的鸟鸣声了。其他的杂音，即便是最响亮和最令人难缠的噪音都似乎沉默了。我急切地、兴奋地倾听着，浪漫的幻想也开始活跃起来。

此时的我像在做梦，一幅遥远的童话画面在眼前冉冉升起。无疑，这鸟鸣是夜莺的美妙歌声。激越嘹亮的音阶时高时低，旋律的转换充满着韵律感，流利而有节奏，拥有令人振奋的魅力。

夜莺的歌声是从四合院内墙上的月亮门里传过来的。我想象着月亮门后月光沐浴着的庭院，朦朦胧胧中，幽暗、富有异国情调的色彩在熠熠闪烁。不知不觉地，我似乎进入了一个恬静温馨、童话般的幻境。

一座优雅别致的虎桥连接着一条小溪的两岸，小溪里流淌着令人陶醉的、清澈透明的黛蓝色溪水。桥头上站着一位身材臃胖的清朝官员，黄色的锦缎官袍随风飘动，头上戴着一顶盘状的、中间呈尖顶的官帽，一条长长的辫子从官员的后颈处垂挂了下来。

虎桥上还站着清朝官员的贵夫人和她的两名随身丫鬟，丫鬟们双手高高地托举着精美的盘子，盘子上堆放着糕点和水果，好像是朝圣祭神供奉的祭品。贵夫人身着一袭镶着白边的浅蓝色锦缎长袍，踩着两只小巧玲珑的"三寸金莲"，正款款行至虎桥的另一端。一阵少有的、令人心旷神怡的、甜丝丝的微风拂煦着整个公园。

　　虎桥的后面，远远耸立着一座高高的亭阁，华丽、明亮、耀眼地衬托在五彩背景之上：朱红色、蓝色、绿色、金色和血红色。皓月当空，在乳白色的月光沐浴下，远方的亭阁更显出迷人的魅力。

　　此时，官员正挥手招呼着他的太太，要她注意聆听。他指着树上摇晃的枝条，指着一只正蹲在枝条上尽情歌唱的小鸟——夜莺。

　　我听到了这远离尘世、美妙而又轻柔的鸟叫声，人们在悄悄走近正放开歌喉、尽情鸣唱的小鸟。小鸟充满信任地摆过小小的头，面对着醉心倾听的人类，它的歌声比先前更加美妙、更能打动人了。它似乎在竭尽全力，要用自己的歌声长时间地吸引住这位尊贵的先生，要留住他。但是，尊贵的先生并没有停下脚步，因为门外有一位客人正等着他们，按照中国人的习俗，他得到大门口去迎接。我似乎已经看见清朝官员穿过月亮门面对着我走了过来……

　　"太太有请！"美妙的梦被惊醒了，我听见佣人叫唤我的声音。夜莺还在唱个不停，我听得确实十分真切。鸟声是确信无疑的，并不是我眼前所有的一切都源于梦境。

　　尾随着佣人，我穿过了圆形的月亮门，但出现在我眼前的并不是梦幻中的那个充满魅力、浸染在月光下的公园，而只是一个狭窄、灰蒙、没有栽一棵树的小庭院。我们又穿过两个庭院，似乎在追随着夜莺甜美的歌声，离鸣叫的夜莺是越来越近了。

　　"一定是这位有艺术鉴赏力的梁太太，"我心里这样想着："一定是她驯养的夜莺。中国确实处处都充满着魅力和美丽！"

　　夜莺的歌声越来越显清晰，马上就要见到它了。听，多么美妙动人的鸟语啊！到了，第四个庭院出现在我的眼前，沉浸在昏暗光线里的庭院绿莹莹一片，开放着不同种类、色彩各异的花朵。夜莺一定是被关在鸟笼子里，它应该就在那边，它还在歌唱。动听的声音更近了，还有一步，我就会站在鸟笼的前面。当然，在远处听，鸟鸣会显得更加婉转悦耳。

突然，一个不甚和谐的声音影响了我急于想一睹夜莺风采的情绪。

梁太太在那里，我赶紧走过去。就在她从藤椅上站起要向我走来的时候，像听到了命令声一样，夜莺一下子沉默起来了。美妙的歌声戛然而止，只有满院菊花的清香弥漫在空气之中。

"您好吗！太好了，您能来这里，"梁太太向我表示欢迎："我还以为您找不到来这里的路，要记住这么多小胡同的名字确实十分困难。请坐，请坐！"她示意我坐下后继续说道：

"我们今晚就坐在外面庭院里享受这美丽的夜色吧，挺暖和的，没有风，也没有灰尘。不过，天气很快就会变，北京的秋天就是这样变化无常。明天会有来自蒙古的冷空气，然后会刮大风、起沙尘暴，天气也会转冷。人们要尽量利用这难得的好天气在外面多坐坐才是。瞧！院子里的这些花草一会儿也都得搬进屋里去了……"

梁太太今天看起来兴致不错，明亮的声音中流露出来的是轻快、喜悦、无忧无虑的情绪。但刚才婉转鸣叫的夜莺又在哪里呢？我心里琢磨着并四下张望。这里并没有树啊！山墙上也没有鸟影，四处也见不到鸟笼。

"梁太太，我在外面听见里面传出清脆悦耳的鸟叫声，应该是夜莺的鸣叫。是您驯养了这种高贵的小鸟儿吗？"我问梁太太。

梁太太抑制不住地笑了起来，一种幸灾乐祸的取笑："你们这些来中国的西洋人总是在想些什么呀！在你们眼里，中国就是一个滑稽可笑的国家，中国人都留着一根长长的辫子，穿着丝绸大褂逛来逛去，一开口就是所谓'之乎者也'。你们是从哪里得出这样的想象呢？你们在这里见到的中国人与你们并没有什么区别，也是血肉之躯，也有与你们一样的嗜好、偏爱和伦理道德。与你们那里一样，中国也有富人、穷人，也有只想挣钱发财的商人，也有在什么地方都吃苦受累的苦力，穿着绫罗绸缎在街上闲逛的人在我们这里也是极少数。难道有点什么叽叽喳喳的叫声，在你们听来就一定是夜莺的歌声或者其他什么了不起的声音了吗？"梁太太瞪大眼睛望着我问道：

"难道不是这样吗？你们对中国的这些想象会使人感到很不愉快的，我们和你们是一样的人，巫术、魔术在我们眼里也一样是一种子虚乌有的荒唐和空想。"她又正言道：

"你们要正确地理解中国和中国人。对你们而言，尽管中国有陌生、神秘、美好的一面，但同时也有丑恶、不好的一面，中国并不只是一个处处轻歌剧式的浪漫国家。结束你们心目中工艺美术式的中国幻想、不可思议的偏爱、视陌生为更陌生的心态吧！你们高估或低估中国都无所谓，我们只希望你们能摒除偏见，不要把中国看成一个温室般的国家。"

"我也是这样想的，要摒弃心目中工艺美术式的中国幻想。"我插上一句：

"但是那鸟鸣，我确实听见了呀，声音是那么婉转动听。难道不是夜莺的叫声吗？那一定不是麻雀，麻雀是不会这样歌唱的。"我仓促地辩驳道。

梁太太又一次大笑了起来："现在我可不想再责备您了，今天您能上当受骗，至少使我感到十分开心。难道您在德国拜访一位像我这样的普通女人，在她那里听到了鸟的叫声，您会突然想到，这是一只夜莺的歌声吗？您最多会想到是一只金丝雀，因为金丝雀是一只在你们那儿处处都能买到的鸟儿。当然，夜莺会更富情趣，更添浪漫色彩，环绕着夜莺的是一道耀眼的灵光。不过，在我揭开谜底之前，您要答应我，您要从您的惊愕中得到一些启示，以后在周游我们国家或与我们中国人谈天说地的时候，不要再存有那么多的幻想。您要忘记在书中读到的那些所有关于中国的、所谓浪漫的异国情调，这只是你们心目中的'夜莺'！"

说完，她递过来一个小小的物件，由于院子里光线微弱，我一下子还很难辨认出来。看起来有点像小卷笔刀。

我认真辨认的神态又引起了梁太太的咯咯大笑，没过一会儿，我也禁不住笑了起来，我笑我自己。我一拧转这小小的"卷笔刀"，它就鸣叫起来了，这叫声也就是我先前听到的所谓"夜莺"的歌声。

"这是一个小巧玲珑的、木头制作的宝塔，上面有一个金属塞子，只要拧动它，它就会发出令人真假难辨的'夜莺'的鸣叫声，这是一个在北京年年举办的集市上都能买到的小玩具。"梁太太对我解释道：

"一个小玩具……还是来自日本，您不是也笑了吗？您在笑您自己，也笑那些从迎合欧洲人欢心的观点出发观察中国的人。其实，这里面潜藏着一份对中国的蔑视。正如这些人，他们一方面同情怜悯中国、低估轻视中国，而另一方面又将中国作为落后守旧的文明加以鞭挞和谴责。"

我匆匆地点了点头，又拧转了一下这小小的玩意儿，让"夜莺"的欢鸣声在轻柔的晚风中荡漾。这位小个子女人说的是对的，我若有所思。在二十世纪的今天，即便距离一万公里也可以视为邻居，前往中国旅游不过是小事一桩。

此时，阿妈把茶送上来了。

"中国的东西不一定都是艺术，"梁太太又一次告诫我，并风趣地左右摇晃着黑色的短发："也不都是破烂。您的茶里要加点糖吗？"她怪模怪样地歪着头问我。

对这种讥讽我没有怎么理睬，赶紧回答道："不啦，谢谢！"

吴太太上街购物

在北京，四合院就是一个自我封闭的世界，与之严格划分开来的外界，是"街"，即公众社会。

如果一个家庭妇女要离开自家的宅院上街去，那可是一件了不起的大事，整个宅院的人早几天就会知道：太太要出门了。身边的人已经开始殷勤热心地忙碌起来，为太太的梳妆打扮做相应的准备。因为，对于一位太太而言，不精心打扮是不可能走出家门、在公众社会亮相的。

当然，今日中国的现代女性改变了这个习惯，一个女学生出门就不会有这么多的麻烦，在大街上，她不再感到害羞。一个现代中国女性不管在哪个方面与男士们都相差无几。不过，这样的现代女性在中国庞大的妇女群中又能占多大的比例呢？大多数中国妇女还都是墨守成规的传统类型，甚至可以说是相当守旧的那种类型。她们蜗居在四合院里，封闭在自家舒适的小天地里，躲在封建习俗的"护墙"后面。

吴太太今天要出门，也没有什么特别打算，只是想到北京最繁华的商业街——前门去买点水果，然后去拜访一个人。就为这普普通通的一次出行，吴太太就得准备上好几个小时。两个丫鬟要先帮助太太做出行准备，之后再陪同太太上街，一路照顾、保护太太。一位太太是不可能不带丫鬟而一个人独自上街的，丫鬟随行，理应如此，不能坏了自己的名声。

吴太太的梳妆打扮从早晨的洗漱就开始了。

在中国，只有极少数家庭有自来水，一般家庭用水都得到一个大水缸里去舀，水缸里的水每天由挑水夫从附近的水井里挑来。

洗漱过后，吴太太开始梳头。梳头需要的时间很长，两个丫鬟都得帮忙。当太太在大梳妆镜前坐下时，一位丫鬟就开始梳理她那长长的光滑黑发，一遍一遍地将头发梳得完全蓬松自如。开始是用一把齿间稍宽的粗梳子，然后梳齿越换越细密，梳完后用一把牙刷状的毛刷将浓稠的发油抹上去。发油是从松木中提炼出来的，抹上后，头发就会显得油亮光洁。抹完发油，又是至少半个小时的梳理，直到发绺可以毫不费力地用手卷成一束束的发辫。再将发辫在脑后绾成一个椭圆形的圆髻，用发针别起来固定住。

之后的头发抛光也同样是一件困难费时的细活儿，头发必须完全光滑地附着在头顶上。用一支小小的毛笔四处轻柔地将头发上的发油慢慢揾干，同时再用一把小梳子上下理顺，直到"头冠"，也就是发式无可挑剔为止。

只有太太坐在镜子前仔细端详、满意认可了发型之后，才会开始脸部的化妆。在中国，涂脂和抹粉从来就没有被禁忌过，相反，这两条对一个要出门的女人来说非常必要。在家里，中国女人很少化妆，最多只会在特别的节庆日里描画一番。但走在街上，一个女人的面妆则要描画得与年画上的脸蛋儿一样：脸要白得没有一丝皱纹，眉毛要细、黑、亮，要弯弯地像一轮月牙，两腮要像丁香花一样透出淡淡的玫瑰红，嘴唇要红得像玫瑰花瓣，小嘴儿却不能大过一个杏仁核。

民国时期老北京的家庭合影

　　吴太太先将粉白撒在手掌上，两掌心再长时间地旋转按摩，让粉白在手掌上均匀分布。然后将抹上了粉白的手掌按在自己的脸颊上，直到脸上均匀布满了白色粉层为止。

　　被中国人称为"胭脂"的化妆用品是从细绒毡垫中按摩出来的，细绒毡垫在一种红色的植物叶汁里浸湿过。先将手掌轻轻打湿，再用细绒毡垫在掌心上按摩至掌心变红，然后将染红的掌心小心地按在双颊上，直到理想的红色在脸颊上局部保持住为止。接下来的程序才是将眉毛细细描黑、拉长，使之油亮。如果眉毛太过浓密，还必须拔掉一些。

　　一切就绪，丫鬟举起镜子从各个角度照上一照，让太太从各个面仔细瞧上一瞧。太太满意地松了口气，三个小时也就过去了。

　　相比之下，穿衣一般要快多了。内衣不用更换，只是在外面套上一件光闪闪的丝绸罩衫。这是一件带边扣的、夏季风衣式的轻便长衫，一整块丝绸布料从脖颈处一直垂挂至脚踝处。

现在吴太太可以上街了。

院门口已经停放了三辆事先预订好的黄包车，太太上了第一辆，丫鬟们在后面一人一辆。太太身板笔直地坐在车内的坐垫上，随着车子弹性的晃动摇摆着双肩。她对自己的打扮和装束十分自信，一副孤傲自负的姿态。她很美，但不是我们欧洲人通常所理解的那种西方女性的美，而是一种孤傲、缺乏人情味的冷艳美。她的脸庞就像一个涂画了的面具，没有一丝皱纹，与此同时，也模糊、损坏了自己的脸部特征。

我好奇地跟上了这位刚刚经过我身旁，有着一副傲慢姿态的女人。黄包车夫拉着我跑出小胡同拐上了主街道，目不斜视的吴太太并没有发现我。我吩咐车夫要慢慢地尾随吴太太的车。车夫怎么想就无所谓了，这么明目张胆地在大街上秘密跟踪一位女人，怎么说都是一个不得体、失礼仪的举动。

我们来到宽敞、热闹的前门大街上，这是一条店铺一家挨着一家的商业街。吴太太的车停在了一家门面装潢气派的水果店门口，我的车也自然随之停了下来。我暗暗地跟随着太太走进了商店。

商店的内部实际就是一个单间的大厅，不同品种的各色水果一层层阶梯状地摆放着，整个店堂里弥漫着袭人的果香！几乎所有的瓜果品种在这里都能够见到：甜橙、香蕉、菠萝、凤梨、椰子、西瓜、味道鲜美的桃子、杏子、葡萄、苹果、芒果、鲜嫩的无花果、透亮的朱红柿子、葡萄柚……也不乏漂亮可口的南方水果品种。一个藤筐里放着大红海枣，像德国复活节市场上摆放的巧克力彩蛋，另一个大筐里则装满了炒熟的花生。

吴太太与看起来本来就很熟悉的店老板互致问候之后，就开始一声不响、专注地走过一排排水果架。时不时她会用手拿起这个或那个水果摸一摸、按一按，掂量掂量，然后再小心地放回原处。在堆着足球般大小的西瓜瓜架前，她再一次站住了，用弯曲的中指指背关节，在厚厚的绿色瓜皮上敲了敲。一个成熟的西瓜发出的声音，给人的感觉应该是空心的。同样，她也没有放过香蕉货架，甚至还像嗅觉灵敏的牧羊犬那样，用鼻子闻一闻香蕉，因为金黄色的香蕉皮是很容易迷惑人的。有清香气息的水果才是好水果，才是水果自然的诱惑力。在堆放桃子的货架前，吴太太小心地用手拿着桃子在自己裸露的手臂上前后蹭了蹭，如果一个桃子完全成熟、味道可口，那么桃子表面细细的茸毛就不再对人的皮肤有刺激感了。

就这样，吴太太将所有的水果品种都检查了一遍，足足一个小时的时间过去了，直到现在，她还什么都没有买。商店里空间很大，水果堆得也有近一人多高，很容易使我避开吴太太的视线。在商店里，我可不能像吴太太那样长时间地待在里面什么都不买，而要不时地在水果架上拿一两个水果放到自己的篮子里，这样我才有理由继续在商店里逗留。当吴太太在商店里转上了一圈，我惊异地发现，自己手中的大篮子竟已经装了不少水果。我开始担忧，如果继续这样下去，吴太太还不开始购买水果怎么办。我的担心不是完全没有理由的，因为，中国人购物与我们欧洲人不太一样，往往是一项费时的、马拉松式的消遣娱乐，像一种博彩游戏。不管怎样，对此，人都要有足够的耐心。

吴太太这才在水果店老板的桌子旁坐了下来，边喝着热气腾腾的茶边询问店老板的家庭境况。他们越聊越多，也离题越来越远，甚至详细聊起前几天发生的事情，压根就没有提及购买水果一事。可我篮子里的水果已经装得满满的，得考虑去付账了。

慢慢地，两位要进行交易的"马拉松运动员"终于开始谈买卖了，但一开始还是一些通常的套话！作为外交辞令，吴太太问起店老板个人的经营状况。店老板鞠躬致谢，连连说道："还好！还好！刚刚够本，相信会慢慢好起来。尽管今年采购的水果成色很好，但价格定得很低，再加上顾客往往拖欠付款。"

吴太太小心翼翼地插嘴，开始询问价格，但同时又表现出一种漫不经心的、似乎对价格高低并不感兴趣的样子。当店老板给出水果价格后，吴太太又机敏地故作惊讶状，那意思是：你怎么会给出这样高的价格。吴太太连说这价格高得离谱，赚取的利润太大，按现价格的四分之一卖就已经够赚了，哈德门街那边大水果店里的价格就便宜多了。一听这话，店老板连忙强烈反驳，但还是非常礼貌地说，听她这样说感到十分惊讶，他也很想以吴太太给出的价格将如此新鲜可口的水果卖给顾客。原来的情况不同，可是今天……毕竟，他也理解，今天的人都必须节省。店老板表示，他可以半价卖给吴太太，同时再三说明，他之所以最后做出如此妥协，皆因吴太太是他的老顾客。

当店老板再一次用说服的口吻继续夸耀水果的优良品质时，吴太太则静静地坐在椅子上，无动于衷地继续喝茶。她交叉着双脚，从手袋里取出了烟袋，惬意地、无拘无束地将烟叶塞进烟斗，用火柴棍在脚掌上一划，点燃了烟斗，开始抽起烟来。

店老板说了一遍又一遍，将身子探过桌面，挥动着手臂，费尽了口舌。最后不得不表态，如果吴太太大量购买的话，他也可以以刚才给出的价格的四分之一卖给她。

但吴太太仍是一副不屑一顾的神态，她镇定自若地四下看了看，终于瞥见了我。在我向她走近的时候，她友好地冲着我笑了笑，打招呼似的点头示意。她的眼睛开心地扫了扫我在此期间买下的、堆满了一篮子的水果。

"好，好极了！"她突然从座位上站起来，转向店老板说道："我们快点吧，以你先前所给价格的六分之一，然后再为我把水果包装起来。"

她很快放弃了先前的沉默，开始选购她需要的水果。又是长时间地挑选、打包、堆放到黄包车上。在此期间，我与她有时间闲聊了一会儿。

吴太太告诉我，她要去参加一个婚礼，这些水果是送去的礼物，并问我是否有兴趣一同前往。

此时，店老板毕恭毕敬地向我们走来，告知所有的水果都已经包装完毕，并递上了账单。带着满意的神情，吴太太走过买下的一包包水果前去收银台付钱。

接下来，双方客气地弯腰致谢。店老板祝吴太太一路走好，并请代向家人问安，希望吴太太能再次光临，因为与吴太太进行买卖交易是一件十分特别、令人愉快的事情。

我抬手看了看表，已经是下午五点钟，可我们进商店的时间是：十二点四十五分……

一名新娘的笑

　　小院子里摆放着一排排桌子，宽大的桌面已经被摆满了的瓷碗、瓷盘压弯了。一看就知道风味别致的各色菜肴在桌上一并铺开，插在花瓶里的一把把筷子像寺庙香案上插着的一筒筒香签。一张中国人被称为"棚"的大席子顶挡住了阳光的照射，撑起了整个院落的阴凉。周围的墙壁上飘扬着浅红色和深红色的丝绸彩旗，彩旗上硕大的金色汉字熠熠生辉，上面书写着受邀的客人对新婚夫妇的祝福语或一些富有特别意义的贺词。整个院子给人以欢天喜地的节日印象。

　　一支小乐队正坐在院子的一个角落，不停地演奏着。老实说，我们的耳朵不太适应听中国音乐。主要是因为中国的音乐声响太过尖细、刺耳，听不到我们熟悉的西方音乐中的那种和谐的旋律。然而小乐队看上去却很讨人喜欢，队员们身着波浪般飘动的彩色绸布衣裳。一个人在拉二胡（搁在膝盖上、绷有两根弦的"提琴"），另一个拿着两根筷子似的小棍，震耳欲聋地敲打着一个用白色猪皮绷的小鼓，小鼓紧紧地夹在两膝之间，还有一个仰头吹着铁皮唢呐。毫无疑问，其中最漂亮的乐器要数琵琶了，可它的声音却被其他乐器发出的声音盖过了，人们几乎听不到琵琶发出的声音，看到的只是乐手在如何漫不经心地一边用左手颤动地在令人惊奇的琵琶的"长脖子"上上下滑动，一边用右手弹拨着琵

老北京的婚嫁
场面

琶的四根琴弦。

但中国人很喜欢这种音乐，他们聚集在乐队的周围，兴奋地倾听着。这是一种如歌似的柔缓音与战斗似的高亢音交织在一起的混响，但听不出什么节奏与韵律。伴随这种音乐，人们是无法迈开舞步的。不过，在中国，人们还不熟悉西方流行的、男女成双成对搂在一起跳的交谊舞。

突然间，小鼓发疯似的敲打了起来，在场的客人也开始骚动，新娘的轿子来了。此时，所有人的注意力都转向新娘来的方向，两眼盯着通向院外大街的院门。一乘轿子挤进了狭窄的进口，抬进院子。轿子上挂满了五彩缤纷的珍贵刺绣饰物，人们既看不见轿门，也见不到轿窗。新娘坐在轿子里，藏在密不透风的黑暗之中。

轿子停在场院中间。在停轿的地方，人们自然地形成了一条欢迎夹道，夹道通向一间一直关闭着的屋子。慢慢地，轿子又要往小屋门前抬。围观的客人挤靠得那样紧密，以至于人墙内发生了什么事，站在人墙外的人根本看不到。在小屋前，轿子开封，推开房门（在中国，所有的房门都是向里打开的），新娘被带进新房。一开始只允许与新娘新郎关系最近的亲人进新房，除了双方家长，还有主持婚礼的政府官员。

当然，所有的客人都聚集在新房门前，人们哄笑着，开着玩笑，婚礼是一个欢快的节日。空轿子很快抬到一边，而新房的门则从里面反锁着。

一位客人告诉我新房里的情形：新娘盖着一方遮住了脸的红头丝巾，红头丝巾只有新郎才有资格掀起来，这也是新郎第一次见到自己未来的伴侣。按中国人的习俗，男女双方婚前是不能见面的。新娘新郎此时跪在自己双亲面前，证婚官员开始吟唱般地诵读结婚证书上的文字，宣布双方正式结婚。

"您听，您听，当官的是怎么念的。"向我介绍的这位客人示意我仔细地听从纸糊的窗户里传出来的声音。

几分钟后，新房的门打开了，新郎满脸通红、害羞地笑着从房间里跑了出来。他大声地对客人的到来表示欢迎，客人都争着往他近前挤，以便直接向他表示恭贺，不像欧洲人握手致意，而是弯腰行礼。新郎官一脸高兴和尴尬，因为根据当地习俗，客人会用一些低级趣味、难听的问题来纠缠新郎，有些问题实在叫人难以启齿。结了婚的女人在戏弄新

老北京婚礼中的新娘与新郎

郎新娘方面，完全不会逊于他们的男人，还是"童子身"的新郎在这些玩笑话面前羞得面红耳赤，看他那窘迫的尴尬样，好像恨不得找个地缝钻进去似的。

一看见新郎新娘的父母和证婚官员走出新房，围观的客人马上就涌了进去，争先恐后地要到新房里去看年轻的新娘。

新娘坐在一张大床的床沿边。这是一张婚床，床上铺着绸缎，床的上方是一张豪华的拱形锦缎华盖，华盖上披金戴银，镶嵌着小镜子，飘动着紫色绸带和淡绿色、金色等亮闪闪的各类刺绣品。房间里处处悬挂着沉甸甸的丝绸。新娘穿的婚服也是一样，上面绣满了诸如云彩、禽鸟、飞龙、星星、花朵以及大的蝴蝶图案，还镶着一颗充满神秘意味的珠宝。晒干的黄色毛蕊花以耀眼的颜色装饰着新娘光洁黑亮的秀发，布满红晕的脸向下低垂。新娘端坐着，十分平静，两手平放在膝盖上，样子楚楚动人。新娘的表情是严肃、无助和害怕的，任由周围众多的目光瞟扫着她。

客人像一堵墙似的围着羞怯的新娘，时不时会有人特意弯腰去瞅瞅她，有人还会故意掀开她的头巾，嘈杂声、笑声响成一片。低级趣味的戏弄、含沙射影的挖苦、令人忍俊不禁的玩笑……都冲着孤单无援的新娘。有人会凑在她的耳边唠叨，但说话的声音却又让在场的人都能听到，以至于新娘的脸颊不时泛起红云。尽管如此，新娘仍然是不动声色、毫无表情、一动不动。这里发生的所有一切，她都必须默默地忍受。

此时，过来一位妇女将新娘的头巾从脸部拨开，新娘忸怩羞涩地低下头。她不能看其他人，也不许哭、不许笑，不许有任何反应，她必须总是这样，中规中矩、毫无过失地坚持住。

此外，这种逗乐戏弄的游戏还有其特殊意义，按中国人的说法是，谁能将新娘的表情逗出来，谁就是幸运的人。逗她高兴地笑一个，或者不高兴地皱一下眉，或者只是嘴角轻轻地抽动一下都可以。客人被允许采用各种可能的手段，甚至可以"轻轻地摸摸新娘"。有些人弯下腰，尽可能近地靠近新娘，从下往上直瞅着新娘的脸说："小小的熟果子，对着我笑一笑嘛！看一看我嘛！"或者说："你现在在想什么呢？是不是在想入非非呀？"……

新娘还是像一座雕像一样纹丝不动，虽然不少问题令她面红耳赤，但她必须稳住自己，好像根本就不懂这些含沙射影、戏弄挑逗的话。对所有的男人和已婚妇女对她或大声喊叫或窃窃私语的话，她都要表现出一副无动于衷的样子。她知道，只要自己哪怕是嘴角抽动一下，都意味着出卖了自己。新娘一动不动，完全不参与，而其他所有在场的人都在努力，试图打破这种僵局。

一个恶作剧似乎就要发生了：只见一位年轻漂亮的女人拨开围观的人群，径直走到新娘身边，一副胜券在握的表情。她站在新娘面前，深深吸了一口气，然后请围观的人向后退一退，因为她要说的话是不希望旁人听到的。

她弯着腰，尽量凑到新娘耳边，手卷成一个话筒的样子，嘟着嘴悄悄地说了几句，还带着一种难以描述的狡黠滑稽神态。但新娘还是一动不动。

漂亮女人嘟着嘴继续说。人们从偶尔能听到的只言片语中知道，漂亮女人的话十分刺激、露骨。我也这样觉得。

新娘还是一动不动。再来一次，一句接一句说的都是些人们完全能够听得懂的玩笑和幽默。

新娘仍像铜像一样端坐着。

看起来要重炮出击了，只见漂亮女人取出一面小镜子，镜面上有一幅画，然后拿着它，伸出手半遮着镜面上的画，直接举到新娘眼前，接着又叽叽喳喳不停地在新娘耳边嘟哝了一阵。

突然间，所有围观的人都哄笑起来，新娘的眼睫毛终于动了一下，但也只是微微地、极短暂地一动。她的脸一下子绯红绯红的，嘴角也不由自主地出现了轻微抽搐。大家一阵狂喜，都为搞恶作剧的女人获得成功而兴奋、怪声怪气地大叫大喊。冰块一般的新娘终于融化了，但没有人注意到的是，新娘的眼里此时已经噙满了泪水。

　　获得成功的漂亮女人不打算再继续诱导新娘了，她深感自豪地转过身面对喜形于色的其他客人，接受他们的祝贺。我身旁的这位客人就向她深深鞠了一躬，说道：

　　"你真是太幸运了，你会生一个壮实的小男孩的！"说话间，他的目光盯着这位年轻女人小巧玲珑的身段，寻觅似的上下扫了一番。漂亮女人一下子面红耳赤地笑了起来，一转身迅速跑开，消失在人群中。

　　很快，人们围坐在院子里摆满菜肴的桌子旁，开始大吃大喝起来，整个院子充满着快乐的喧闹声。小乐队又在角落里演奏了起来，刺耳的音乐伴随着急促的鼓点不间断地响着……

在月光下饮茶

我和一位欧洲女子，还有几位中国人在徐小姐家里做客，一起吃了一顿中国"便餐"后，现在都坐在客厅里。在座的胡先生正在给我们讲述一个感人至深、关于北京大钟寺里大铜钟的传说。大钟寺位于北京北部城墙外。

动人的传说是这样的：

这口体型巨大的铜钟是由一阵大洪水冲到岸边来的，大钟高过六米，直径约三米，钟身从上至下铸有佛教经咒的铭文。占卜算卦者说，这口大钟是上天赐给当今皇上的礼物，大钟也因此闪烁着神秘的灵光。

但当大钟被悬挂起来以后，却怎么都敲不响，人们在大钟的边缘处发现了一道裂缝。于是乎，皇宫请来民间各地的铸钟高手，但却没有一位高手有能力修复大钟，使大钟再次发出嘹亮的声音。皇帝下令，杀掉所有没能修复大钟的铸钟匠人，数百人因此被斩首丧命。

终于又有一个年迈的铸钟匠人报名了。他将铁矿丢进熔炼铜水的坩埚，小心地将锅盖盖上，燃起炉火。他年仅十二岁的女儿在一旁帮他，两只小手不停地拉着风箱，把火烧得旺旺的。

人们都说，这女孩不仅长得十分漂亮、温柔可爱，而且体格还很健壮。在女孩的家乡，很多家庭都希望自己的儿子能娶这个女孩为妻。但老爹却不愿意把女儿嫁出去，他没有其他儿女，全部的爱都倾注在女儿身上。

"女儿，"干活时老爹对女儿说："你这样不停地拉着风箱，难道不觉得累吗？"

"不累，爹，"女儿用银铃般的轻柔声音回答："我能坚持，您去休息一会儿吧，现在已经是中午了。您吃了饭再来换我，我在这里继续熔炼。"

老爹离开的时候又告诫女儿，要注意休息，不要太累。

当老爹再次返回的时候，却没有看见女儿。他呼唤女儿，但没有回音，也没有人能告诉他女儿在哪儿。在坩埚旁，他惊恐地找到了女儿的一只红色绣花鞋。他探过身子，向坩埚里望去，锅里是熔化了的滚烫铜水，见不到女儿的丝毫踪迹。他又大声呼叫，仍然没有回音，女儿不见了。

老爹心情沉重地继续熔炼铜汁，熔炼的活儿得持续到晚上才能结束。趁着铜水还在沸腾，他不能停，必须抓紧时间，他和他女儿的全部都维系在大钟浇注的成功上。他不敢往坏处想，自己安慰自己，寄希望于女儿一会儿会突然出现在自己眼前。他噙着泪水细心地浇注，一遍又一遍，直到大钟边缘的裂缝完全愈合为止。

活儿干完了，老爹坐在草地上，手上拿着女儿的小绣花鞋伤心地哭起来。尽管四下无人，但他还是在不停呼唤，可回答他的只有呼呼的风声、蛐蛐唧唧的叫声和树上传来的响亮的蝉鸣声。偶尔，会有一只小鸟掠过他的头顶，好像是在安慰失去了爱女的老爹。

数小时过去了。傍晚时分，老爹站了起来，走向已经冷却的大铜钟，用锉刀磨去大钟边缘的铸痕后，操起一根大棍敲了起来，柔和、悠扬的钟声顿时响彻四方："当当当……"

听到这声音，老爹的心一下子抽紧了，像听到了阵阵可怕的惊雷声，这不是爱女银铃般的声音吗？她在找自己的鞋啊！铜钟圆润响亮的声音在夜空中飘扬。老爹跪了下来，再一次痛苦地哭了。

老爹终于明白了，为了拯救父亲，爱女已经跳进了铜水滚滚的坩埚。

"传说中是这样的，"最后，胡先生说道："当老爹中午离开女儿去吃饭时，熔炼坊里来了一位和尚。和尚对老爹的女儿说：'如果你想救你的爹，你就得死去。你必须将自己的贞洁熔化进铜水中，这样大钟才会发出皇帝想听到的声音。'和尚一走，姑娘就尽自己做女儿的孝心，牺牲自己拯救父亲。她跳进了坩埚滚烫的铜水里，可左脚上的鞋却掉在了灶台上……

"时间临近，皇帝和工部大臣来了，对修复后的大钟进行检验。皇帝对大钟发出的丰润而又富有灵性的声响深感满意，不仅让老爹活了下来，还许以厚禄酬奖，并任命他在家乡所在的省担任了高官。"

故事说完了，胡先生和其他中国客人都站起身来，深感遗憾且热情有加地与主人告辞。不用过多挽留，因为，他们早就想离开了。徐小姐也颇感遗憾地将他们一直送出院子，送客人出门是中国习俗中对主人的要求。

今晚皓月当空，与白昼无异，徐小姐送客回到屋里后，提出了一个令我们留下来的客人都十分乐意接受的建议："我们去屋顶凉台上去坐吧，在那里继续品茶、赏月、聊天，岂不快哉！"她充满期望地说道。我们都高兴地赞成她的建议，随她走上了屋顶的平台，桌椅都已经摆在上面了。

徐小姐根本就不是一个未出阁的小姐，而是一位有钱人的年轻偏房姨太太。她的先生一年中数月在外，留她一个人独守空房，待在这个先生专为她修建的漂亮庄园里。为了打发无聊的时光，徐太太在北京许多大学里听课，学习书法、绘画和外语。她能说一口使人听得明白的英语，最近，在与德国人的交往中她又学会了几句德语。

"我喜欢别人称呼我徐小姐，"她告诉我们："这样我会显得更年轻、更招人喜欢一些。"说到这里，她意味深长地笑了起来。

"因为，我不希望自己成为老皇历中的一个旧时'小脚'妇女，固守一些落后的传统性格特点。"

徐小姐是北京人，但多年生活在上海，从上海带来了许多现代时髦的思想意识和观点。当然，她也足够聪明，并没有让自己受到多少西方现代生活方式的影响，仍然保持着自己作为一个女人，特别是作为一个中国女人的本色。她是那种招人喜欢的、有着先进思想倾向的中国女人，简言之，是一位新时代的中国女性。她不像很多在国外学习过的中国人，在许多方面刻意模仿、迎合欧洲人。如果你看见徐小姐什么时候穿着一身欧式的晚礼服亮相，那她也只是为了一时好玩。她很会打扮，衣着别具一格，典雅美观，十分富有情调。

在中国，确实有不少人会过分追求欧式打扮，为的只是炫耀自己的西方生活方式，这些人显得不大自信，不相信自己固有的本质——中国人的本质。在语言的表达上也是一样。

如果徐小姐说英语，她不会为自己时不时会出现的语病感到难堪，她从来就不想掩饰自己的母语是汉语，而不是什么英语或德语。她是中国人，也时刻注意保持自己中国人的身份。说心里话，我最喜欢看她穿中式服装的模样，听她说汉语，可是今晚不行，因为还有其他不懂汉语的客人在场。

今晚，徐小姐穿了一件令人着迷的摩登中式服装，即一件薄薄的贴身丝绸旗袍。旗袍的前摆下垂，闪亮的镶边会时不时地掠拂着鞋帮，旗袍两侧的开口由下至上超过了膝盖。她穿着长长的米色丝袜，脚上一双黑色的欧式羊皮鞋，鞋跟很高，鞋的颜色与深色调的旗袍很是相配。一头光洁的黑色短发，展示出一种简洁别致、典雅庄重的神韵和风采，极富中国特色。她的嘴唇微微描红，脸上略施粉黛，棕色的脸颊因一双黑亮的眼睛点缀得十分动人。自然流露出来的一副忧郁且伤感的神态，又通过她圆润、深沉但又十分柔和的嗓音得到烘托。她天性中蕴藏着的活力和那份自然的优雅妩媚，使我一看到她、一听到她说话就会感到十分快乐。

"你们欧洲的月亮也是这么美丽吗？"她问坐在一旁的梯娅小姐。

此时，我们三人坐在洒满月光的屋顶平台上，那感觉，好像我们是上帝辽阔天宇下唯一的生物。没有一丝风吹过，因此也不会有灰尘的干扰。如果从座位上站起来环顾四周，你就会看见沐浴在月光下的北京城，一大片一大片波浪般起伏的屋顶令人十分陶醉。银灰色的黯淡阴影，给人感觉就像一片静止的、波光粼粼的大海。北京的房屋都是低矮的单层平房，屋顶的结构形式千篇一律，房子与房子之间紧紧地挨靠在一起。

"人能移山，"由于这个城市总能驱使着我不断产生新的印象，我转向徐小姐说道：

"在我们那里往往做如此形容，寓意人民的意志中蕴藏着巨大的力量，当然，这是一种超越现实的夸张和比喻。但是，在北京我确实看到并明白了一些直到现在我都认为几乎是不可能实现的事。北京是一个巨大辉煌的成就，是人类权力欲现实化的体现和陶醉……"说到这里，我看见在明亮的月光勾勒下，自己投射在屋顶平台花园灰色地板上的清晰身影。

"尽管这座城市就摆在我们面前，尽管我们就身处其间，但总还是觉得难以置信。在这里，往往会使人有恍若隔世之感，人就像生活在梦中，生活在非现实的环境之中。我们的想象还远达不到这个标准，即承认这个现实，把它作为一个不言而喻的既定事实来接受。"

我不知道，其他两位是否也对我说的这番话感兴趣，我辨认不出她们的面部表情，她们的头背对着月光，一个黑发，一个金发。

"柯先生，您也真是，"徐小姐带着微笑突然冒出了一句："我觉得，您总是这样思绪万千，难道您必须把世间所有的一切都弄明白吗？不管怎样，我有时觉得，人要能从所有思考中自我解放出来，轻松愉快一些，我……"她在寻找一个合适的词："我今天完全沐浴在皎洁的月光下，"她随意地继续说，还挥臂做了几个游泳的动作：

"很遗憾，我太缺少天赋，不然的话，我会成为一个中国古典派诗人，今天，我就会在这里吟诗作赋。瞧！诗意已经到了嘴边，可就是吐不出诗句来……月光啊，生活啊，乐趣啊……为倾诉内心的快感，我只能这样一个词一个词快乐地往外蹦……"她降低了说话的音调。

接下来是一片寂静，只有偶尔能听到的邻院栗子树沙沙的响声和远处城墙外、北京至天津的列车急驰而过留下的渐行渐弱的隆隆回声。

"是的，是的，我完全能够理解你，我也一样有这种感觉。"梯娅打断了她的话。

徐小姐慢慢抬起她满是黑发的头，轻声地喃喃自语，将头转向梯娅，接着说道："有时候我会对人将老至感到恐惧，那老气横秋的样子一定难看死了，一天到晚缺乏理智、沉默地待着，一切都要他人来服侍、来负责……"

说完，她又沉默起来。我感觉，她似乎还想再说些什么，询问似的不停摆动着头，一会儿看看梯娅，一会儿又看看我，看得我们都不知道该说什么好了。此时的徐小姐，看起来像一个无助的孩子。不过，慢慢地，她的神态又恢复到意识清醒的状态，接着说道：

"请相信我，我热爱我的国家和我的民族，这份热爱之情是我从我的孤独中体会到的。能与自己的民族心连心是一种十分美好、令人欣慰和深受鼓舞的情愫。与人交往，不只是在一起夸夸其谈地闲聊，了解一个人，并不需要天天在一起，只要心有灵犀……"又是片刻沉默：

"……确实是一种伟大的、宁静致远的感受！"徐小姐发出由衷的感叹。

此时此刻出现的一个小插曲，按理我应该瞒住不说，但由于我经历过，我还是想披露出来，即便这种披露有可能出现破坏读者阅读情绪、掠走读者浪漫幻想的危险。

就是这位迷人、可爱的徐小姐，这位擅长暧昧含蓄，说话深刻透彻、热情洋溢的徐小姐，在最后一句话还没来得及说出口的时候，突然打破了说话间的瞬间寂静，发出一阵清嗓子的响亮咳嗽声，为减轻痛苦似的用力从气管里哈出了一口浓痰，猛地"扑嗒"一声喷吐到了阳台地板上。还不尽然，她还作若有所思状地盯着地上的痰块许久。在月光的照射下，晶莹的痰块像一个闪耀着银光的大珍珠。

最后，她又朝我和梯娅看了看，理所当然地像什么事都没有发生一样，继续侃下去：

"很遗憾，我们的民族正在经受磨难，我不知道，我们民族的命运会被引向何方。我只知道，人与人之间现在很不友好，往往太过残忍和贪婪……为此，我心情沉重。"讲到这里，她岔开手指的手轻轻地压在左胸微微隆起的乳房上，纤弱、精心保养的手指又慢慢地攥成拳头。

"我恨所有的日本人，"她相当坚定地激动说道："这个民族对我们来说是如此的陌生！他们是我们悲剧的、不共戴天的死敌。他们什么都没有，但他们什么都想要。面对他们的侵略，我们却无能为力，我十分窝火，我完全不能理解……"

我劝慰道："徐太太，说点高兴的事吧，您不要再激动了，不然，您就不能按照您的意愿尽情享受今晚的夜色了！瞧，多么美妙的月亮啊，到处都沐浴在如水的月光中……"

可我还没有说完，她就开始训斥我，好像我想冒犯、得罪她似的：

"柯先生！首先，我不是什么徐太太，在此之前我就多次申明过了，要称我徐小姐。其次，如果你们受了日本人的欺侮、欺骗，上了他们的当的话，你们的想法也就会和我完全一样的……"

由于我了解徐小姐的火爆脾气，也知道她喜欢较真，便继续安慰她："您这样理解我的话是不对的，我确实有自己受理智支配的想法，但不是像您想象的那样。"梯娅也附和着我的说法忙点着头，好像在说：是的，是的，这样就好，您不要太激动，否则晚上会失眠的。

我知道，一提到日本人，中国人就会怒发冲冠，就连那些十分理性、情绪不易激动、不会歇斯底里的人也是这样。日本，是使中国人的心灵直至心底深处受到伤害和绝望的一个符号，如果允许说以下整体评价的话——一百多年来，中国人在压迫下遭受到极度折磨。一个民族在无力地接受外国人的压迫和统治、对和平与繁荣昌盛的自由的渴望无法实现的时候，就会对这种压迫和统治显得特别敏感。中日两国之间的情形，按我们的说法，简直就是神经质的、歇斯底里的。中国人憎恨日本人，带着一种蔑视，这是一种出自绝望、发自心灵深处的蔑视。

我很快为徐小姐营造出了一种家乡似的氛围，也像她那样故意冲着地上用力地吐了两口痰，她终于忍不住笑起来，梯娅也因此而松了口气。如此这般，我们在屋顶平台花园上的赏月品茶之夜就可以在宁静、和睦的气氛中渐渐走向尾声了。

梯娅开始就事论事，极富幽默感地讲述她年轻时发生在奥地利蒂罗尔山脉的爱情故事。徐小姐却听得似乎有些心不在焉，两只眼睛滴溜溜地转来转去，一会儿看看我，一会儿转头看看梯娅，一会儿又仰首看看照着她的月亮。月光下，她的小嘴时而张开，时而闭合……这真是一个令人难忘的动人画面……

一位思念家乡、喝醉了的酒吧女郎

"你们想从一个无可救药的人这里得到什么？是的，一个无可救药的人，她就是我！"带着嘶哑的声音，她叫唤着，食指不时不乏姿态优美地点戳着自己的胸部。然后，又跌跌撞撞地回到吧台，一屁股坐到吧台前的高凳上。胳膊肘支撑在桌面上，两手托着脸腮，头架在两只胳膊之间，两眼直瞪瞪地盯着前面。她完全不理会身后那些围坐在小桌子旁、正喝着泛起泡沫的、清亮的酒精饮料的酒吧客人。

小小的酒吧厅笼罩在昏暗的灯光里，空气中弥漫着一股烧酒气息。

我踩着脚尖，蹑手蹑脚地走进吧厅，找到一个空位坐下，屏住呼吸，充满期待，紧张地窥探着，还有些许不安和胆怯的不适感。

酒吧里的这位年轻女郎到底怎么啦？她闷闷不乐地坐在那里，眼睛死死地盯着对面高大的酒架子上立着的一排排难以尽数的酒瓶。周围在窃窃低语，寂静中的吧厅里好像暗藏、充斥着一种尖锐、令人刺激的紧张气氛。在一起玩掷骰子游戏的客人也像着了魔似的，坐在那里发呆。坐在我旁边的是一位红头发英国人，他正小心谨慎地抽着香烟，慢慢吸进去又慢慢嘟着嘴将烟雾吐出来，唯恐弄出点什么声响。所有人的目光都注视着这位不再动弹的酒吧女郎，注视着突出在吧台桌上的这座雕像般沉默的女性躯体。

我轻轻地转向我的邻座，带着新奇的口吻想问一问这里到底要发生什么事："这里会有一场演出吗？"

他竖起食指挡在嘴唇上，弯着腰尽量凑近我轻声说道："不，不，没有演出，只是气氛有点异样、紧张。"说完后，又回过身端坐在自己的座位上。

我还没有弄明白，"有点异样、紧张"，我心里重复着这句话。年轻的女郎看起来像是喝多了，又像是失恋了。但我不便继续问下去，我不能破坏现场沉寂且肃穆的气氛。

我的目光又投向了那位酒吧女郎，她的姿态显示着一种顽强和果敢。有时候她会不自主地抖动一下，这是一种贯穿她整个苗条身躯的抖动，像是因恐怖与惊吓而产生的一种战栗、一种心怀绝望的无助姿势、一种厌世情绪的流露。

她的头垂得更低了，几乎都快碰到桌面上的玻璃板。吧台后的中国调酒师将一小杯装有褐色饮料的酒杯向她推过去，她端过来一饮而尽。

吧厅里的气氛更显沉默、凝重。

终于，女郎动起来了！她轻轻地从吧台前的高凳上滑下，一只腿脚尖点地，另一只腿仍痉挛状地吊挂在高凳的圆形坐板上。她向调酒师挥挥手，又是一杯酒被殷勤地端了过来。

她保持着这种姿势，转过半个身子侧视地对着酒吧里的客人，她的右手端着酒杯，手臂像棍子一样僵直地向前伸展。我隐约地在空气中感觉到，新的一幕要出现了，客人们也都不由自主地伸长了脖子。

她带着极其清脆的嗓音开始说了起来："你们觉得我很有趣吧，是的，我痛苦的幽默正是你们开心的消遣……"她想继续说下去，但中间停顿了一下。她将整个身子转过来，完全面对着观众。

现在我清楚地看到了她混沌的目光，酒吧女郎已经完全喝醉了。可令人奇怪的是，她却完全没有跌跌撞撞的醉态。突然，她用力地将手中的玻璃杯扔到地上，在一阵刺耳的玻璃破碎声中，年轻的脸庞上扮出一副怪笑的模样。

我还不能完全理解，只能预感，这空气中似乎有什么在作怪，扣人心弦。这种绝望、这种蔑视……出现在一位如此年轻、周身散发着妩媚魅力的美丽女郎的表情上。我不知道自己是该赞赏、同情，还是该倾慕、爱恋。她苗条的身体如食肉动物一般，是那么柔软、灵动、富有活力。

"是的，"她突然一下子提高声调，震撼着整个吧厅，语气中带着一种难以控制的蔑视："现在，就如你们希望的那样吧！侍应生，再来一杯！"她大声地叫喊着。

席间一位客人马上起身，递过去一个装有半杯杜松子酒的大玻璃杯。姑娘接过酒杯，扬起脖子一饮而尽。然后，她看似漫不经心但同时又十分小心、有把握地将手中的玻璃杯像盖印章一般稳稳地放回到桌子上。

女郎的双手抓住围绕着吧台齐胸高的铜管扶手，牢牢地吸附在铜管上。她用力摇晃着铜管扶手，好像在比试着她的力量。吧台桌上的酒瓶和玻璃杯在摇晃中叮叮当当地碰在一起，"砰砰砰"地倒了下来。

突然间，女郎在吧台与客人座位之间的一小块镶木地板上，用整个身躯急速地完成了一个粗犷、剧烈的旋转，这是一个我一生中还未见到过的、野性十足的舞蹈动作。

她的手臂在空中挥舞着，双脚在地板上踩得"吧嗒"作响，接着一个快速踢腿，将脚撩到几乎是天花板的高度，金色的舞鞋在天花板的光照下，划过一道耀眼的弧线。她屈膝下蹲，又高高跳起，在空中伸展、弯曲、旋转，S形的身段和关节像橡胶一样柔软而富有韧性。她跳得率性、疯狂。又是一个单腿屈膝，再将另一条腿甩直，以令人炫目的速度不停自转，再一次直立……灵活完成了一连串巧妙、漂亮、带有欧洲十八世纪洛可可风格的舞步。女郎的舞步沿着舞池地板的边沿移动着，脸上带着温柔的笑意。整个舞蹈过程中，她没有什么面部表情，不泛红、不愠怒、不吃力，看不到因紧张而在脖子上凸起的青筋，感觉不到因痉挛而表现出的四肢沉重。她跳得投入、忘我、飘逸自如，看起来毫不费力。瞧她那天使般可爱的眼神，又像一个羞怯十足的小姑娘。

当然，她不是在无声地独舞，而是伴随着吧台的调酒师放出的留声机音乐。

忽地，定音鼓一阵急促的旋律，女郎纵身跃起，来了一个高难度的空翻，随后又像小猫一样轻轻落在地面。两拳撑住腰胯，姑娘又自转起来，舞动的脚正好在空中画下一个半圆。轻柔的丝绸舞裙在旋转中钟罩般地撑开，像阳光下盛开的花朵，金黄色的秀发掀起了一阵撩人的微风。

接着，女郎的右拳从腰间松开，慢慢地随意落下后又向上举起，身体微微向后挺直。她静静地站着，瞬间保持着这种姿势。然后，高悬在头上的手开始缓缓呈扇形状落下，仿佛在向远方致意，充满渴望地凝视远方……她挥动着双手，带着喜悦和温情，如慈母一样，既优雅又忧伤，那情景，像在与自己最心爱的人挥手告别，像预感到此生再也无法相见。她长时间地挥动着期盼的手，表现出一种难以言状、全身心的投入。这种温柔的，是的，极其温柔的挥手动作使得先前高难度的杂技般舞蹈动作都相形见绌。

她动情地、感人至深地挥动着……

当她的手终于筋疲力尽地放下来时，像一朵凋谢、枯萎的花朵，整个身子也松弛了下来。我以为，表演已经结束，因为留声机也停止了音乐的播放。吧厅里又恢复了先前沉默的气氛，但客人们似乎还意犹未尽，还在充满期待地看着、听着。

就在她的手，一如秋天落叶的手，还没有落定之前，女郎唱起歌来了。刻意压低的嗓音仍有银铃般的清脆，像自远方飘来，悠扬的歌声渲染出着一种悲痛、幸运、孤独和宁静的梦幻意境。一首俄罗斯民歌，使整个吧厅都沉浸在忧郁、伤感之中，歌声表达出无尽的、难以满足、难以遏制的渴望和思念。此时，女郎的面部表情是丰富的，没有怨天尤人的悲戚，流露出的是一种天使般的平和。从压低嗓门的浅声吟唱转向哭诉般动人心魄的引吭高歌，然后又从颤抖的呼唤般的高亢大调，回归到窃窃私语般平和、谦恭的抒情小调，声音像是从漫无边际的远方吸引过来。最后，女郎仰头，一句发问般的花腔将音阶拔到了至高……随后再慢慢减弱，直至完全消失。

客人们被歌声深深吸引住了，以至于歌尽曲终了好一会儿都还没有人即兴鼓掌。有人又站起来，递上了一杯酒，她不客气地一把接了过来，说道："我谢谢你，先生，谢谢你的好意！"口气直截了当，甚至有点粗暴野蛮。

这怎么可能呢？这还是那位女郎吗？还是方才那位为我们展示了她超群迷人的肢体艺术、歌唱艺术的女郎吗？

第二个客人又站了起来，夸奖道：“太好了，你跳得、唱得太好了！”

听到赞扬，她不但没有奉送笑脸，相反给了这位客人一记响亮的耳光，厉声喝道：“收起你的花言巧语吧，最好给我一杯酒，甜言蜜语于我何用！”接着又是一阵讥讽般的大笑，转过身背对着这位身穿燕尾服的先生。燕尾服先生茫然不知所措，目瞪口呆地看着她的背影。

女郎还在生气，嘟嘟囔囔地又回到吧台前的高凳上。与先前一样，将双肘支撑在桌面上，双拳顶着下巴，嘴角上叼着一支香烟，烟雾在徐徐地缭绕升腾。

今晚的高潮想必已经过去，吧厅里开始充斥着客人们聊天打趣的嘈杂声了。一个侍应生给我递上一杯威士忌酒：来酒吧的每一位客人都会得到这样一杯免费饮料。

小个的红发英国人大概现在想起来要回答我的问题了：“OK！您知道这是什么地方？这是一个名声不好的地方，来这里的都是些酒鬼醉汉。几天前，这里还发生了一起流血斗殴事件，一位驻扎在这里的年轻美国保安警察被一把水果刀从前胸刺进了心脏！”

“真是骇人听闻！但今晚这里却是彬彬有礼的……”我转向他说道。我相信，他给我讲述的只是一个童话，我完全可以原谅他所说的醉话。

“您只要再等等，这里真正的气氛还没有形成，现在还太早，还没到深夜一点呢！此外，您还得了解这个女人……”边说他边用摇摆不定的手指着那位歌舞女郎说道：“她就是这样！”他攥着拳头，好像想说：她就是这样一位拥有无尽魅力的女人！

“她野蛮粗鲁的一面只是在所有的人都喝醉的情况下才显现出来，

我可以一五一十地详细讲给您听。"红发英国人继续讲述：

"难道您也相信，我喝多了吗？不，我只是感到有些疲倦而已。这位女郎是一位'落难之人'，我们都这样形容她，但她同时也是一个才艺出众的艺术家，只是现在沦落为酒吧歌舞女郎而已。只要她喝醉了，她就会伤心、痛苦、哭泣……如果她继续喝，又被人嘲弄、鄙笑，她就会发怒，会摔身边的所有东西，除了那些拿不动的或用钉子固定住的东西。如果她再往下喝，她就会爆发。我以为，一切都来自她的心灵。其实，她是一个大艺术家、一个真正的俄国人、一个悲剧式的人物！"

"确实令人伤感！"端过酒杯，他又叹息道：

"来，干杯！她原是一位俄国女军官，丈夫被苏联红军枪杀了，她带着年幼的女儿逃了出来，自1917年以来，她就一直在远东流浪。作为一个酒吧舞女，她的收入是十分可怜的，一会儿在上海，一会儿在汉口、天津，现在又在北京……以前她学过舞蹈，俄国的姑娘们几乎都学过跳舞。一个经营酒吧的犹太人在上海发现了她的天赋，为吸引顾客收留了她。但她总是不安心，她不喜欢上海，上海靠不住。您知道吗，尽管她今天以做酒吧歌女、舞女为生计，但她是一位正派规矩的女人。她有自己的心灵，保持着自己的清白和纯洁。时间一年年过去，她的女儿也一天天长大了。女郎说，要在女儿还没有堕落之前，将她送回俄国。在那里，她的命运就和数百万、上千万其他的俄国年轻人一样了。女儿还年轻，不到十七岁，有适应能力。她说挣钱太少，无法给女儿合乎要求的教育。在这里，她很认真地说：'我的这份工作，给女儿带来的只是不道德的坏影响。'"红发英国人不知再说什么好了，窘迫地沉默着，又闷闷地喝起酒来。

"这些经历都是她亲口告诉我的。她现在孤身一人，今天这里、明天那里地四处奔波，从北京到天津、上海、谋克敦 [9]、哈尔滨，作为酒吧女、舞女、歌女……一个破碎的、没有家乡、没有意义的人。她的前途是虚无的、缥缈的、无望的……"

"遗憾！遗憾！"他边说边不停地摇着头："实际上，她是一个很有价值的人，一个很有天赋的艺术家，我十分理解她……"说到这里，他欠着身子从椅子上站起来，略表歉意地说："太累了，我已经坚持不住了！"他蹑手蹑脚地走了出去，连再见都顾不上说。走到门口，他又回过头来补充了一句："她是一个了不起的人，她名叫娜塔莎！"说完就消失在夜幕中了。

---

[9]　沈阳的满语名。——译者注

东安市场

　　北京的集市像城区一样多，赶集市的日子也像月亮相位的变化一样，一个接着一个。在特别的节日，如春节或大的庙会，整个城市简直就成了一个特别大的集市。几乎没有哪条街、哪条胡同不摆摊设点的。到处是密集的人群，到处是嗡嗡的噪声，像一个大的马蜂窝。依我之见，就北京的集市可以专门写出一本大部头的书来，这本书一定是十分有价值和令人感兴趣的。

　　集市一般都在寺庙里或寺庙周围举行，因此有其宗教背景。每一个赶集市的日子都是一个节日，都有它所谓的保护神。每一个集市的每一天都会从诸多神中请某一尊神来庇护，给集市上娱乐消遣的人和做生意的商贩带来幸运。在这个城市里，没有什么是绝对理智客观的，处处都带有宗教色彩，到处碰到的都是神、鬼和幻想中的图腾怪兽，中国人灵魂中的生命之光就是介乎于传说和现实之间的双重光。

　　"东安市场"坐落在市中心，是北京一个普普通通的、供消遣玩乐以及商品买卖的集市。只不过，它日夜经营，不像其他集市只是在特别的日子里才开张营业。但尽管如此，它的喧哗、气息、臭味，它的狭窄、五彩缤纷的色彩、熙熙攘攘的人群以及多种多样、使人眼花缭乱的珍品奇货，给我的印象是，东安市场完全不是一个一般意义上的商品买卖场所。

　　整个市场都在户外，不像我们欧洲的百货大楼那样在楼房里经营。人们弯来拐去地灵活穿行在胡同、小巷里，走过一个个摊点和行驶着的售货手推车，经过一个个小广场和角落。到处都能买到极其便宜的商品：袜子、帽子、裤衩、刀剑、炒菜的铜锅、镀金发卡、丝绸、锦缎、棉布手帕、气球、腌制的海产品、煮熟了的小猪仔、棍子上串起来的糖葫芦、布丁甜食、孩子和妇女都爱吃的棉花糖、香烟，以及其他的香烟制品、咖啡，还有活鸡、油炸鸡、豆浆、种类繁多漂亮极了的鲜花和金鱼、鳗鲡，还有鲜活的农产品、水产品，也有直接可以食用的各类食品。集市上还有表现血腥战场的油画印制品、文具、古典艺术绘画作品、各种用途的瓷器、古瓷器、价值不菲的宝石、彩色的玻璃制品……简言之，应有尽有，所有人们能够想到的东西。

　　这里所有的商品都可以议价，砍价的幅度令人吃惊！八毛钱可以砍到三毛钱，三十元可以降到四毛钱……卖家还会给讨价还价的买家搭送点什么东西，甚至还会搭上几个铜钱。确实如此！人们简直想象不出这里离奇的交易情形。

　　商贩们大声地叫卖他们的商品，手里晃荡着叮当作响的小铃铛，时不时还有节奏地用小棍敲击着台面，哼着、唱着、吆喝着。市场上顾客来来往往，行为举止差不多都一样。有的带着妻子、孩子一大家子，为了不走失，一家人会手牵手串在一起，像一根链条一样穿行在人群中间。像这样一个家庭如果站在一个摊点前想买什么的话，那这个摊位就如同被一堵"中国墙"严严实实地挡住了，数张嘴就会在讨价还价中一起"呱唧呱唧"地叫喊开来。

卖冰糖葫芦的小商贩 / 街头卖鞋的小商贩

卖鸡毛掸子的小商贩 / 手工编织小玩意儿的手艺人

热闹的老北京街巷

从市场上形形色色的表现中，人们最能窥探到一个民族的性格特征，完全有理由这样说：东安市场就是大中国的一个缩影。富裕与贫穷、华贵与悲惨，都集中、拥挤在这个小小的空间里。某一个角落，在一个衣衫褴褛的乞丐正可怜地乞求路人的一点点微薄施舍的同时，你就能看见旁边站着一位珠光宝气、绫罗绸缎的贵妇人正在花数百元购买一枚镶嵌着宝石的真金胸针。

整个东安市场给人的感觉就像是上演的一出大型中国戏剧，而真正的中国戏剧表演在市场上也能见到。小小的剧场里，吹拉弹唱，敲锣打鼓，好不热闹。我走进剧场时，舞台上身着彩色戏服的武打演员正在令人眼花缭乱地打斗着。宽大的剧场里，观众们蹲坐在简陋原始、没有靠背的小木凳上，毫无拘束的聊天声与随意嗑瓜子儿、剥花生发出的"咔嚓"声混在一起，响成一片。观众的头顶上还会不时地飞过一个个冒着热气的毛巾团，剧场的服务生们将手中的热毛巾团从剧场的这一边抛出，飞到站在剧场另一边的服务生手中。冒着热气的毛巾团会被递到需要毛巾的观众手上，给观众们擦手擦脸，以便恢复精神。

在我迈过门槛走进剧场狭窄小门的时候，一个热毛巾团正好从我眼前飞过，吓我一跳。我赶紧退后，就差那么一点，我鼻子上架着的眼镜就该见鬼去了。在我身旁接住毛巾团的中国人则幸灾乐祸地笑起来，好像在说：不要害怕，这里的一切都是有条不紊、循规蹈矩的。

令我更感兴趣的是舞台上正在表演的、皇城门前的战斗场面，舞台上所有的士兵，直至两位敌对双方的将军都陷入混战之中。不过，我确实无法长时间地享受这种混乱无章的打斗场面。

当我总算幸运地离开了打斗的舞台，摆脱了喧闹，走过一个摆有许多安静摊位的场地时，剧场里阵阵震耳欲聋的响声都还在耳朵边回响。谢天谢地，这里总算宁静多了。这边是一个饮食摊点，沸腾的油锅弥漫出刺鼻的油腥味儿。那边是一个耍把式的杂耍场，一个小杂技班子正在给感兴趣的围观民众表演"膀子脱臼"的小把戏。再远一点是一个说书的场子，说书人站在桌子上，正在给拥挤在桌边的听众们讲故事。这个地方倒是出奇安静，大家都张着嘴在注意聆听。站在桌子上的说书人，正生动地挥动着手臂，绘声绘色地宣讲着。

他在讲"傻瓜神仙"的传说，中国人称"济公和尚"。故事说的是，一个神仙下凡，装扮成一个傻瓜乞丐，悠哉乐哉走过一个又一个乡村。他扬善抑恶，帮助善良的人，对坏人则施行粗鲁的恶作剧。他能将水变成酒，能在森林里变出一座宫殿。他能赶走妖魔，能拯救不幸的人，能帮助不孕的妇女怀孕，能使濒临死亡的婴儿死而复生……本领奇特的神仙是中国人最喜欢的形象。说书人口中总是在不断地重复模仿着"济公和尚"穿着一双破鞋走路时发出的"嗒嗒"的走路声，差不多每说两句就会发出一次"嗒嗒"声，我也踏着这"嗒嗒"的节奏继续往前走了。

在一个算命先生的摊位前，我好奇地站住了，正好一位妇女刚在这里为自己的前程算了一卦，带着十分高兴的神色离开了。此时，这位"慧眼者"的身边没有顾客，他精明地在四下环顾，寻找着新的"上钩者"。

"算命！算命！"他不停地吆喝，招揽着顾客。算命，意即预料、计算出人的命运。

看算命先生那副热心揽客的模样，我真是忍俊不禁：圆滚滚的身材，油光发亮的脑袋瓜上只是装饰性地点缀了几根银白色的头发。由于没有一堵把他团团围住的严实的"中国墙"，我很容易地就被吸引过去了。

老北京街头
的算命先生

　　"没准，他还会对我讲一些吉利的话呢。"我暗自思忖。

　　我丢给他五个铜钱，他诡异笑了笑，迅速地将钱抓在手中放回抽屉。那幸灾乐祸的样子无异在说：瞧！又一个人上了圈套。

　　首先，他神情不乏严肃地问了我的生辰八字，一边记录一边若有所思地盯着写了字的纸。然后将一些上面刻有汉字的小圆石子丢在桌上，并不规律地将圆石子推过来推过去，好像在确定我的运程。待圆石子程序完成后，他又机械地、不假思考地从竹筒里抽出一些竹签。他仔细地将竹签混在一起后，一把抓住竹签底端，遮住了刻写在竹签上的符咒，并表现出一副沉思、神秘兮兮的表情。看起来开始喃喃自语、祈求什么了，但嘴唇似乎完全没动。最后，他将手中的竹签撒开，又在圆石子之间将竹签理顺归正，一副相当认真和虔诚的样子。然后，带着几乎是伤心遗憾的口吻对我抱歉道："嗨！您生命的呼吸将会很快停止！"边说边摇晃着他油亮的光头，一副抑郁阴沉的表情。

我听了吓得惊恐万分。他解释道："您星座的位置决定了您的运程将充满危险，而您自己几乎无法抗拒。"他继续慢慢地说道，边说还边出神地盯着桌上的圆石子和竹签。他再一次若有所思地慢慢摇了摇白净的头。突然，像发生了什么事一样，猛地抬头直愣愣地盯着我！

"现在您要赶快，"他命令似的吩咐我说："赶快在这个石子上放一个银币，在这个石子上放一个铜币，在这里放一个十分钱的硬币，那里再放一个铜钱（五个铜钱相当于一分钱）……"大概有二十个圆石子，在每一个小圆石子上我都要放一个硬币。我没有细想，按照他的要求一一放上了。我以为，这只是游戏的一个部分，待游戏结束后，我还可以再拿回这些硬币。但是我想错了！

在我还没有对他要干些什么回过神来时，算命先生就用他那灵巧的手指熟练地将所有大约价值一元两角的分币从圆石子上收回，并迅速地塞进抽屉。他的神情此时严肃极了，既不看我，也不去看钱，眼睛像被圆石子迷住、被竹签粘住了似的。过了好一会儿，他的神情才渐渐放松，脸上稍稍有了点笑意，进而转向我，郑重其事地说道："您十分幸运，眼下您就要转运了，您的运程会有一个全新的转变！"他向上短暂地瞟了一眼，用手指着天空，又说道："从现在开始，幸运与成功将会处处伴随着您。您会高寿，上天和神灵会赐福予您。您会有六个儿子为您传宗接代，您还会有三个绝顶聪明漂亮的女儿，她们都会嫁给'英俊潇洒'的男人。"

他心满意足地站起来，向我鞠躬，好像在向我表示祝贺似的。在中国，一般不会用握手来表示祝贺。

"您可以试试运气，"他继续说："然后就知道我说的有没有道理了。小试一把吧，去那边的摊点买上几张彩票，您一定会中彩，不会失望的……"

他不失时机、机敏地将我的注意力转移到另外一个地方，我完全忘记问他，那些加在小圆石子上的硬币是不是要退还给我。为了能享受一个开心的结局，我真的去彩票点花两毛钱买了一注彩票。瞧！还真中了！如此幸运，卖彩票的摊主钦佩地摇摇头，拿着彩票到奖品柜上兑奖。

我赢了一支填满上等烟叶的漂亮烟斗，模样"十分秀气"，我心里这样想着，这样一支烟斗在日本大概要卖十钱[10]左右。我掏出手绢将烟嘴儿擦拭干净，想点燃烟斗，中国摊主则热心地将"火"递了过来。

"现在又可以抽烟了……谢天谢地！"我边走边想，在我的背后，算命先生和彩票摊主却意味深长地笑了起来……

---

[10]　　"钱"为日本货币单位，一百钱为一日元。——译者注

参观"人间地狱"

今天，天色浑浊，一团团乌云沉重地垂挂在天空，像一堆堆巨大的棉花团。这种云团是意味着下雨还是下雪呢？时值深秋季节，两种可能性都有。数天来，气候令人敏感地清冷起来，明显变冷了。

此时，我正无目的地慢慢由北至南，徜徉在宽阔的哈德门大街上。杂乱无章的街景，像堆砌起来的玩具缺乏真实感：众多的行人、滚动的人力车以及踏着飞快脚步急匆匆奔跑的车夫，还有不少肩挑重物的挑夫，富有弹性的扁担在他们肩上一起一伏地平衡着，时不时你能听到街头小贩不乏生动、但充满忧伤音调的叫卖声……

形状不规则的云朵，时聚时散、连续不断地运动着、拉扯着、卷舒着、延伸着、滚动着……魔幻般地变换着形态。此时还像一只昂首狂吠的狗，彼时就会变成一个长满胡子、躬身站立的老头；待云团一分为二，又会像两只活灵活现、相对而立、怒发冲冠的野猫。一块大的云团刚被撕开、拉长，又渐渐汇聚成一条飞龙的形状，昂首飞翔的巨龙很快钻进了另一个灰色的云团中。融进了飞龙的那团乌云开始可怕地、不祥地滚动着，无穷尽地变幻着各种形态。一会儿像一个巨大的山崖，一会儿又酷似一个人的头颅，只见头颅的下颚慢慢向前移动，额头上长出两个形状不规则的犄角，形成一个十分逼真的妖魔头形。这阴森森的模

东岳庙前的琉璃牌楼旧影

样，即便是最天才的画师也难以构思出来。待你还没来得及完全看清，妖怪的头形就又消失了……

不过，这瞬间消失的妖魔头形却突然诱发出了一个好的念头：我不是早就有参观"人间地狱"的想法吗？王先生不是早就在我面前夸耀说，"人间地狱"是北京一个十分特别的参观景点吗？这个叫"东岳庙"的寺庙坐落在八旗城东面城墙中部"齐化门[11]"外几百米处。

我十分庆幸，变幻莫测的乌云竟促使我产生了这么好的一个灵感，我赶紧向寺庙方向走去。足足一个小时的路程，穿过街道和狭窄的胡同，拐过数不清的街角，一直朝着东南方向。雄伟的齐化门门楼耸立在我的眼前，所谓的"人间地狱"展馆就躲在门楼的后面。

从外表看，寺庙像中国一个居家的四合院，只是在建筑结构和规模上显得更雄伟坚固一些。走进庙门，环顾院落，就会突然面对一个个令人恐怖的、昏暗的壁龛，壁龛呈环形分布在寺庙的整个中院。

一个道士走近我，开始向我依次介绍壁龛里展示的内容。他干巴巴冷冰冰地像履行公事一样向我描述，如果一个人在尘世间生活时违反了天条或国法家规，在"阴曹地府"里就要忍受种种痛苦。道士平铺直叙、不极尽渲染的单调解说，就好像这一个个壁龛里展示的"人间地狱"场景都是真实可信的。

清晰的恐怖场景展示着一个人在地狱里遭受的精神和肉体上的酷刑折磨，令人深感恐惧。

在第一个壁龛地狱里，反吊着一具超过真人体型大小的彩绘人体陶

---

[11]　今为朝阳门，齐化门是其元代时的称谓。——译者注

危坐着的地狱执法官

土雕塑，两只脚朝天牢牢地系在天花板上，以至于长长的黑发都垂落于地面。人体雕塑前还安放着几尊小魔鬼，魔鬼的脸狰狞可怕地扭曲拉扯着，有的手里握着长长的尖刀，有的抓着带倒钩的长叉和系着绳结的皮鞭，魔鬼的手上都镶嵌着铁扣。被吊挂着的可怜"罪人"露出一张因痛苦而极度变形的脸，晃动着伸在外面淌着血的舌头……

在壁龛后部高高的平台上，端坐着一位两腿叉开、威风凛凛、专司"尘世间浪费挥霍者"的地狱执法官，手上拿着两块小木板，小木板上刻写着控告书和判决书字样。这个超过真人大小的小魔头，面目特别恐怖。他的两只眼睛不是长在额头下，而是遍布在头颅上人们根本想象不到的地方：在两个高高隆起的颧骨上、在太阳穴和耳朵之间、在下巴上方、在鼻尖上。他的嘴超比例地拉宽，獠牙外伸……人一见到，就会不

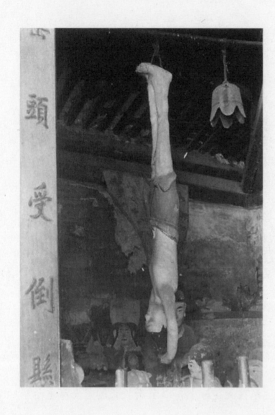

"人间地狱"里的酷刑

由自主地打冷战，惊吓出一身鸡皮疙瘩。我试图模仿魔鬼的脸型，但无疑是徒劳的。

"凡人的身体是不可能有如此多的筋键和肌肉的，所以也不可能将脸变形到如此生动的地步。"随行的道士告诉我。

"这个反吊着的人，"他继续介绍说："是尘世间一个恣意挥霍和浪费的罪人，正因为如此，他死后要受到来自上天的惩罚。由于顾及到来寺庙烧香的善男信女脆弱的神经承受能力，您在这里见到的所有刑法的严酷和恐怖程度都人为地减轻了许多，真正在地狱里实施的惩罚还要厉害得多，也可怕得多。在这里，挥霍浪费被视为'头上油水太多'的罪人，在尘世间，这种人出于虚荣，曾放纵、肆无忌惮地将人们用来吃的油过多地抹在自己头发上，因此，死后在地狱里必须遭受这种刑法，即倒吊起来，让油水再从头发上滴下来。站在周围的这些小妖怪，就是该刑法的具体执行者。他们得到了地狱令，要用手中的刀具不断地划破罪人的皮肤，让罪人始终感到疼痛，以至于不会在长达数月甚至数年的吊挂中感到无聊，直到生前所有挥霍的油水从头发里滴完为止。"

我们又向前走了几步，站在了下一个壁龛前。

"这里是行骗人的地狱，在这里受刑的人都是生前没有正确使用好自己舌头的罪人，他们欺骗了人，说了假话，或者说了违心的话，因而得在这里受到应有的惩罚。"

一个干瘦、与真人般大小直立着的罪人被绑在一根柱子上，狰狞地翻着白眼，一个楔子把他的嘴撬得很大。罪人赤裸的上身尽是小鬼们用红色的小尖刀划下的一道道流血的刀口，一个大司刑官用力撑住自己的身体，像拔河一样拉着罪人嘴里的舌头，舌头已经被拉出一尺多长。像一个屠夫用钩子钩住牛的舌头一样，罪人的舌头也被地狱里的尖厉刑具牢牢地钩住，刑具的手柄则由执法妖魔用两只手紧紧地抓住。执法妖魔满脸愤怒的表情似乎在告诉人们，为了使判决尽可能有效地执行，他付出了多大的努力。罪人的舌头上淌着鲜血，地上已经形成了一大摊血水。同样，这个场景的后面也端坐着一位掌管"欺骗者地狱司"的执法官，手上拿着控告书和判决书。

道士继续解说着："世人都逃不过惩罚，人只要不再活在世上，就会上天堂，或下地狱。神的公正到处都在起作用。人活在世上一天，就要努力一天，要过一种不犯罪的、中规中矩的平凡生活。"

说着说着，他又做了一个大的手势，指着"欺骗者地狱司"那个壁龛，好像要说：仔细看看吧，这里展现的一切给人们留的印象都远远超过了我的介绍。他的介绍该是多么正确！

在接下来的一个壁龛前，吓得我连嘴上含着的烟嘴都差点掉下来。一个全身赤裸的女人正躺在一块烧得通红的铁板上，皮肉被烧得"咝咝"作响，皮肤上一块块烧灼的伤口惨不忍睹。女人疼得左右打滚，小魔鬼们拿着铁钎站在两边，迫使女人不得不乖乖地躺在烧红的铁板上，想摆脱烧红的铁板是完全不可能的。

道士再一次卷起散落下来的袖口，继续介绍说："这个女人在这里受到了应得的惩罚，因为，活在世上的时候，她把自己孩子杀死了。因此，她必须在这里亲身体验，一个人被他人违反常情地、非自然地夺走生命是个什么滋味儿。这种特别的、最折磨人的痛苦，她都必须自己来经历、忍受。这是地狱里最严酷的刑法之一。上苍能看到世间发生的一切，会做出公正的比较。"

言简意赅地介绍完后，道士又转身前行，到达另一个壁龛，又是一个被绑在圆柱上的罪人，场景大同小异。九个小个子地狱执法魔鬼正在罪人赤裸的皮肤上划下一刀刀伤痕，道道伤口都在滴血。罪人额头的上方紧挨头发端部处，一条尖厉的刀口从左边的太阳穴一直拉到右边的太阳穴。额头上的皮肤向下倒挂着，遮住了罪人的眼睛，潺潺下淌的鲜血覆盖着满是痛苦表情的脸部，肋骨也在被尖刀一点点地修理。身体的两侧悬挂着红色的肉皮，肉皮卷折着，像一串串豇豆。整个大腿皮肤上都被横划了一道道刀痕，手臂和肩膀上也是一样。

道士将指向天空的食指慢慢收回后指向大地，说道："这些刑法都是在地狱冥界里实施，对于试图推翻当今皇帝、犯有谋反罪的人，就要活生生地受到凌迟刑法，即在犯罪人身上千刀万剐，直到最后只剩下一个骨头架子，腐烂了的人肉则会被阴间唯一拥有的鸟——大兀鹫叼走。此外，这种惩罚也可以由皇帝下达命令，在犯罪人未死之前在人世间实施。"

我们就这样走过了所有十八个这样的壁龛，一个比一个恐怖，没有一个不逼真的。人体的大小和颜色与真人无异，每一个壁龛都让人看得毛骨悚然。在"负债者地狱司"的壁龛前，观者感觉就像自己在亲身经历一样，我都不敢细看。可怜的罪人脖颈被拉长，舌头也长长地挂吊在嘴外，舌头上贴着一张纸条，上面写着："生前未曾偿还债务！"

当道士还想进一步详细向我介绍时，我赶紧摇了摇头说："不必了！不必了！"道士沉默不语。

这是"人间地狱"的最后一个部分。

黑暗渐渐笼罩了整个寺庙大院，庙里也传出了悠长柔和的铜锣声，锣音优美而又饱满，像一阵阵回声荡漾在空旷的大院里。

道士还想带我参观位于中院的大庙堂，但"人间地狱"的参观对我来说已经足够了。在寺庙的出口处，我将身上所剩的硬币全都放在道士伸出的充满期待的双手上。

还没走下寺庙大门前的台阶，一团团乌云就又压了过来。顷刻间，下起了瓢泼大雨。不到一会儿，街道马路就稀软泥泞了。我急忙向城门口跑去，前面急匆匆走着的是一位挑着筐子卖黄瓜的菜贩子。

我们两人此时都站在纵深足有三十米长的城门洞里，躲避着这突如其来的雷阵雨。应该说，北京城墙的强势和坚实，人们只有直接站在城门处才能深深感觉到。我不由自主地联想到，这种强势的城墙现在已经是不合时宜的摆饰了，时代已经不需要它了。今天的它，只能给旅游者带来敬畏，给工程师们带来赞叹，使人们回忆起已经过去的、伟大历史进程中的荣耀。

我的目光探索着城门洞里巨大的拱形弧顶，它积聚着多么大的力量！可又是多么的没有必要！不过，今天它还真的派上了用场——出色地为我遮风挡雨！

"我把太太都赌进去了……"

"喂!"北京一位有钱的商人杨先生打来电话:

"柯先生,今晚您一定要到我庄园的第三个庭院来!"

"好啊,有什么事吗?"我问道。

"很多客人都会来我这里,有先生也有女士,这里将要举行一场严肃的'斗牛'比赛。"

"这是……"我诧异,一时语塞。

"是的,一场关乎生与死的'斗牛'决赛!您千万不要犹豫啊,一定要来啊!"

"一定,我一定来,也很乐意来。但您为什么会如此激动呢?"我又问。

"什么叫如此激动!我能不激动吗?如果在这场决斗中我输掉了,我就是一个穷光蛋了……"

"那!那!那也未免太夸张了吧!"我不相信。

"我已经把全部的家产都赌进去了,包括我去年新娶的两位小姨太太,是的,是的,两位都……"

"啊哈,您一定是在开玩笑。您上哪里去找这种'牛'嘛,我担心,这种'牛'在这里根本就找不到。但您究竟为什么会这么激动呢?难道您对我说的是真的吗?"

"当然啦!请相信我,我是认真的。我说的所有都是真的……我相信,如果您来,一定会给我带来运气的!一定的……"

说着说着,杨先生挂断了电话。

对他说的这番话,我到底应该做何感想才是?对着话筒,我又"喂!喂!"地叫了几声,但不再有人接听了。中国人电话里说的"喂!"相当于我们欧洲人常说的"哈罗!"

我按门铃叫来了家里的佣人,想问问他,中国是不是也有类似的"斗牛"比赛。他对我提出的问题深感惊讶,并予以否定地说,牛是用来耕田拉车的,有些民族也养牛用以食用,但"斗牛"游戏……他使劲地摇头否定,年轻人胖乎乎的脸上还露出悻悻的笑容。

杨先生激动的情绪使我一时难以平静下来。难道他确实是认真的吗?或者他只是对我撒了一个谎?他在电话里对我说的那些话是完全不可能兑现的。输掉万贯家产和两个小姨太太?或者说将万贯家产和两个小姨太太作为赌注押在这场赌博游戏上?而且还是"斗牛"比赛!

我试着给几个朋友打电话,向他们咨询,中国是否也有诸如"斗牛"这类游戏,可所有的人都说没有,都笑话我,说我一定是被别人给捉弄了。不过,今天晚上,除了接受杨先生的邀请前往弄清这场赌博游戏的真相外,我还真没有什么其他的事必须要做。

时间快到了,我赶紧叫上一辆黄包车,半小时以后就到达了杨先生庄园那扇宽大、厚重结实的朱红漆木门前。敲门的时候,我更觉得,我好奇的期待是没有什么意义的。因为,这座由六个院落一个接一个串连在一起的深宅庭院，是根本不可能进行所谓"斗牛"比赛的；相对而言，院落都不算大，最大的都不会超过三十米见方。

朱红漆大门带着"嘎嘎嘎"的响声打开了，大门的厚度约有二十五厘米，对一个气派讲究的中国庄园的大门来说，这种厚度是很普通的。在佣人的带领下，还没有走过第一个庭院，庄园的主人杨先生就迎了上来，高兴地张开双臂。

"您终于来了，终于来了！我还担心您会不履行诺言呢。您是不是认为今天中午我对您说的那些话都是在开玩笑呢？我就知道，您一来，就会给我带来幸运。就在刚才，您还在前面接待室里等我的时候，我在另外一个房间里就已经做成了一桩买卖。在我一生中，成功地做成一笔如此合算的生意还不曾有过。是您，给我带来的幸运！"他不断重复地、不自主地说着这句话。

我当时真不知道，是我自己精神恍惚，还是因为杨先生几个星期以来受持续高温的折磨所致。北京的夏天，高温不是件什么稀奇的事，就像在新加坡一样，温度常常高达四十摄氏度。不过，杨先生给人的印象，不是一副受高温折磨的样子，只是有一种异常过分的激动和兴奋。

在他挽着我的手走进庄园的第三个庭院时，他还在机械地重复着这句话：

"您会给我带来幸运的！您会给我带来幸运的……把两个女人作为赌注押进去还不算什么，我的全部家产都押进去了……太重了！如果这次赌输了，我就会长期成为一个破产的人，一个生活无着的人，我的整个家族都会因此厄运而感到难过。"

我想安慰他，但一时又无法郑重其事起来。我一直都在迟疑，是否该相信他说的每一句话。我更愿意相信，他说的这些都是因一时思想错乱而引发的无稽之谈。

我环顾第三个庭院，这是整个庄园里最大的、完全封闭的院子，"斗牛"比赛倒是可以在这里决出胜负。一盆盆菊花和大丽花装饰着环绕庭院四壁的走廊护栏。

我被请进了一个大房间，房间里大约三十多人都聚集在一张白色大理石大桌旁。他们围成一团，我看不见桌上到底有什么在吸引他们如此兴致勃勃地围观。整个房间里人声鼎沸，好像人与人之间在互相大声呵斥、呼喊。杨先生将我一人留在这里，自己却在人群中消失了。

围在桌边的这一群不断挥手舞臂的男男女女，给人的印象仿佛是聚在一起密谋什么似的。所有的人都衣冠楚楚、穿着讲究，平实的丝绸袍长长地挂垂至石板地面，但没有一个人穿欧式西服。这种典型的风格，一目了然，是今日中国社会交往的统一着装。房间装潢得十分豪华，靠墙是一排结实耐用的乌檀木雕花座椅，一张不大的、用红木镶边的大理石圆桌上放着一个彩绘陶瓷茶杯，茶杯里飘逸、升腾着一阵阵醉人的茶香。

我像一个迷失了方向的人闲站在旁边，完全不清楚这个活动的真正意义所在，被动地接受着这里发生的一切。该不是应邀来参加一个寻常的茶会吧！但为什么这些来宾会如此郑重其事和激动兴奋呢？

突然，感觉到一只有力的手落到了我的肩头，我吓了一跳，赶紧转过身来，身后站着一位高大的中国人。像他这样壮实魁梧的小伙子只在中国北方能够见到，一般而言，中国南方人都显得个矮且小巧。

"请到我这儿来，帮助抚摸一下我的这个地方。"他边说边指着自己的胸脯，中国人一般都将钱包放在胸前的衣袋里。

"您会给我带来运气的!"他说着,并用一种孩子般的真诚目光盯着我,壮小伙说话的口气似乎还有点忧心忡忡。

"很乐意!"我用手抚摸了一下他凸出的胸肌,也顺便问道:"但您现在能否告诉我,这里到底在干什么吗?"我边说边指着围在桌边的那一群人。

"斗蟋蟀,难道您不知道吗?"他吃惊地望着我。

哦,现在我总算明白这种令我惊诧的、罕见的团体活动是干什么的了。说着我们便走到一边坐下喝茶。

这种独特的、其他国家基本不流行的"体育项目",在中国却数百年来一直长兴不衰地开展着。一开始,只是儿童们玩,但很快赢得了成年人的兴趣,进而演变成一种赌博游戏。其交易的赌注之高,往往令人难以想象。相比之下,就连摩洛哥的蒙特卡洛赌场也会相形见绌。

今天将在这里举行的一场斗蟋蟀赌博游戏也算是一件社会性的事件,也会成为一个并不少见、能令一个大家族命运兴衰发生逆转的转捩点。正如杨先生告诉我的那样,他已经赌上了全部家产,还十分过分地特别附加上他的两个小姨太太。这完全不是在开玩笑,而是一件非常严肃认真的事件。

令人奇怪的是,尽管人们直到现在都很少听说这种游戏,但斗蟋蟀赌博在中国各地,特别是在北京俨然已经成为一种最受喜爱的大众化游戏,就连孩子们都抱着极大的兴趣参与其中。孩子们一般都在胡同里玩这种游戏,赌注是孩子们的零花钱、多余的衣服,还有不被允许、背着家长偷出来的家什物品。北京人玩这种游戏的热情就有这么高。

为了在市场上买到一只上好的蟋蟀,人们可以花掉身上的最后一个硬币。蟋蟀一般都放在一个小纸筒里出售，为了买一只蟋蟀，孩子们往往宁愿牺牲掉自己一个月的零花钱。蟋蟀买回去后会小心翼翼地放在一个陶罐里喂养，装有蟋蟀的陶罐必须保持一定湿度，这样蟋蟀才不会"干死"。蟋蟀吃的是新鲜豆子和沙拉菜叶，将坚硬的干豆粒作为蟋蟀的食物，是为了蟋蟀可以时时刻刻地磨牙，以始终保持其锋利的牙口。两只蟋蟀相斗，锋利坚硬、有抵抗力的牙口往往十分关键。

两只蟋蟀相斗主要是通过各自的两只螯齿相互撕咬，一直要较量到其中的一只不能再撕咬，即两只螯齿不能再合拢为止。受伤的那只蟋蟀会本能地转身逃走，而胜利者则会振翼奔跑，发出凯旋般的鸣叫声，并继续追赶失败者，直到失败的蟋蟀被最后击倒，精疲力竭地躺在地上抽搐，翅膀被撕碎，两腿也被咬断时，追赶才会结束。或者是失败的蟋蟀跳出了陶罐，逃离决斗赛场为止才结束。

如果说孩子们买一只善斗的蟋蟀要花十到二十分币的话，那么成年人会花上百元，有时甚至是上千元购买一只蟋蟀。在这里，人们也不要误以为花上大价钱就一定能买上一只非同寻常的、了不起的蟋蟀品种，或者是一只欧洲没有的极品。其实不然，中国的蟋蟀与欧洲的蟋蟀别无二致。

接下来的一个所谓真实的小故事可以告诉我们，中国人对斗蟋蟀赌博游戏抱有多大的热情，或者说有多么狂热。

在一个上了年纪的高贵清朝官员家中，要举行一场斗蟋蟀的比赛。双方都为这场比赛下了很高赌注，由两只价格不菲的上等蟋蟀对峙。可就在决斗即将开始时，其中的一只却突然跳出陶罐，钻到房子的一个墙缝里去了。官员马上让家中佣人撬开墙缝，试图寻找逃走的蟋蟀，可没有找到。为此，官员下令扒掉整座房子，可还是没有找到蟋蟀的踪迹。在极度绝望中，这只蟋蟀的主子自杀了。还不仅仅是他，所有因这一不

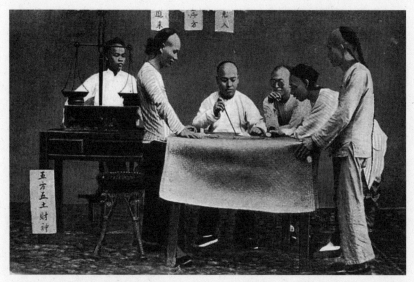

20 世纪初中国人斗蟋蟀的场景

幸事件遭殃的人，即将自己的全部家产都押在这只蟋蟀上的人，都自绝身亡了。

　　杨先生又过来了，还是像先前那么激动和不安，他请我抚摸他的头。

　　直到现在，我也还没有彻底明白整个情形，最起码我还没有弄明白，在这场蟋蟀决斗游戏中，我怎么会扮演一个能为他人带来幸运的特别角色。

　　杨先生流汗了，在不假思考地满足他的请求——抚摸他的头的时候，我就感觉到了。

　　"蟋蟀之间的决斗马上就要开始了，如果您没有给我带来运气，我就一枪崩了您。"他说着，苍白的脸上发着光，一种令人害怕的严肃神情，如此之奇怪也令我深感滑稽、可笑。

两位"斗牛士"就要现身了。

只见两个男人一人抱着一个大瓷罐越过门槛径直走到被众人围着的桌子旁，将瓷罐放到桌子上。他们的面部表情严肃庄重，好像抱着的不是两个装着蟋蟀的陶罐，而是装有他们祖先骨灰的骨灰盒。

杨先生再一次拍了一下我的肩膀，这一次的拍打，力量明显不足，紧张的情绪已经使他有些精疲力竭了。他有些发愣地望着我，口齿不清地说道："不是吗？您会给我带来运气，带来运气的！"

我的一生中还从未听到过如此谦恭、恭顺、屈从的话，在上帝面前人们才会做如此乞求。

我并非自愿地背负着这个责任走到了角斗桌旁，一场蟋蟀决斗就要开始，我也不自觉地分外紧张不安起来。诸如"我与这场赌博游戏毫无干系"之类自我安慰的话语，现在也完全不起作用了，游戏已经磁铁般地吸引了我。我紧贴着站在桌旁，也像其他人一样靠在桌沿旁，好像我的全部家产也作为赌注押在这场游戏中一样。

桌子中央放有一个陶盆，陶盆嵌镶在桌面里。盆沿垂直，约有十五厘米的高度，陶盆上盖着一块拱形纱罩，以防止决斗的主角，即"蟋蟀斗士"在决斗还没有开始之前就从陶盆里跳出来。两个装有蟋蟀的陶瓷罐现在也分别放在桌子的两个角上——像两个拳击手比赛前站在拳击台的台角上一样。

瓷罐打开时，现场一片寂静。两只蟋蟀被驱赶到嵌镶在桌面上的陶盆里，"牛"被放出来了，一场激战即将开始。此时此刻，我分明感觉到空气因围观者紧张的心跳在微微地颤动。所有的人都屏住呼吸，眼睛像钉子一样盯着陶盆。两只参与决斗的矫健蟋蟀静止不动地相对站立，相隔大约四厘米。它们振动着双翅，同时扬起蝗虫特有的细长大腿，一会儿右腿，一会儿左腿。这两只一点五到两厘米长的小动物，看起来似乎还十分镇定冷静。我想，如果它们知道，人们已经将整个王国都押在它俩身上，它们也一定会激动不安的。

此时，"蟋蟀决斗"赌博游戏的主持人走了过来，他整理整理两只长长的袖口，又将袖口高高地捋上胳膊，手上拿着一根小小的竹棍，棍头上绑着一些细细的绒毛。只见主持人拿着竹棍，用棍头上的细绒毛交换着去触碰两只蟋蟀的长触须，挑逗着蟋蟀的情绪，一会儿抚弄这一只，一会儿又诱惑另一只。然后又去碰蟋蟀的翅膀、尾部以及两只大腿间等特别敏感的部位。

慢慢地，蟋蟀受到了刺激，兴奋起来。两只蟋蟀一步步靠近，相距差不多只有半个厘米了。渐渐地，长长的触须碰撞在了一起。正当主持人还在用竹棍上的细绒毛分别刺激蟋蟀尾部时，一只蟋蟀突然转身，怒不可遏地发出了号角般的刺耳鸣叫声，看来，第一个回合的决斗就要开始！

"决斗场"周围死一般寂静。当这只蟋蟀还没有停止决斗前号角般的鸣叫时，另一只蟋蟀就已经开始靠近它的后部，并用头上的触须去碰它尾部的触须。被侵扰尾部触须的蟋蟀开始转过身来——从蟋蟀的动作上，人们可以清楚看见它那被刺激的样子——龇牙咧嘴，露出两个呈深红色的门牙。另一只蟋蟀现在退后了几厘米，将两只后腿强有力地支撑在盆壁上。两只蟋蟀都摆好了决斗的架势，尾巴以及透着细微经脉的翅翼在微微上扬。

主持人再一次用竹棍上的细绒毛同时刺激两只蟋蟀嘴上的触须，它们一下子像听到命令一样一起鸣叫起来，同时抖动着整个身躯，露出了两只剪子般的利齿。

一只蟋蟀向前移动了近两厘米，继续鸣叫着，身子几乎在对手的利齿之间。鸣叫终于停止,一个令人期待的不平静抓住了围观者的心。每一个人都清楚,真正的决斗已经开始。

决斗来来往往地进行着,总是一只在进攻,一只在后退,接下来又是另一只向前,摆出一副进攻应战的样子。现在,它们互相之间紧紧地咬住了,两只蟋蟀扭成一团,像一起长大的一个整体。它们拼劲地互相撕扯,你只要看到它们分开的强劲大腿,就知道它们是怎样尽力地保持和支撑住自己的躯体的。

突然,一只蟋蟀一声大叫,猛地头一晃,摆脱了对手的纠缠。可对手并没有放松,又迅速追着跳了过去。

真是一场残酷无情的决斗!

尽管我并没有在这场决斗中押注,但还是向着其中的一只。

两只蟋蟀又勇敢地撕咬在一起了,短促尖厉的鸣叫声又响了起来。只见一只蟋蟀猛地一甩,将另一只蟋蟀摔到盆壁边上。好几个围观者此时开始笑了起来,杨先生脸上也露出喜色,神情明显放松了不少。

决斗还没有停止,被甩过去的蟋蟀又振作起精神,转过身子,又重新摆出应战的架势。我看了看手表,决斗已经进行了两分钟。两只蟋蟀又开始鸣叫起来……突然,如同出自一个喉咙,部分围观者叫喊了起来。只见一只蟋蟀的牙齿已经不能合拢了!它已经负伤,不能再继续决斗了。

按理说,决斗已经分出胜负,可以结束了。但不行,决斗还得继续,一直要到决斗的一方流血为止。

胜利在望的蟋蟀不弃不舍地继续扑杀过去,一口咬住受伤的蟋蟀的尾部,伤者企图逃走,但没有成功。就在危机即将来临的紧要关头,受伤的蟋蟀奋力一蹬,一跃跳出了陶盆。

决斗终于有了结果！

现场观众一片混乱，一部分高兴地跳起来，另一部分却在大声咒骂，一些妇女已经坐在凳子上失声痛哭起来了。

杨先生大喜过望，走过来不停地摇着我的手说："太好了！太好了！您又一次给我带来了运气，我的蟋蟀获胜了！我获救了！我要衷心地感谢您！"他如此满怀喜悦的样子真是很少见到。

获胜的蟋蟀被人们小心翼翼地从陶盆里取出来放回瓷罐，失败的蟋蟀也被人们捉住。它的主子愤怒地将它摔到地上，还重重地将右脚踏上去，进而碾得粉碎。不仅如此，其他人也接踵而至，纷纷碾踏。这只在决斗中失败的可怜的蟋蟀！人们的怒气必须发泄出来，不然，会憋出病来的。

一部分人又回到另一个侧房，就蟋蟀决斗牵涉的有关经济问题进行磋商。杨先生不用去，他的经理作为代理人会帮他打理这一切。经理是他的一位老朋友，同时也是一位十分精明的生意人。

杨先生对我说："有他帮我打理这一切，我完全不用担心。您是我府上今天、明天、后天，只要您愿意，就永远是我的座上宾。跟我来，拿上您的帽子，我们去餐馆用餐，我已经在那里摆好了宴席，今天，我们可以品尝美食中的美食……"

杨先生高兴得走都走不稳，只见他的手在空中挥舞着，跨过门槛时，我都不得不赶紧上前扶上一把，以免他摔倒。他竟激动成这个样子！

我的心跳此时也像刚刚喝完了一杯浓烈的咖啡……

我们挽着手穿过寂寞的胡同，走在灰蒙蒙的北京灰尘中，现在已是夜深人静的子夜时分了。

第三章

皇城郊外

我现在正走在北京郊外一条尘土飞扬的小路上，要前往一个叫『八里庄』的小村庄，城西的城墙已经被我甩在了身后。一路上，不时还能遇到一两支骆驼商队，往城里运输从西山矿井里挖出来的一袋袋原煤。

老阁下，大太监

我终于清楚地打听到最后一批老公公，也就是昔日中国皇宫里的太监，度过他们风烛残年的地方了。能与他们见面，我感到十分新奇。很多北京人小时候都曾玩过一个有名的经典儿童猜谜游戏：太监将石子扔向蝙蝠。在谜语中，人们要猜出是用什么东西扔的？扔向了何处？是谁扔向了谁？谜语内容是这样的：

> 他（它）是谁（什么）？
>
> ——是一个男人，但又不是男人，
>
> ——扔向一只鸟，但又不是鸟，
>
> ——他看得见鸟，但又看不见鸟，
>
> ——栖息在一根木头上，但又不是木头，
>
> ——拿着一块石头，但又不是石头，
>
> ——扔还是不扔？

在这里，"是男人，但又不是男人"指的就是太监；"是鸟，但又不是鸟"指的是蝙蝠；"是木头，但又不是木头"指的是一种长得高高的伞形花科植物的管状茎干；"是石头，但又不是石头"指的是泡沫岩。

由此得出的谜底是：一个是男人但又不是男人的太监，将一块不是石头的泡沫岩扔向了栖息在不是树木的植物茎干上的不是鸟的蝙蝠。至于"扔还是不扔？"就不去管它了！

如今无所事事、穷困潦倒的太监，昔日可是中国皇宫里不可小觑的重要人物，他们享有的声誉和威望，与他们在皇帝和皇后那里享有的信任、手中掌握的权力一样多。他们对今天的生活感到满意吗？

我现在正走在北京郊外一条尘土飞扬的小路上，要前往一个叫"八里庄"的小村庄，城西的城墙已经被我甩在了身后。在这里，还耸立着一座用沉重的石头建起来的高大石塔，层层叠起的塔檐像戴上的一顶顶帽子，檐角悬挂着一个个大大小小的铃铛，铃铛在风中叮叮当当地响个不停。可以想象的是，这部多声部的混响作品在这里已经演奏数百年了。

一路上，不时还能遇到一两支骆驼商队，往城里运输从西山矿井里挖出来的一袋袋原煤。骆驼的颜色与大地的颜色一样，呈黄褐色黏土状，裹着一身煤灰的赶车夫看起来像打扫烟囱的工人。

光秃秃的西山山岭向远方延伸，逶迤起伏，无边无际，一如大海滚滚的波浪。

步行了大约一个小时，经过八里庄后，我顺着一条小路向左拐去。这是一个坡度不大的山冈，通向一座小寺庙。我又走过一块匍匐着深绿色叶子，像马铃薯茎叶的花生地，横穿过一垄垄棉花田。刚走到山冈上的寺庙近旁，就传来一阵令人心悸的恶狗狂吠声，一位老妇人喝住恶狗后，问我来此有何贵干？

"哦，您说的是'老公公庙'（即太监庙）啊，已经不远了，"她指

从太监庙远望
的景色

了指山冈前辽阔的平原告诉我："您看见远处的那棵大
树了吗？'老公公庙'就在那里，最多再走上半个时辰。"

我给了她一个铜钱作为小费，老妇人对铜钱的期待
与接过铜钱后所表示的谢意一样真切。顺着山冈，我慢
慢地向下坡走去，黄土地在脚下延伸，极目远眺，空旷
辽阔。

远方，传来两声枪响。

很快，我来到了太监庙。一棵棵树皮呈白色的古老
松树站立在已荒芜废弃的庙里，灌木丛有一米多高，径

直看过去，灌木丛后还凸显着几处垮塌了将近一半的屋顶。以前留下的齐胸高的围墙团团围住了这一块面积不算小的寺庙，墙面上残留的淡红色尚依稀可辨。参差不齐的断壁残痕，像老人嘴里坏掉的一排牙齿，保存完好的就只有寺庙的几个入口了。三个主要入口的大门都上了锁，一看门前石头缝里长出来的荒草，就知道这些门已经长时间没有打开过了。大门右边墙上开有一个侧门，现在只有这个侧门可以进进出出。

还没等我走到小门前，突然从庙里就窜出几条恶狗，狂吠着朝我直扑过来。我吓得赶紧退后，一跃身用手勾住了近旁一棵大树的树枝，整个身体吊挂在树枝上。我深知这种野狗有多么凶。

不管我如何呼叫，都没有人现身。一段时间过后，才听到了一阵"唰唰唰"的脚步声。恶狗还在围着大树"汪汪汪"地狂吠，好像知道树上吊挂着的是它们的一顿美味佳肴。

"谁?"终于听到了一句细弱无力的怪声音，乍一听，像是从一个老太太或从一个牙齿掉光了的男人嘴里发出来的。

"我是一个来访的客人!"我焦急地大声叫起来。

老人走到树下抬头看着我，手上还拿着一根粗粗的打狗棍，他一边驱赶着恶狗一边唠唠叨叨地说道："你们这些愚蠢的小畜牲，还不赶快滚开!"老人脸上带着些许幸灾乐祸的笑意看着挂吊在树上的我又说道："对不起! 这样不友好地欢迎您。狗是牲口。"他这是在告诉我，相对人而言，动物是不理智的。

我赶紧灵活地从这棵多节疤的粗壮百年老银杏树上跳下来，银杏树上散发着一股奇特难闻的气味，没准树上挂着已经腐烂发臭的什么东西。

"我正好在这一带散步，一定是迷路了……"我急忙向老人解释，进而想与他搭上腔。

他礼貌地对我倒霉的际遇表示遗憾，然后请我进庙："我们这里来访的客人很少，因此我要请您原谅的是，这里的一切都显得零乱、破败和荒凉。我们太穷，没有能力请工匠们来这里哪怕对最必要的设施进行整修。从当今政府那里我们得不到一分钱，只能依靠这块干旱贫瘠的土地上的微薄收成，可怜地维持着生计……"

我们走进了一个居家大院，院子里差不多一半的房屋都掩藏在大树之间。古老的参天松树在野草丛生的大地上投下不规则的阴影和光斑，好咬人的狗此时也分散在院里各个角落，望着远处，凶巴巴地狂吠着。老人弓腰驼背走在我旁边，喃喃地继续说道："……我的那些老哥们对您的来访一定会感到十分高兴的，对外面发生的事，我们知道得太少了……"

不一会儿，我们来到了一个小打谷场，打谷场中央是一个小山似的大谷堆，几个赤裸着上身的人正笨拙地、有气无力地在场地上打着谷子。明眼人一看就知道，他们不可能是地地道道的农民出身。打谷场边，一位年纪更大、满脸皱纹的老人蹲坐在粗糙简陋的石凳上。他一副漫不经心的样子，双肘支撑着石桌的桌面，一边看着其他人劳动，一边抽着一根细长的、带着小烟嘴的旱烟枪。

太阳投射下来的阴影和光斑使眼前这幅似乎超现实的图景生动了起来。这里拥有的孤寂和宁静，仿佛也因微风撩起的、使人昏昏欲睡的沙沙树叶声形象了起来。我不禁感慨，在这里隐居生活的人该是多么寂寥孤独啊！

看他们那样子！算是年老的"农妇"吗？在这些弯腰弓背的人中间，

我没发现一张有表情的脸，没有表现出丝毫可能因回忆起美好的、有影响力的过去而流露出来的那种专横霸道、盛气凌人的痕迹，完全是一副可怜巴巴的样子。他们的面部表情和行为举止表达出来的只是乏味和疲倦。

"我带您去我们的老哥那儿，他就在那边凳子上坐着。"我又听到身边陪同我的老人那独特、细弱无力的声音。

正当我编着瞎话讲述来这里的所谓 "经过"时，那位老哥抬起了头，对我的问候表示回应。在此之前，他已经小心翼翼地将烟枪放到石桌上。

"请坐，喝点茶吧！请坐，请坐!"他不断这样重复地说着，因为他也不知道说什么好。

我坐在了与老哥同一边的窄石凳上。老哥颤抖地缓慢将石桌上的烟枪向我身边推了过来，并问我是否也想吸上一口。我礼貌地谢绝了，同时掏出了自己的香烟盒递过去，看他那样子倒是很想抽上一支。一番客套话后，他终于从我的香烟盒里抽出一支，仔细打量着，并放到鼻子近前赞赏似的闻了闻。其他人也在此期间相继放下手中的活儿围了过来。

带着渴求的目光，他们目不转睛地盯着我手中的香烟。我赶紧站起来，将香烟一一分发给他们，他们都非常急切地、几乎是从我的手中将香烟夺了过去。其中一个还问我，香烟中是否含有鸦片。我否定了，并将火柴递给他。他没有接过火柴，而是从腰带上抽出一个小包，从包里取出两块石头，然后用力地将其互相击打。我惊奇地观看着他击打石头的游戏，这才发现，他是在击石取火。虽然这里离北京城不远，但对这些人来说，用火柴点烟显然还很不习惯。很快，他点着了手中的香烟，并将点着的香烟先递过来帮我点燃，然后再朝其他人走过去，直至所有

民国时期的
老太监

人的香烟都点着了为止。

这时，我想"皇宫的觐见仪式"应该结束了，又重新坐回老人身边，欲正式开始与他交谈。

他们是真正的太监吗？我很想知道，但直接发问，又会显得过于尴尬，因为我并不知道，他们对这种问题的态度。好在我们称太监为"老公公"，而"老公公"这个词在中国并不像我们想象的那样难听。在汉语里，"老公公"的第一个意思是"老先生"，完全是一种尊称。

"阁下，"我转过头面向老哥问道：

"这里到底还有多少老公公啊？"我问得直截了当，

以求尽快达到目的。我不想在这里与这些老掉牙的老头深居简出地住在一起，老实讲，对这些人，我现在甚至产生了一种莫名的反感，起初抱有的、对这些从前在皇宫里享有崇高荣誉的人的强烈新奇感，也奇怪地降到了零，对他们已经不再感兴趣了。在我的眼前，他们已经不再神秘，他们只是些令我感到沮丧、悲哀、穷困潦倒的人，是那么的没有思想、体弱多病、意志不坚定和士气低落。总之，一切与我先前的想象相去甚远。

"我们现在只有七个人，"衰弱的老人开始讲述，一双浑浊的、湿漉漉的眼睛望着我。

"时间一长，大多数人都相继去世，他们都被埋葬在那边……"他用手指着那片小树林。

我转过头，顺着手指的方向看见了远处的一大排土坟堆，上面长满了野草，起初我还以为是一个个的垃圾堆呢。看来，其他太监们也觉得这个话题不堪回首，转身离开又去干活了。

老太监还告诉我，他已经九十一岁高龄了，他的那些同胞都比他年轻，年龄在八十至八十九岁之间，都在一天天悲惨地苦熬着日子，从今天到明天、到后天……时间在慢慢流逝。他们没有前途和希望，只能徒然地等待死亡的来临，等待生命的消失和终结。他们并不是愚钝之辈，十分清楚他们的现状。老太监现在生活的全部也就是对吃的那么一点点贪欲和索求，只要一谈到吃，他的眼睛里就会放射出些许光泽。有时候，他会恢复平静，回答我提出的一些问题。他边跟我聊着，边慢条斯理地一根根拔着手上抓着的一只麻雀身上的毛，打发着时间，直到毛被全部拔光为止。他随手将赤裸裸的雀身丢进沸腾的油锅：这可是一道美味可口的珍馐！

　　他们的内心活动是什么？整天在琢磨些什么？又在干些什么？这些隐秘，我无论如何都问不出口。即便我知道这些笨拙的故事又能做什么呢？我发呆似的盯着这位老太监——昔日皇宫里有地位的"阁下"，听着他的叙述。他对我的惊讶不仅没有表现出不痛快的神色，相反只是毫无意义地笑了笑。更确切地说，这是一种讥笑，一种冷笑，一种可怕的、带着这个世界上最令人恶心、最令人毛骨悚然的情绪的笑。我觉得，我们之间是不可能做到互相理解、互相感知的。现在，摆在我面前的路只有一条，就是逃离。

　　我礼貌地低头鞠躬告别，当我再次抬头看见太监"阁下"时，他颤抖的手正向我伸过来，他要讨一点小费。而其他太监，此时也围在四周，一张张变形的脸上流露出的是冷漠的、幸灾乐祸的诡笑。

包治百病的灵丹妙药

太阳的光斑在葱绿茂盛的草地上欢快地跳着圆舞曲，两个中国儿童正在阳光下开心地打闹着，不时传来一阵阵"咯咯咯"的欢笑声。偶尔，他们会唱起儿歌，可惜他们只会开头的那几句，唱完这几句又得停下来从头开始。孩子们还太小，要记住整首歌的歌词和曲调并不容易。

"啦啦啦！啦啦啦！两只喜鹊叫喳喳……"这两句就是我能听出来的全部歌词内容，这是一首曲调十分动听的儿歌。

草地的斜坡下流淌着一条弯弯曲曲的小溪，清澈透明的溪水中游弋着数不清的小鱼虫。沿着这条小溪，两岸生长着树干扭拧、节疤重重的老柳树，柳树很多向上的枝丫已经从树干上完全锯掉了，以促使它们能更多地横向生长。柳树丫杈处结着一小块一小块的圆形节疤，节疤深暗阴森的色调像童话中描绘的可怕形象。有的看起来像一张人脸，有的又滑稽可笑地在暗示着人的四肢。

由于是夏天，树干上长出了一根根细长葱绿的枝条，像人造头发丝一般在微风中不规律地摇曳着。长长的枝条尖垂落在地面上，轻轻点划着小溪微微泛着涟漪的水面。

"看，喜鹊！喜鹊！"两个孩子手指着老柳树兴奋地叫唤着。

柳树尖上正栖息着一只叫喳喳的喜鹊，羽毛黑白相间，煞是好看，孩子高兴地撒开还不甚稳健的步子，朝着柳树颠颠地跑了过去。孩子们只是在上身肚脐处围了一条小布兜儿，菱形的红布兜儿像扑克牌中的红杏方块形状一样贴在肚皮上。上角用一根小绳儿系在脖子上，两个边角则系在后背屁股的上方。这是当地孩子最为普遍的夏装。

这里是北京近郊，我寄宿在一个老农户家中。宁静的村庄质朴、原始，有我期望享受的那种平和。

当孩子们跑到小溪边时，一个尖厉的声音突然传了过来：

"秋桃儿！秋桃儿！……快回来！快回来！小心掉进水里。"只见一个年纪大的小脚老太太急急忙忙、蹒跚摇摆地跑过去，一把抓住两个孩子，叫道：

"瞧！这么脏，真是调皮的孩子！"她带着和蔼的口吻训斥着孩子，边训斥还边从自己的袖口里拉出了一块不怎么干净的灰色手绢给孩子擦鼻子，按住其中一个孩子的鼻子喊道：

"来，擤鼻涕，用力！"看孩子那样，确实在用劲，可效果似乎并不明显。另一个孩子则光屁股坐到草地上，看喜鹊飞走，便伤心地哭起来。老太太又一把将这个孩子拎了起来，继续大声说道：

"你看你，满身糊满了泥土，"边说边小心地用手绢拍打、擦拭着孩子身上的泥土。按常理，手绢是不应该用来拍打这些地方的。

一切处理完毕，两个孩子又跑到阳光下，"啦啦啦！啦啦啦！两只喜鹊叫喳喳……"继续在草地上嬉戏玩耍。在草地上，他们发现了一只蟋蟀，又怀着极大的兴趣玩蟋蟀去了。老太太摇摇摆摆地走了几步后，坐到草地上，两条腿不乏优雅地盘在一起，摊开身前的一块要补的布片，忙起了手中的针线活儿。

正在这个当口，突然传来一阵急促的脚步声，一位手持白色瓷碗的农民擦身跑过。他急切地奔跑到老太太身边，并依据中国人的礼节，右腿下跪，低头给老太太鞠躬请安，然后蹲在老太太身边的草地上，两人聊起天来。我看见他不时地转头窥望，并用手指着两个正在玩耍的小孩，老太太也不时点点头，好像在说："好的！好的！我看可以！"

此情此景，使我一下子就联想起之前在伪满洲国新京[12]大街上碰到的挑着担子贩卖小孩的情景，儿童贩子叫卖的声音似乎还清晰地在耳边回响："嘿……谁买小孩！谁买小孩！"

难道这里也在从事这种买卖吗？我新奇地朝两个小孩看过去，孩子们还在无忧无虑地玩耍，可我却已经开始为孩子的命运担忧起来了。他们是如此的轻松愉快、健康活泼，红红的脸蛋、结实的小腿，上上下下糊满了北京郊区特有的那种棕褐色的泥土。

果不其然，农民站起来朝两个小孩走过去，还相当友好地装出一副所谓的小孩样，我听得真真切切："哎！哎……你们在那里玩什么呢？"

接下来，我或许将会看到令人十分难受的一幕：农民怎样将两个孩子领走，让他们永远地离开自己的亲生父母，离开他们温暖的家庭、宅院。我的心一下子收紧了……

可农民并没有这样做。只见他蹲在其中一个孩子身前，向上掀开了他肚皮上的小红布兜儿，然后将随身带来的瓷碗端在孩子身前，口中吹起口哨声，还边用话语哄着孩子。

我确实没有弄错：孩子在往瓷碗里尿尿，我甚至听见了尿打瓷碗的砰砰声。很慢很慢，时断时续，孩子一边尿，农民还叽叽喳喳地在一旁

---

[12]　现长春市，伪满洲国时名为"新京"。——译者注

鼓劲。接下来，第二个孩子也同样来了一遍。此时，汤碗大的瓷碗里盛满了尿液，阳光下，尿液闪耀着金黄色的波光。

"好孩子！乖孩子！"农民一边夸着孩子一边站起来，端着瓷碗来到老太太跟前。

就在老太太面对瓷碗满意点头的时候，农民又径直向小溪走去。在小溪边上，他面向溪水弯腰伸出了两只手，那样子，像是要抓水中的鱼似的。

当他小心翼翼地将两只手向上平捧着从溪边走回时，水还在不断地从手指缝中滴漏下来。尚未走到老太太身边他就叫唤了起来："我满手都是！"好像他已经不能长久地握住手中的"福音"似的。

接下来，两个人弯腰注视，看着农民捧在手中的"小黑点"一个个溜进瓷碗。老太太满意地笑了："它们还都是活的，都还在游，娇小玲珑的，真有意思！"

"是啊，很有趣儿。我还要让它们再游一会儿。"农民说。

老太太再次弯腰观看瓷碗，用手指着尿液又说道："你瞧它们那摆尾游弋的样子！哎，你看，这边的两只是不是太大也太老了点儿？我看，这两只要取出来。"

农民马上领悟了她的意思，连忙用一根小棍将那两只捞了出来。

要知道，我当时是多么新奇、多么急切地想知道，瓷碗里游动的到底是些什么东西？他们这样做的用意何在？

不一会儿，农民将瓷碗端来，先调皮地左右两边看了看，然后又将鼻子凑近碗中的液体闻了闻，脸上露出了满意的光彩。接着将瓷碗送到嘴边，一仰脖子竟将尿液喝进去了。

"这也未免太过邪乎了吧，"看到这离奇的一幕时，我脑子里马上就闪过了这个念头。

是的，他确实喝下去了，我看得十分真切，都咽下去了：咕噜咕噜地……喉结还在一上一下地蠕动。可我却不由自主地感到有些恶心，想吐。喝过后，农民将瓷碗从嘴边移开，用另一只手开心地抹了抹嘴，将瓷碗递给老太太。老太太也没怎么犹豫，谢过以后也喝了起来！每喝一口，她都要停下来，满意开心地说上一句："不错！又鲜又嫩！效果一定会很不错的。"

我很想弄清楚这背后的秘密，但应该怎样做呢？我动起了脑筋。我得小心翼翼地接近他们，我知道，本地的农民大多都很胆怯和多疑。

他俩开始慢条斯理地聊起了今年的收成，收成应该不错，特别是香瓜、南瓜和草莓。对了，主意有了，这个话题我可以插上一嘴，可以作为一个要购买农产品的人接近他们。

"对不起，我刚才听见你们在谈草莓，"我走过去开始插话，同时偷偷地向那个瓷碗斜瞟了过去，只见碗中还有大约四分之一的尿液。我继续说："……我想买几斤草莓……"这时，我看见金黄色的尿液中游动着的是一只只年幼的小蝌蚪。

"……多少钱一斤？"我问着，并在颇有生意经的农民滔滔不绝对我的问题发表意见时，开始默默地细数瓷碗中小蝌蚪的数量：19、20、21……32……我只听见了最后的一句："卖给您只需五个铜钱一斤，这完全是朋友之间的价格！"

"好！就这样吧！"我回答后，又指着瓷碗像开玩笑似的顺便问道："这到底是什么东西？看起来像是茶水，只是这茶水里的茶叶怎么像是活着的小动物啊?"

"这是一种康复饮料。"他镇定自若地回答道,因为他的思绪还停留在方才谈好价格的草莓买卖上。我知道,市场上最高价也就卖三个铜钱一斤。

"一种康复饮料?"我新奇地弯腰注视着瓷碗。

"那它能治什么病呢?"我又问道。

但对农民来说,显然对谈好的草莓交易更感兴趣,他岔开了话题:

"您要不要一会儿随我去田里自己摘草莓呢?我的草莓不仅又香又甜,个头还大得很呢。"他攥起拳头表示着草莓的大小。

老太太此时也使劲点头称是。她已经放下了手上的针线活儿,中午时分,她得回家做午饭了。

太阳当空,树和人此时投在地上的影子很短很短。

"可以可以,不过,在我们去之前,我还想更多地了解了解这种康复饮料。"我碰了碰农民的身体,执意地要求道。

"当然可以。对不起!这是一种药,对所有感冒症状都有效。特别是针对由地下的湿气、风寒、水汽、潮湿引起的风湿病,还有其他更多的一些疾病……"农民在为我解释。

出乎意料地,我此时正好打了一个喷嚏,很可能是因为无遮挡的直射阳光刺激了鼻子。农民不由得退后一步,他认定我是感冒了:

"您已经感冒了,打喷嚏就是第一个症状,说明寒气已经侵身。您必须小心,寒气很厉害的,稍不注意就可能酿成大病。您可以马上喝这种康复饮料,利用这个机会,饮料正好还是新鲜配制的。"说完,他端过碗递给了我。

"喝上一口吧，没有比这更好的药了，它可是包治百病的灵丹妙药啊！"

现在该轮到我后退一步了，我难为情地笑着答谢，因为我不想直接拒绝而得罪这位好心的农民。为了避免不近人情的不礼貌行为，我只好接过瓷碗，碗中的小蝌蚪还在碗壁间来来回回地游动。我一边慢吞吞地将碗往嘴边送，一边还在极力思考，如何才能使自己摆脱这种不幸的窘境。就在碗要到嘴边的最后一刻，我突然摸到了上衣口袋里的一盒香烟。有了，我连忙将香烟掏出来递了过去。

"先尝尝这味道不错的烟卷儿吧（中国人把香烟叫烟卷儿），请您给这位老太太也递上一支。"我知道，所有的中国人，包括女人，差不多都是爱抽烟的瘾君子。

这个小小的伎俩把我从尴尬的窘境里拯救了出来，暂时不用不礼貌地拒绝喝这种"高贵的康复饮料"了。

见到香烟，农民高兴地咧开大嘴，露出满口黄牙。他细细端详这少见的金晃晃的烟盒后，小心地从中抽出了一根，接着又站起来，将这精美的"细白杆儿"给老太太送过去。

趁此机会，我赶紧倾翻了瓷碗，尿液很快渗透进了燥热的土地，小蝌蚪也在茂密的草丛中消失得无影无踪。农民回来后，一边致谢一边将香烟盒递还给我。

"全部喝完了，喉咙也已经不怎么痒了。"我故作喜形于色地说道。

农民自豪地强调："康复饮料就是管用！这种康复饮料的构成也十分特别，尿液必须取自年幼健康的儿童，不得超过四岁（即我们欧洲人计算的三岁，中国婴孩一生下来就已经算是一岁了，从娘胎里开始算起）。这个年龄阶段的小孩的尿液里含有一种最嫩、最纯净的物质，这种物质可以对付对人体有害的'地气'。成年人的尿液里就已经含有毒素成分了。孩子的尿液喝进去以后，散布到全身，人在没有感觉的情况下与有害的'地气'抗衡。明白了吗?"

他接着说:"小蝌蚪一直生活在水中，身上也具有一种物质，这种物质能特别有效地抗拒从地上升腾起来的、对人体有害的湿气。因此，将小蝌蚪也放进尿液里一起喝。疗效会很快显现出来的。您自己不就已经体会到了吗? 当然，蝌蚪必须是年幼鲜嫩的，即还处于发育初期，尾翼还保持着透明。只有这种年幼的蝌蚪体内才拥有最多的抵抗湿气的物质，一旦长大了，它自身也忍受不了这种强大的湿气作用，自己会长出蛙脚，如大自然的杰作，就必须离开水了，只是变为青蛙后还时不时跳进水里玩上一段时间。"

"现在我懂了，"我用劲地点头称是，很郑重其事地附和着他的观点。

虽然我不是来向中国人普及科学常识的，例如，青蛙必须离开水的根本原因在于，青蛙是一种用肺呼吸的动物。不过，我还是觉得中国农民的这一解释更有意思。欲改变中国人几千年来形成的、自然的、直观的经验知识，是那些专业人士乐于干的事儿。

"您有火柴吗?"就在我站起身来时，农民想把手中的烟点燃。老太太带着她的两个孩子已经动身回家了。

"走，到你的庄稼地里去看看，"点燃烟后，我向农民提出了请求。他轻轻地吸了一口香烟后不停地夸奖道:"这烟卷儿的味道还真是不错!"看来，他一生中都没有吸过如此细腻爽口的香烟。他站在原地，在鞋底上掐掉了燃着的烟头，又说道:"我要留着过会儿再抽，给我的兄弟们也尝尝，还有我的妻子和母亲。他们一定会很高兴的……"

　　我们随即离开，在阳光下，身体投下的短短阴影在脚前不平坦的草地上缓缓移动，像在轻轻地抚摸着每一根草茎，又像一块薄薄的、细柔的、透明的、深灰色丝织物在葱茏的绿茵上掠动着、滑翔着……

一个乡村郎中的诊断

是否有人能将我现在卧躺着的空间作为一个可供人居住的房间来描述一下呢？反正我不具备做这种详尽描述的语言能力，我更倾向于使用"洞穴"这个词。的确，被四面黄土墙紧紧地包围着，上面盖着屋顶，只有一个门透着亮光，这样的空间难道不像一个原始"洞穴"吗？

房门通向农家场院，场院里堆放着干柴枝。躺在"洞穴"里，我能听见外面一头一身黑色鬃毛的肥猪在嗷嗷叫唤，还有一头灰色小毛驴不停走动发出的有节奏的"嘚嘚嘚"的蹄子声。毛驴的双眼被罩上了，只知道不停地转圈拉磨，石磨盘上碾磨着面粉。躺在炕上，我还能听见外面一群麻雀叽叽喳喳的吵闹声。

身下的炕十足坚硬，躺在上面很不舒服，完全不同于弹簧床。炕不是木制的，木制的床总会有点弹性，这炕完全用泥土垒成，只是在坚硬的泥板上铺了一块薄薄的草席而已。这也就是我今天的"病床"，好在我自己带了一床驼毛被子，不管到什么地方旅行，它都会伴随着我。

由于感冒，我已经躺在炕上好几天了。症状是：流清鼻涕，喉咙发炎，以及因发烧而引起的典型的四肢无力。

老孔的夫人——我所寄宿的这个农家的女主人，每隔两个小时就会进房间一趟，关切地询问我的健康状况。她给我端茶送水，用餐的时候，会端来热腾腾的小米粥，还放上一点砂糖和几块饼干，这是我在这里十四天来所有的营养来源。一开始，我还能吃些水果，但吃过后总觉得不太舒服，后来我就不在这里吃没有煮过的生食了。

天快要黑了，很遗憾，盛夏过去后，现在天黑得太早，人躺在炕上就像被关在牢房里一样。没有亮光，电灯就更不用提了。以至于十四天以来，我总有一个幻觉：有一个开关，拉它一下，整个房间就会透亮光明。

在中国乡村，迈着小脚、摇摇摆摆走路的女主人最多只能给我提供一盏烟气扑扑的油灯。这种油灯只要燃上一会儿，整个房间就会油烟弥漫，你就不得不马上将它吹灭。即便是点着，油灯的光线也太过微弱，读书几乎是不可能的。

我还从来没有过如此寂寞孤独的感觉。农民一家人几个小时以前就已躺在另外一个房间的大炕上了，我听见房间里传出来阵阵酣睡的鼾声，还夹杂着从院子方向传过来的、睡不安分的鸡群在笼子里"咯咯咯"的叫声。血液在强烈地捶击着脉搏，我是否能活到明天早晨？就在这种极度沮丧的情绪中，我渐渐进入了半睡的迷糊状态。

忽地一阵电闪雷鸣，一个男人被闪电击倒在地，数百人跑过来围观这个被雷电击倒的人，但没有人去拉他一把。我也赶紧跑过去，拨开围着的人墙，试图将倒地的人拉起来。可所有的人都冲向我，阻止我的行为。

"不要动他，"这是众人威胁的口吻：

"他是一个恶魔，被闪电打死了。这是一个征兆，是上苍要将他从这个地球上赶走！您自己可千万不要去冒这个险！"有人咬着我的耳根说这些悄悄话。

尽管如此，我还是想伸出援手去救这个人。但我的努力是徒劳的，无数双手抓住了我，将我的手脚死死拽住，我的躯体像被焊住了一样丝毫动弹不得。就在我极力挣扎，即将挣脱的时候……一下子醒了。

原来是我高烧中做的一个噩梦。睁开眼睛，眼前仍是幽幽的黑光，稠稠的、黑乎乎的一团充塞着整个房间。

我想明天一早就回北京，找一个欧洲医生看看病。我可怜地让自己做出这个决定，即放弃自己做出的不管遇到多大困难，都要顽强地在中国农民家与农民同吃同住整整四个星期的计划。我曾暗暗下定决心，不能半途而废，不管生活多么艰难，如何难以忍受，不管成群的臭虫如何袭击、折磨我，即便是农民家里爆发了麻疹和天花，我都要坚持住。我要与农民家人一起过上四个星期简易朴素、地地道道的穷日子，不要总是自以为是、高人一等。可现在，我的这个生活计划就要付之东流了，只是因为感冒，因为高烧。

我打算明天一早就走，想到这里，我稍许有了些慰藉，得以慢慢平静下来。带着疲倦，我平躺在炕上，等待着睡意的再次来临。

乡村场院上微风徐徐吹过来，夹杂着各种各样的气息：晒干了的树枝味儿、毛驴的臊味儿、鸡粪的恶臭味儿，时不时还会吹来一阵碾磨过的细细的面粉风。躺在炕上，我能感受到极度虚弱的身躯上有不少臭虫在爬行蠕动。但尽管如此，最后我还是因疲惫睡了过去。

第二天一早，阳光从门里斜射进来，约莫凌晨五点左右。农民一家已经早早下地干活了，小毛驴也已经在院子里"嘚嘚嘚"转着圈拉起了石磨，公鸡、母鸡在"咯咯咯"地叫唤，大肥猪也在"呼哧呼哧"地享受着早餐。至于我的早餐，主人已经在我的炕头上放了一大杯茶水和半个馒头。

像每天早晨一样，田野里回响着孩子们四处飞扬的响亮叫喊声，这是农家小子们在稻田的田埂上奔跑，驱赶着飞来稻田啄食的鸟群。

多么宁静平和的中国乡村景致啊！

我赶紧用过早餐，然后去近前的一条小溪，在小溪尚未汇入稻田的地方洗脸漱口。太阳照耀着田野里一大片难以尽数的四方稻田、纵横交错的田埂。大小不一的稻田连成一片，像一张巨大的网罩在肥沃湿润的大地上，又像古老瓷器上留下的釉纹经脉。我穿着一条短裤，光着脚丫走在湿漉漉的田埂上，时不时也学着农家小子的样子，敞开喉咙放声四野，惊起稻田里的一群群飞鸟。直到午饭时分，精疲力竭的我才回到了农舍。

中饭的主食是小米粥，菜是一盘腌黄瓜、一盘用花生油爆炒出来的嫩芽菜炒猪肉片，肉片薄薄的，菜里还放了不少酱油—— 一种发酵的大豆汁。

我们都蹲坐在宽大的炕上，这个炕是农家全家人睡觉的床，炕的中间摆着一张低矮的小桌子。男主人双腿交叉地盘坐在桌子左边，我坐在右边，靠里的是男主人年迈的老妈，炕的一角躺着最年幼的孩子，正在不停地哭叫，但没有人去理会他。农家十八岁的女儿已经将饭菜端上桌，我们津津有味地喝着呈金黄颜色的小米粥，不时用筷子夹着可口的炒菜往嘴里送。

农家女主人对我关怀备至，一直在对我说，不要太客气、不要太谦让，要像在自己家里一样随意。

"有件事要告诉您，"男主人一边脆响响地嚼着黄瓜一边对我说："我们已经让儿子为您去请郎中了，他是骑毛驴去的，他正好要到邻近的海淀村去买种子。海淀村住着一位很有名望的郎中，我们请他来这里为您看病，因为我老伴很担心您可能'上火'了，也就是发烧了……"

"真的没这个必要，我的病已经完全好了……"我急忙说道。

"是的，我也看出来了，您已经没有不舒服的感觉了。"和蔼的女主人礼貌地插话："但尽管如此，我觉得，还是应该找一个明白的好医生瞧一瞧。我们这个地方有很多恶性的、潜伏着的疾病，它会悄悄地侵袭您。这些疾病，从外表上根本就看不出来。"

"另外，"男主人打了一个响嗝后取出自己的烟斗接着又说："郎中也应该快到了，我儿子很早就已经去了。"

农家的女儿在此期间一直蹲在房间的一个角落里，边喝小米粥边听我们之间的谈话，吃的也都是我们剩下的。在中国，一个尚未出嫁的姑娘家要如此谦让恭顺才是合乎礼仪的。蹲坐在角落里的女儿就是温顺贤惠、彬彬有礼的化身，健康的脸庞红扑扑的，她正香香地吃着农家饭菜。

我已经多次感觉到了姑娘躲在一旁偷窥我的羞涩神情，她从来不敢正眼瞧我，因为年轻的姑娘家是不允许这样的。我也曾暗地里向她表示过我的友情和好感，因为她优雅含蓄的举止行为展现出来的是一种真正天然的、十分诱惑人的女性的妩媚。

她是中国劳动妇女的典范！

从太阳升起的早晨直到傍晚，除了睡觉躺在炕上，她就一直在不停地忙碌着。所有的家务事都是她在做，包括做饭、整理内务。她给毛驴和鸡群喂饲料，喂养着家里的几只肥肥的鸭子和大鹅。顺便要提及的是，鹅在中国人的眼中被视为看家护院的狗，是一种神灵动物，羽毛涂成粉红色的鹅还是年轻姑娘结婚时的陪嫁物。

父亲在田间劳动时，女儿会多次送去热茶水。她是父母的好帮手，是一心助人、埋头做事的"家神"，她包揽了家中几乎所有大大小小的家务事，我从来就没有看见过她哪怕安闲地坐上一小会儿。有时候，我试图与她聊聊天，但她从来没有认真对待过，总是三言两语打发了，借说有事要干，一阵风似的就又飘走了。她谦恭温顺、勤劳能干，具有尼姑般的贞操意识，特别孝敬自己的父母……真是无可挑剔。她的声音轻盈而又柔和，一双小巧玲珑的"三寸金莲"走起路来一摇一摆的，别有一番风韵……她就是这样一直留在我的记忆之中。

不远处，传来了毛驴的蹄声和响鼻声，看来农家儿子和郎中到了。正思忖着，两人一前一后已经走进屋来。

乡村有名的大郎中进门那慌张急促的样子，倒像一个丢三落四的教书先生。他一进门，就被门槛绊了个跟跄，接着是一阵"撕肝裂肺"的咳嗽，可他一副毫不忌讳的样子，似乎一切理所当然。在与农家年迈的男主人没完没了地互致礼貌问候之后，郎中才转向我这个"蒙难者"。他让我将袖子卷上去，一双微微发颤的手指按在我的手臂上，忽上忽下地摸索着，最后终于停留在手腕的脉搏处。发颤的手指搭在我的脉搏上，好一会儿没动。只见他慢慢闭上了双眼，好像在专注倾听病症一样。又是一口痰喷吐到了地上，可他竟连眼皮都没有抬一下，我真有些受不了，感到恶心。房间里的其他人则安静地待在一边，充满期待地一会儿看看我，一会儿看看郎中。

"嗨！"过了一会儿，郎中自语一声，声调中似乎流露出些许歉意。

民国时期的
乡村郎中

我感到新奇的是，他到底在我的脉搏中发现了什么病症。

"嗨！您有'心火'。也就是说，您的心过于亢奋，正在发烧，但是……"他降低了音调，平静地说了下去："但是心火已经在逐渐减弱，这是您的病正在好转的迹象。"

他的眼皮终于打开了，两只湿漉漉的眼睛死死地盯着我，眼白像一抹陈旧的象牙，昏黄混沌，纵横交错地布满了条条血丝。郎中瘦骨嶙峋的三个手指还搭在我的脉搏上没有动弹，他没有向我解释脉搏跳动的情况，而是试图直观地讲述他从中得出的感受，即我到底病在何处。

乡村郎中将我已经在逐渐减轻但尚未痊愈的感冒解释为潜伏着的"鬼"附体所致，即妖魔鬼怪侵入了我的身体，消耗了我的能量和力量。这个"鬼"，其形象是一个妖魔化的狐狸，俗称"狐狸精"。狐狸精主要隐藏在废墟、旧屋等潮湿阴暗的角落，它们特别喜欢找那些放纵自己、不注意健康的人，将这些人作为侵袭的猎物。

郎中在狠狠地往地上啐了两口痰，又令我吃惊地直接冲着我的脸咳了几声后，继续说道："很可能您在通常没人去过的旧庙里逗留的时间过长，狐狸精慢慢地潜入了您的身体，引起了'内火'。正因为如此，您会感到虚弱并且会发烧。'鬼'在身体里喝您的血，吃您吃进去的食物。"当然，我本能地反对这种解释。

"您的内心，"郎中半闭着双眼解释："已经完全充血。不过，正如我所诊断的，您自身还不具备足够的力量将狐狸精彻底从身体里驱逐出去，因此，我必须给您开点草药。药得好好熬，睡觉之前吃上一副，明天早上很可能就会感觉好一些。"

农家女儿很快便热心地将毛笔和纸递给他。郎中坐在炕上，戴上一副老掉牙的旧式眼镜，低头弯腰地伏在小桌上开始书写药方。他时不时地抬头望望，又埋头写写。写满整整一张纸后，他转向农家的儿子，将写好的药方交给他并详细交代要到哪一家药店去买。接着又吩咐农家女主人，要怎样配药、怎样煎药。然后转向我强调道：

"您一定要趁热将药汤一股脑喝下去，喝药时少用鼻子呼吸，要用嘴吸气，用嘴……喝了药后立马上床，捂严被子，睡觉发汗。这时，狐狸精在您身体里会很不安宁，您会感觉到的，但您不要去管它，继续躺着不动。如果口渴，可以喝一杯热茶。"他又对农家女儿交代起来："姑娘，你今天晚上一定要警觉一些，注意听这位先生的叫唤。"农家女儿听话地点点头，并很快地向我瞟了一眼。

"如果您想上厕所，千万不要出这扇门，"他一边告诫我，一边又转向农家女儿说道：

"还有一点非常重要：今明两个晚上通宵都不能熄灯。你要特别注意这一点！"

农家女儿再次点头并轻声说："是的，我会注意的，大夫。"

"这样，附在他身体里的鬼，"郎中现在开始面向屋里所有的人讲解："就会逃离这间屋子，也没有机会侵入到其他人的身体里去。狐狸精十分凶险，它会引起很多疾病。好在狐狸精十分怕光，它离开人的身体后，一看见屋里有光，就会很快逃到户外的黑暗处，不会隐藏在屋里的某个角落。不过，狐狸精有一个习惯，第二天晚上就又会回来。当它回来看见屋里还亮着灯，就会知道它已经被人发现了，最终会逃之夭夭，跑得远远的。它也不可能再回来了，因为，到了第三天它就会迷路，找不到回来的路了。这样，你们也就不用再担心了！"

郎中讲完后，又用力地咳起来，像是在积聚力量，准备再次往地上吐痰。郎中站起身准备离开，农民一家又再三挽留，劝他再坐会儿，农家女儿也赶快跑出屋，泡茶去了。

郎中也没有再拒绝，又大大方方地坐下来，点燃了男主人递过来的烟嘴儿，放下了乡村郎中的架子，与我轻松地闲聊起来。我向他介绍了关于北京、我的旅行、太平洋和欧洲的一些情况。

郎中离开之前，又一次叮嘱我说："中药汤颜色很深、很苦，也很难喝，但您不要有什么顾忌，一定要喝下去。"

私底下，我真的很难说服自己，是否要对郎中的诊断进行甄别？是否要义无反顾地喝下这令人恶心的苦药汤？谁知道，这草药里含有什么成分？谁又知道，喝下去会不会伤及肠胃呢？

渐渐地，信任的感觉占了上风。毕竟，上千年积累的经验不可能完全是骗术！如此想来，我还是决定勇敢地试一试，喝下药汤。当然，令我暗自感到高兴的是，身边还有一位遵医嘱为我值夜班的"女护士"。

洗温泉

从我现在寄宿的乡村步行上好几个小时，就可以到达一个有温泉的地方，那个村子叫"温泉村"，"温泉"翻译过来即"温暖的泉水"。农家女儿告诉我，我可以天天在浴盆里泡温泉澡。温泉水是直接从地底下冒出来的，具有很好的医疗效果。她还笑着补充说，我看起来，样子的确是有些虚弱，大概是刚刚病了一场的缘故。她还说，在温泉村，我一定会过得十分舒适。但她也叮嘱我，不要在那里住得太久了，除了她，还有她的父母、兄弟，包括家里的毛驴、鸡、鸭、鹅都会想念我的。她边说边给毛驴搅拌着饲料。

说实在的，我已经十分习惯这里的生活了。当我真要离开住习惯的农家小院时，确实也感觉到了分别的痛苦。我十分清楚，这一离别就不大可能再回来了。带着压抑的情绪，我提着小箱子上路了，远远地还能看见农民一家在向我招手。

沿着农家人告诉我的方向，我朝着远方光秃秃的山梁，慢慢走在人为踩出的山间狭窄羊肠小道上。几上几下，过山涧、翻山岭，几个小时的山路下来，人已经又饿又累了。坐在路边石头上休息的时候，我拿出了农家女儿特意为我蒸的几个馒头，这是她在送我的路上硬塞给我的。

填饱了肚子，我又继续孤独的行程。接近傍晚时分，才来到一个小村庄。应该是"温泉村"了吧，我思忖着，马路两边，只有不多的几间简易农舍。

马路上没有人，四处静悄悄的，充满一种美妙的、超尘脱俗般的宁静，很可能村里的农民都还在地里收割庄稼吧。空气湿热，闻着还有股淡淡的硫黄味儿。

我沿着马路慢慢走着，这应该是一条行驶小汽车的马路，但路上没有碎石，路面也不坚硬，行走时马路上松软的黄色尘土甚至可以淹没到脚踝骨。走到马路两旁房子的尽头处，我发现一个景致不错、用石头围墙围住的庭院。庭院的大门要比其他房屋的大门宽大得多，门上新刷的红色油漆锃光发亮。一看围墙的长度就知道这个庭院不会很小。我想，这里一定就是泡温泉的地方了。

敲响吊在大门上的门环后，我听见院内渐渐走近的脚步声。一阵将门闩往旁推过的声音响过，两扇沉重的大门打开了。一位衣着整洁的中国服务员站在我的面前，他说话不像本地乡下人那么土气，颇有城里人的修养和讲究。我这个"外国佬"的出现，并没有使他感到分外惊奇。也难怪，每到夏季周六和周日，这里常常会接待许多来自北京的"老外"，他们在这里泡温泉澡，以消除一周工作的劳累。最多能使这位年轻人感到有点惊讶的是，我的出现为什么是这样的悄声无息，没有开着轿车，而是自己提着箱子步行来到这里的，并且还在人们不怎么来洗温泉澡的秋季。

初秋季节，满树的叶子都已经令人忧虑地开始泛黄了。

"嗨！"服务员说了一声后就让到了门边，把我请了进去。"嗨"在中国是一个很大众化、友善的惊讶语，也让彼此之间不会感到生分，容易使人打成一片。

"您是一个人来的吗？"走在庭院里一条地面结实坚硬、通往庭院深处一排房子的小石子路上时，服务员问道，接着又告诉我说：

"这个季节一般不会有北京来的客人，夏天过去了，最后一拨客人是一对英国夫妇，上个星期已经离开了。因此，我们要请您务必原谅，我们无法为您提供更为舒适的居住条件。现在的情形是，不仅床没有铺好，地上也没有打扫干净，连窗帘都已经取下来了。食堂里的桌子都并在了一起，凳子都堆在桌子上。只有我们这些服务员还住在后院，但是……"他稍稍想了想又继续说道：

"我们会很快为您收拾出一间房来，整理好一个小餐厅。当然，如果您希望的话，温泉澡倒是可以马上就洗，温泉水总是有的。请问，您打算在这儿住多久呢？"

说到这里，他打开了一扇通往玻璃房的门："这里的一切现在都不是很规范，您可以先在这里等上几分钟，让我们为您很快收拾出一间房子来……我跑去叫另外两位同伴来，这样，我们就可以三个人一起整理了。"

我告诉他，我想在这里住上一到两个星期，有一个小房间就够了，这里拥有的宁静和孤寂正是我喜欢的。

年轻人很快跑开，我就近坐在一个满是灰尘的凳子上，凳子是我刚从桌子上搬下来的。我太疲倦了，八个小时的翻山越岭可不是一件轻松的事，疲惫的身体铅一般沉重，一下子就舒适惬意地瘫倒在椅子上了。一个人静静地在这里享受一份美妙的孤寂是十分值得的。从长期未曾擦拭的窗户向外看，有一座林木繁茂的大花园，所谓一叶知秋，面对即将来临的寒冷冬季，花园里的树叶看上去也是一副沮丧的表情。在中国北方，夏冬之间作为过渡期的秋季短暂得几乎没有几天。

在此期间，三个中国服务员已经手脚麻利地收拾出一间有阳台的房间，阵阵秋风将树叶沙沙的响声通过敞开的窗户送了进来。

一位服务员为我泡上一杯茶后，一边打扫一边试着与我攀谈起来。他如数家珍地向我热情介绍并赞美这周边的景致和可供游人游览的地方。他建议我千万不要错过探访"黑龙潭"的机会。

"黑龙潭"因"黑龙庙"而得名。黑龙庙离这里很近，黑龙潭是庙里的一个漂亮壮观的圆形大水潭。潭水清澈见底，潭底的每一块石头都清晰可辨。人只要在那里安静地待上几分钟，就会有一种被称为"王八"的绿色龟甲动物纷纷从水中潭边的石缝里钻出来，这就是"黑龙庙"里特有的神龟。人可以看见它在水中游动，直至它爬到岸上来晒太阳，以温暖潮湿的龟背。

"这是一种十分古老的动物，"服务生用鸡毛掸子掸掉百叶窗上的灰尘，继续介绍说：

"据称潭里神龟的年龄都在数百年左右。每在夏季，当众多从北京来这里避暑疗养的人——大多数是外国人，在水潭里游泳时，寺庙里的和尚都会细心地照管它们，以免被游人抓去熬龟汤喝。相传，谁要是喝了用神龟熬的汤，就会招致灾难。因为，神龟是有灵性的，与大黑龙联系在一起，大黑龙一旦发怒，就会洪水泛滥，给村子里的有罪之人带来横祸。对于这一说法，外国人都会不太相信地付之一笑。"服务员最后说了一句：

"你们外国人干什么都会先通过自己的脑子思辨一下，很多外国人只相信他们眼见为实的事实。"

按摩师来了，他告诉我，睡房已经收拾妥当，床也都铺好了，说着将我的小手提箱提进房间。

睡房摆设十分简陋，一个宽大的双人床就占据了房间的一大半空间，床的上方支着竹子架，这是夏天用来悬挂蚊帐的，好在现在用不上了。一到秋季，折磨人的小蚊虫就逃之夭夭。房间里有一张小桌子、一把椅子、一个床头柜，床头柜里放着一些客人常用的小东西，这算是房间里的全部家当了。没有挂衣柜，只在房门的左边支上了一根棍子，棍子上每隔一掌处斜向上的地方钉着销钉，销钉上可以挂衣裳。

旅行的疲劳和这里异乎寻常的安静给我带来了睡意，我终于又可以舒舒服服地躺在柔软的、铺着床单的床上了！

第二天一大早，按摩师就叫醒我——按摩师同时也是澡堂子里的师傅。他告诉我，现在可以去泡温泉澡，说完人就溜走了。睡过头的我竟一下子想不起来自己现在到底身处何处。

赶快去泡澡，这可是三个星期来的第一次！在善良的农民朋友家中，我完全没有洗澡的机会。中国不比日本，在家里盆浴可是件非同寻常的事。我这样说，并不是指中国人不讲卫生。"干净"，对于中国人来说，还不单纯是一个卫生学意义上的概念，而是人的一个高尚美德。

在中国人看来，一个没有洗过的碗并不脏，即便这个碗之前已经先后被五个人用过了。但如果是一个之前喂过牲口的碗，不洗就拿来吃饭喝水，那就会觉得很脏。喂过牲口的碗必须在开水里煮沸消毒起码一个小时，然后再洗刷得干干净净，才能为人所用。同样，每一个中国人都会拒绝在洗脚的瓷盆里洗脸，哪怕这个瓷盆已经被洗得干干净净、锃光发亮了。相反，他们不会顾忌在一个专门用来洗脸或洗手的瓷盆里洗脸，哪怕从我们卫生学的角度来看，这个瓷盆是脏兮兮、黑乎乎、油腻腻的。

除了这个在一定程度上具有医疗效果的温泉，以及朝北几十公里处的一家"汤山"温泉浴外，我在中国仅见过唯一的一个洗澡间，就是中国的乾隆皇帝为他宠爱的香妃娘娘修建的浴室。乾隆皇帝为了取悦这位抢过来的维吾尔族公主，让人按维吾尔族人的习惯修建了一间浴室。作为一个稀罕之物，人们今天仍能在北京紫禁城的一个院落里欣赏到这个独一无二的洗澡间。这是一个相当大的、平坦的圆形浴缸，镶嵌在地面上，浴缸的直径估计有一点五至两米，深约二十至三十五厘米。

一般而言，中国人洗澡只是将毛巾就着热水擦擦身子。当然，这种生活习惯今天已经有所改变，但这种改变并不发生在中国的农村。

我被领着穿过院子，进入另一排房子，房子里的浴室一间间紧挨着，与我们德国疗养地的浴室格局相类似。

浴室里，蒸汽从热水水面腾起，闻起来微微有点硫黄味儿。当服务员看到我伸进水里的脚又迅速抽了回来时，关切地问道：

"水太烫了，是吗？要不要放点冷水？"说着探过身子，弯腰在铺有瓷砖的浴池边缘上方抽开了塞在墙上的一个用布裹着的软木塞，冷水一下子哗哗地流了出来。

我终于泡进了温度适中的硫黄泉水里，舒适极了。我能真切地体会到，泉水是怎样慢慢地沁入我干燥的皮肤的。自我感觉，泡这个温泉肯定对我有诸多好处。洗温泉到底有什么效果，我知道的并不多。为什么用温泉水泡澡要胜过用一般的热水，我也根本没有去想。

　　澡堂按摩师没有离开浴室，他站在门边殷勤地期待着为我服务，并利用这个机会与我聊天，他告诉我说：

　　"洗完澡后，我会为您叩诊。"意思是要为我按摩。

　　"叩诊时，会产生一种舒适的疼痛感，"他提前告诉我："按摩之后，您会感到浑身像散架了一般，有一种被清洁后的轻松感、被抹了油的润滑感，之后又会产生身体紧凑起来的感觉。"

　　听着他的解释，我不由得自己笑了，可他接着又吹嘘说：

　　"这不是什么笑话，确实如此。这是'天下第一舒通'！"意即：天底下最舒适的。这也算是对舒适度的最高评价了。

　　人不可能长时间地浸泡在温泉水里。我从水里站起来，浑身上下还蒸腾着的热气。按摩师拿过一条大浴巾，开始认真地从上到下将我的全身擦得干干净净，没有放过身体的任何一个部位。擦完身之后，他将我领到隔壁房间，让我俯身趴在一个铺有白色床单的炕上，开始按摩我的背部。

　　他岔开双腿跪在我身体的上方，开始对我的胳膊上部、肩部、背部的一块块肌肉熟练地一上一下进行揉搓，同时用松弛的手指头敲打。然后，又用同样的方法按摩我的脚后跟、小腿、大腿、后腰，直至腰骶部等部位的一块块肌肉和肌腱。只听"嗨"的一声，在我完全没有思想准备的情况下，他飞快地将我的身子翻转过来，让我仰面朝天躺在了炕上。接下来是按摩手臂、头皮、脸部、脖颈、胸脯、腰胯……简言之，身体的所有部位都按摩到了。按摩师累得气喘吁吁，因为按摩不仅要使劲，速度还得飞快，就像一个小提琴演奏家，手指不停地、毫无差错地在我身体的每一块肌肉、肌腱上按压、滑动。我享受着一种有益于健康的、舒适的疼痛，汩汩汗水从我肌肤毛孔里慢慢沁了出来。

　　全身按摩完之后，他吩咐我坐起来，然后抓住我的手指，逐个轻轻转动一下后用力地、当然也是十分小心地一拉，让每个指节都发出"嘎"的响声。接着又抓住胳膊，将胳膊前后左右朝所有的方向转上一转、弯上一弯，所有的关节最后也都在一阵猛烈的拉伸中"嘎"地响上一声。同样，我的耳朵、鼻翼直至鼻根、双脚、每一个脚趾，也都被按摩了一遍。一切完毕，我终于又重新站立起来，感觉确实轻松、青春了不少。

　　就在按摩师结束按摩、拭去脸上和全身的汗水时，享受了一个多小时按摩的我又泡进温泉池，以恢复精神。在此之后，年轻人又给我擦干全身，这一次却相当的轻柔，就像在用丝绸巾给我的身体抛光似的。

　　按摩师告诉我，推拿按摩的手艺要从幼年就开始学习，不是从书本中学，而是由掌握了这数百年流传下来的每一个手法的老师傅言传身教地带。推拿按摩时，人的整个身体部位都在师傅所谓的手指尖的感受之中，每一个拿、捏、按、揉都要到位，且不能重复。因此，按摩师也必须知道，从身体的哪一个部位开始，经由哪些部位，在哪一个部位结束。推拿按摩的手法也是因人而异，根据个人的身体健康状况和疼痛的部位。对老年人的按摩就完全不同于对年轻人的按摩，感觉和手法上都不相同。

　　关于按摩，不可能一下子介绍这么多。如果他想真正掌握这门手艺，成为一名合格的按摩师，至少要拜师认真学习七到八年……

万寿山、颐和园

　　宽大、威严的红漆大门是颐和园的进口，大门前左右两边各蹲坐着一尊威风凛凛的铜狮子。狮子一副龇牙咧嘴的愤怒表情，似乎随时准备一跃而起，用它强有力的狮爪将不受欢迎的来犯者撕得粉碎。如此看来，这两只传奇中的灵兽倒是在破坏着这里吸引游人的、梦一般祥和的氛围。

　　大门和围墙墙体呈血红色，带有闪烁着金黄色光芒的屋顶，厚重的木质大门表面富有装饰感地排列着青铜色的圆形大门钉。位于三个门中间最大的那扇门的上方，挂有一块大门匾，门匾天蓝色的背景上有三个闪亮的鎏金大字："万寿山"——"万年岁月的山"或"生命永存的山"。来此游览的外国人则称这座被围起来的、规模宏大的皇家园林为"夏宫"。

　　一如所有以前的皇家所在地——平民百姓的"禁地"——一样，今天，这座皇家夏宫也已经成为平民百姓们休闲的场所，花点钱买张门票就可以进去了。

　　进颐和园参观之前，我首先爬上了左边那座铜狮子蹲坐着的巨大基座，经过了数小时步行后，我想先在强有力的狮爪旁休息一会儿。但人还没能坐上去，就被两个年轻的中国小伙子给叫住了。他们很快来到我

远眺万寿山

身边，客气地问我，是否愿意在园子里的房间休息，其中一个还指着离进口大门不远处、沿着马路两侧向里延伸的两排房子。这些房子是以前守护颐和园的皇家士兵居住的兵营，今天已经改为民用，重新修缮并粉刷成白色，成了可以住人的客栈和饮食店。当然，首先是为那些周六、周日开着锃亮的豪华车来这里游玩的达官贵人服务的。

颐和园也是久居北京的欧洲人最喜爱来的地方。

我谢绝了两个小伙子的好意，并对他们说："我只想进颐和园前在这里稍事休息几分钟，但如果你们愿意的话，可以将我的小箱子先提进去存放，我返回时再取。"接着，我又告诫他们："不要打开这个箱子，里面不过是些牙刷、牙膏、肥皂等随身用品，不值得拿。来，这是给你们的两毛钱小费。"这两个小伙子马上提着箱子走开了，边走还边挤眉弄眼地互相说着话。

在中国，这种顺手牵羊的事太多了，人们得学会容忍。如果你觉得某些人会有这种小偷小摸的行为，你尽可以当面直言不讳地告诉他们你的担忧。这样，他们反而会更多地将你的话作为一种奉承而不是一种侮辱，一般来说，你的东西也就不会被拿走了。

当我的手指交叉地重叠在巨大的狮爪上，将头探进狮子口下方、脊背贴靠在肌肉发达的青铜铸的狮子腿上时，马上就感受到了一股惬意的、沁人心脾的凉爽。

这个供皇帝消夏享乐的夏宫是慈禧太后花成百上千万两银子修建的，这笔银子当时本是准备用来建设现代化的中国海军舰队的。在此之前不久，英国人、法国人将原来建在这附近的圆明园洗劫一空，焚毁殆尽。数百年间收集珍藏在这里的无数华丽、珍贵的艺术品，均被破坏或被掠走。这里原来拥有的稀世珍宝，其奇妙神奇，确实令世人难以置信。

一位亲历圆明园数天洗劫的见证人、法国指挥官格拉夫·德·蒙陶贝奥曾用兴奋激动的文字记载了他的印象，他写道：

"整个欧洲都不会有，也都想象不出北京圆明园富丽堂皇的程度，我无法用文字描述它的美、它的珍奇和显赫。在这些稀世珍宝面前，我当时完全愣住了……"这是一位熟知法国巴黎凡尔赛宫的人、一位造访过大量欧洲豪华皇室宫殿的人写下的观感！

洗劫了圆明园之后，外国军队入侵北京，逼迫清政府与之签订了《北京条约》和《天津条约》，赔偿英、法两国各八百万两银子，为外国贸易增开天津商埠，允许外国公使常驻北京。打那以后，每一个拥有有效旅行护照的外国人都可以在中华大地上畅行无阻。

一走进颐和园的大门，就能见到一个接一个典型的、由平房和厅堂四四方方围起来的中国庭园。走过这些庭园，才终于眼界开阔，一幅童话般美丽如画的公园景致出现在眼前。

宽阔的湖面在天空的倒影下呈现出柔和的蔚蓝色，湖水在阳光的照耀下闪烁着明丽的光芒，弧形的湖岸用汉白玉栏杆围了起来。右边凸起的是起伏的山丘，上面有一座座小巧玲珑的宫殿和美丽如画的漂亮庭院，长长的圆形金色屋顶熠熠生辉。带有篷顶的、宽宽的回廊沿着湖岸平缓地、弯弯曲曲地延伸着，回廊内彩绘的檐木和坊梁明晰可见，廊道均由四方石板铺就。一座豪华别致的弧形凯旋门在明亮的湖面映衬下，显得格外醒目。湖岸边还停泊着一条大的汉白玉石舫，这是一条汽船模样的两层船楼，看起来没有什么特别的风格，倒像一个缺乏创意的大师杰作。

颐和园里的汉白玉石舫——清宴舫

经过圆明园遗址的农夫

一条既宽又陡的石阶路通向山上的庭园，站在山顶的庭园可以鸟瞰整个公园，得到一种无与伦比的美好印象。一座微微拱起的汉白玉大桥飞架在蔚蓝色的湖面上，像一条巨蟒连着一座小岛——南湖岛。南湖岛上也有小小的宫殿，耸立着宝塔和延伸着纵横交错的林荫小道，布局巧妙，浑然天成。一头体型超过了真牛、造型惟妙惟肖的铜牛也蹲坐在这里。铜牛是中国人眼中的神灵动物，据传说，只要洪水或战争威胁这块疆域，铜牛就会定期咆哮。铜牛牛身是富有光泽的古老青铜，体现出毫不气馁的静默神态和顽强不屈的愤怒精神，两只弯弯的长牛角威胁似的伸向天空。

当然，这个被中国人称为"湖"的水里，还隐藏着许多奥秘、威力和神灵。传说，如果天上的神生气发怒，水中的神灵就会使湖水咆哮，掀起冲天高的大浪，从天而降的水柱会将整个陆地淹没。而实施这一惩罚的神灵就是在湖里生活的一条小小的绿蛇，它拥有惩戒苍生的巨大魔力。

从庭园出发，一条石板小径顺着绵延的小山脊不断延伸，这条路可供人们一上一下地在林间散步，可经过亭榭、石塔和供人们祈祷神灵的小寺庙。在山脊的一边，人们能见到过去圆明园遗留下来的断壁残垣，看到曾经秀丽壮观的这一园林建筑在 1860 年被疯狂复仇的英法联军毁坏后今日的满目疮痍。今天，这里空无一人，到处残留的是巨大的石块、石墩、石柱、阳光下仍旧闪亮的彩陶釉瓦、石块堆，以及曾经将收藏童话般神奇珍宝的厅堂团团围住的围墙残垣。可以想象，英法联军在这里到底发泄了多大的破坏力，连这些坚固的墙体都被摧毁推倒！谁又能知道，断壁残垣下到底还掩埋着多少奇珍异宝呢！

这些废墟，后人现有意不做清理，让它成为一个永久的警示，对"白色鬼佬[13]"的警告。

在山脊的另一边，明媚的阳光照耀着不断向外扩展的颐和园，湖岸划出一道悠长的弧线。弧线蜿蜒地向远方延伸，看着它，人就像在一首醉人的合唱节奏中悠缓地摆动。

我再一次穿过庭院和厅堂下山。当时，为了更好地防止所谓的失窃和破坏，紫禁城里的大多数文物珍藏都是从这里运往南京的。很可能，这些文物的很大一部分现在都存留在国外的博物馆里。当时的清朝政府，为了平衡国家预算，出卖了部分文物。毕竟，对当时的中国来说，现代化的武器装备和新时代的交通工具要比收藏这些古代文物更加重要。但是，钱的真正用途又实现了吗？殊不知，修建颐和园用的就是这笔钱——原本是拨给海军用来购买现代化军舰的银子。谁又知道，出卖珍宝是否真正能获得这成百上千万两银子呢？

但有一点，无论如何是可以确定的：即便当初这笔钱真正按指定的用途买了军舰，人们现在也会看不到这笔钱的影子，舰队很可能早就在某次海战中被击毁，沉没到太平洋海底的某一个地方了。可是今天，这里至少还站立着一个来自古老、显赫、傲慢自负的年代的一件富丽堂皇的文物——颐和园。可以说，如果不是慈禧太后的一时兴起，这里就什么都不会有，这由一块块不断延伸的稻田像一道环一样围绕着的颐和园夏宫，就还会像广漠旷远的中国北方风景一样，是一块普普通通的平原大地。

荷花在风中摇曳，风姿绰约，像湖面上翩翩起舞的仙女。连接南湖

---

[13] 中国民间对西方人的戏称。——译者注

远眺颐和园

岛的多孔长桥，像一只在水面上爬行的千足虫。在一个厅堂的进口前院里，几只用青铜铸成的小巧玲珑的鹭鸶和鹳鸟踩高跷似的作徜徉状。

继续下行，我坐在了水中"游泳"的汉白玉石舫里，现在石舫已经被改建成游人休息的地方。今天不是周末，游人并不多。租用这条船的船老板给我端来了中式饼干、瓜子儿、鸡丝炒面，味道都好极了。

茶桌上，一株从湖里采摘来的、水灵漂亮的大朵荷花，带着浅浅的玫瑰色插在一个价廉简陋的玻璃花瓶里—— 一个低劣的欧洲仿制品，标着"日本制造"。

宝石塔

在颐和园附近西北方向约几公里的地方，坐落着一座名叫"玉泉山"的公园，"玉泉山"意即"拥有玉一般泉水的山"，这也是北京城郊一处充满着诱惑和奥秘的地方。玉泉山公园方圆比颐和园还要大，依山势上下蜿蜒的公园围墙的颜色，并不是沿袭皇家墙体特有的那种血红色，而是用漂砾石砌成的灰色砖墙。公园里有一眼从地壳断层处喷涌出来的大神泉，碧绿清澈、晶莹如玉，"玉泉山"因此得名。

玉泉山公园原是专供皇亲国戚、皇子皇妃以及朝廷的高官显贵消夏避暑的地方。

进园的大门关着，还上了锁，我只得寻找一个垮塌了的缺口翻墙进去，就像一个孩子，要偷偷闯进充满神奇的童话王国一样。我必须小心地拨开茂密的灌木丛和不时出现在眼前的低矮树枝，一高一低地走过满是石头的沟壑，从这一块石头跳到另一块石头，还要越过山石间水流潺潺的小溪……

翻进公园不久，我就看见了巨大结实的基座上托着的一座白光熠熠的汉白玉白塔。白塔塔身约三十多米高，巍然屹立在光秃秃的山顶上，十分雄伟壮观。仰视整个汉白玉塔身，从下到上均布满了雕刻成型的图案和佛像、佛龛，没有哪怕是一平方厘米光洁的平面！尽管塔身结实粗壮，但从数米远开外的地方望过去，高耸的白塔仍像一朵轻飘飘的白云，好像没有重量似的在空中悬浮着。

白塔巨大的基座上，是一尊直径超过十五米的汉白玉塔身，塔身由下至上逐层攀升，渐上渐细，每一层都有一个圆拱形罩顶。深感遗憾的是，在可见的视觉范围内，难以计数的图案和佛龛几乎都被人为地破坏了，只有少数雕像还能让人勉强猜出到底是属于哪一尊佛、哪一个神。这尊佛的脸上，鼻子被锤子狠狠地敲破了；那尊佛的眼睛被凿空了；安详平和端坐在莲花座上的观音菩萨，整个脸都被挖走。白塔精美的汉白玉石外表几乎完全被损坏，没有一张雕像的脸是完整的。显然，这不会是一人所为，而是许多蔑视陌生宗教的外国士兵爆发出来的破坏力造成的，这是他们在十九世纪中叶出于复仇而对古老的文明进行野蛮摧毁的一小部分，他们要对这一不光彩的行径承担责任。但尽管如此，历经沧桑、饱受劫难的古塔，今天仍像一颗华丽堂皇的珠宝站立在山顶上，远远望去，其诱人的风采丝毫未减。

远远地，我看见了一座高耸的塔楼屹立在玉泉山最高的山峰上，像一根警示柱，孤独地刺向蓝天。我信步走了过去。

站在山顶的塔楼上，人们尽可极目远眺。向北看，光秃秃的莽莽群山是横卧在蒙古与中国北方之间的大山余脉。向南，则是一望无际、直至视野尽头地平线的广袤大平原。眼力好的人甚至能在东南方向看到北京皇城的城墙和皇城里的白色藏式瓶状佛塔。远远遥望，这些建筑物均小得像一个个建筑模型。毕竟相距三四十公里，再加上黄色的灰雾像薄薄的气霭在地面上悬浮着，模糊了人们的视线。

玉泉山远景

碧云寺

在古老的塔楼里，我谨慎地慢慢踩踏着近乎一半已经垮掉的陡斜螺旋楼梯拾级而上，手扶着厚重的塔楼砖墙，恰似在一个幽暗的隧道里摸索。站在古塔的顶层，透过圆拱形的窗眼向外望去，眼前是一望无际的原野风光。

顺着山脉向前不断延伸的方向，我的视线在山峰与峡谷间搜寻着点缀在光秃秃的、单调乏味的山峦中富有生气的一抹抹绿色。那由一片片小树林，间或还耸立着几座庙宇、寺院并用栅栏围起来的地方，是昔日的皇家狩猎场，我熟悉这个地方，昔日游玩西山时去过。那座寺庙应该是卧佛寺，意即有"睡佛"的寺庙，大佛以曲肱托头的姿势卧躺着，青铜镀金的佛身长为五点二米。

卧佛寺的后面是"五塔寺"——五个小佛塔寺庙，以及"碧云寺"——白色云彩之寺庙。1926 年，创建中华民国的大总统孙逸仙先生在北京一家医院病逝后，他的灵柩就是先停放在碧云寺里，然后才转运至南京中山陵安葬的。南京中山陵的兴建规模和费用几乎超过了历代皇帝。"五塔寺"的名字就是源于一个大塔基上耸立着五个金字塔般的小尖塔。

继续向西望去，可以看到大型皇家森林公园——香山。在众多寺庙之间，还可以看见一些以前用于战争的工事，这些工事是用来抵御西部和北部野蛮部落入侵的，现在都已经废弃了。这一片被概括地称为"西山"，汉语即"西边的山峦"的意思。由于北京的达官显贵以及居住在这里的欧洲人常来此郊游，现在，山顶上不仅兴建了一座治疗肺痨病的疗养院，山脚下还兴建了一家大型的欧式酒店，酒店带有车库，十分豪华舒适。一条勉强能被称为"公路"的车道，连接着北京和这里的众多游览景点。一到周六、周日，一辆接一辆的轿车就会在这一带卷扬起团团尘雾。

　　石塔上风势很大，好像是突兀的偏僻山头特有的，给人的那种兴奋刺激的清新感无异于海风。这种风尽管嗅起来没有海盐味儿，但有那种刚收割的庄稼地和灌木丛散发出来的新鲜草木味儿。阵阵山风拂面，人们会不由自主地感觉到一种极大的愉悦，内心充满一种自由欲放的快感。

　　塔楼的墙壁上涂满了用红笔、粉笔和小刀刻划的痕迹，来自不同国家的上千游客在这里留下了永久的纪念，无数的心在用这种方式表达着对远方秘密爱恋着的情侣的默默记忆。留在墙壁上的还有不少字迹潦草、活泼灵动的亲笔签名。这些签名看起来与心愿没有什么关系，大概是过去登塔的英国女人或美国德高望重的百万富翁信笔书写的。这些人年年都乘坐豪华游轮"周游世界"，当然不会忘记北京之行时来"迷人的西山"游玩。他们乐意在黄包车前照相留恋，热衷在天坛皇帝祭天祈神的祭坛上举行野餐。在小胡同里，他们会经不住劝诱，买下价格不菲的"古玩"，而这些"古玩"大都是在四川作坊里仿造而成的。或者，他们会在紫禁城里，参加由专程从国外请来的牧师主持的孙子孙女们的结婚仪式……

　　我从塔楼下山，走在坡度很陡的、由大量石板组成的石阶路上，石阶路连接着一个又一个的院落，众多院落又围绕着一座庙宇。绕着整个山腰的，还有一条用小石板和小石子拼成图案的、近乎平坦的路。山下有一个大水潭，树冠的倒影映照在水面上呈水晶绿一般，这就是人们所称的"玉泉潭"。"玉泉潭"泉水之清澈，肉眼可望至潭底。

下山之前，我还造访了一座小寺庙的祈祷室。祈祷室是在悬崖壁上挖出来的一个壁龛，壁龛里供奉着一尊神像，它就是所谓的"玉泉"保护神。沿着石阶再往下走几步，我便站立在直接凸出在泉水水面上的、一个长满绿色青苔的岩石上。岩石将喷涌出来的泉水分成了两股，来自地球内部的泉水正悄声无息地从垂直的巨大石隙里涌出来。在泉水上方的石壁上，镂刻出了一个宽大的题字石板，人们能看见石板上由上千个小汉字写成的碑文。

我小心翼翼地在布满青苔的岩石上转悠，唯恐滑落掉进泉水里。

呈墨绿色的光滑潭水静静的，像冻住了一般，透明且光亮，像一块毫无瑕疵的巨大玉石。在潭的另一岸边，由树冠阴影形成的阴森森的水面上停泊着一个大船库，一条沉没了一半、几近腐朽的木船在水面上漂浮着，翘起的船首中有一个镂刻而成的硕大龙头，高昂的龙头幽灵般地点缀着这被魔化的水面。

突然，一阵叽叽喳喳的鸟鸣声打破了这里拥有的童话般的宁静，一只刚从湖面上翩翩飞过的鸟儿栖息在了我身边的松树上，它的羽毛闪烁着金属般的各色光芒：绿色、灰色、银色和灰黑色。这是一只少见的"雪鸟"，它的羽毛常被北京的珠宝商镶进银器，加工成珍贵的装饰品。

此时，对面传来了说话的声音，我赶紧跳回到地面上，沿着岸边慢慢行走，直到看见船库后面的一个农家小院。院子里，个头十分高大的鸡群在来来回回地跑动，鸡的腿上直至脚掌跟都长着长且浓密的羽毛，长毛的腿像套上了一条羽毛裤。这种鸡被称为"油鸡"，长得特别高大，脂肪厚，下的蛋特别好吃。"油鸡"为北京郊区特有，是培育出来的一种食用价值很高的品种鸡。

不一会儿，一个年迈的老者从院子里走出来。看到我，他先是吃了一惊，但很快就换成了一副友好的笑脸，并热情地邀请我到他院子里喝茶休息。他告诉我，他以前是皇家游船上的船老大，年轻时专职驾船，为从北京城里来此游玩的皇子皇孙、皇亲国戚和高官显贵以及他们的贵妇人在玉泉潭上泛舟戏水、休闲取乐服务。如今，他在这里养老，生活的依靠就是养着的这一群油鸡和尽其所能种的一点自留地。老人现在已有九十高龄了。

银行家的山崖庄园

在田野间行走了数小时之后，远方终于出现了光秃秃的悬崖峭壁，我的一位银行家朋友胡先生的小庄园应该就建在山崖上的某一个地方。想要抵达山脚，还得在平原上沿着由人的双脚、毛驴和骡马蹄子踩踏出来的、不到两脚宽的羊肠小道行走一段距离，小道在农民双手辛勤耕作的田野间曲曲弯弯地延伸着。

我早已步行穿过了北京西山山脉，现在要去的这座真正的大山背后是具有重要战略意义的居庸关南口关隘：这是通向内蒙古必经的大门。长城在紧靠南口关隘处即分成两段，分开的两段在西部又重新会合在一起。以前在兴建时，中国人是要使这个进入中国的关隘具有双重保护的功能。南口关隘在战争中一定是竞争相当激烈的战场，四支对中国感兴趣的前沿部队都会在这里相遇：除了中国，有来自东面的日本、来自西北的俄国，还有蒙古。南口关隘以近四千米的山高和陡峭的悬崖形成了天然的防御工事，完全能控制住关隘前一马平川的原野。尤其是拥有几门现代的远程火炮，扼守住南下北京的通道就没有问题了。

南口关隘离北京还不到七十公里。

一路上，到处都能见到弯着腰在田间辛勤劳作的男女农民。时逢收割季节，一切都得依靠手工劳作。虽然阳光还十分炽热，但白天的光照时间就已经令人感到意外地缩短了，清晨甚至还能见到前夜结下的冻霜。中国北方就是这样，高达四十二摄氏度高温的夏季往往会几乎没有过渡地骤变到剧冷的冬季，冬季的气温有时会低到零下四十五摄氏度。

在这一带生活的中国农民，方方面面都不容易。除了众所周知的贫穷生活，还要加上来自国家税务官无法预计的持续重压。不仅如此，土匪强盗和纪律涣散的兵痞流氓也会经常来蹂躏他们的田地，掠走收获的庄稼，就连原始简陋的土坯房屋也无法避免来来往往的歹徒的破坏。尤其令人深感惊叹的是，这里的农民表现出来的那种毫不气馁的坚强性格。他们沉着、冷静地面对和忍受着来自方方面面的命运打击，从来没有丧失过生活的信心，总是对未来满怀希望。他们长年累月、顽强地在勉强维持生计的田野里耕作着，压根就对变幻无常、精彩纷呈、充满诱惑的外面世界不感兴趣。

难道他们确实集千年之经验而清楚地知道，"国君易变、土地永恒"这个道理吗？！世界上大大小小的事件，对他们来说，只有一个模糊的想象。即便他们能读能写，这里也没有可供他们阅读的报纸，即便有报纸可读，他们简单、幼稚、质朴、单纯的心灵也不会真正理解当今世界发生的那些讳莫如深、错综复杂的大小事件。虽说这里离中国的中心——北京还不到一个小时的车程，但他们仍是过着日复一日、完全不受影响的与世隔绝的生活。政治对他们来说，对于他们拥有的、我们难以洞穿的精神世界来说，还是一个过于神秘的事物。

我以为，值得人们爱戴的中国农民具有的最吸引人的性格特征，是不转弯抹角、讲究客套、富有人情味儿的礼数。数千年的陶冶和培植，已经使他们养成了第二种天性和本能。

在中国逗留的时间越长，就越能清楚地认识到，中国真正的强大、真正的力量蕴藏在哪里——在由五分之四的农民组成的中国人民当中。一个拥有如此巨大的、原始储备的民族是不会消亡的。如此多的统治者和外国列强骑在他们头上，他们必须经受住如此多的不幸和痛苦，即便是在即将到来的、从所有迹象看起来都要更加痛苦、更受欺凌的未来，中华民族也还是会完好无损地挺住。存在于中国人心中的未来，使他们从眼前最绝望的现实中能乐观地看到明天的曙光。无疑，这些人苦熬的只是他们现实的存在，精神上和身体上都没有被压垮。他们生活艰辛，得到的少之又少，但给人的总体印象却是健康、向上的。可以想象，他们众多的儿女也会一如既往、一代一代健康地传承下去。

现在，我终于来到了山脚下。我从下往上抬头扫视眼前陡峭多石的山崖，就像在观赏一幅巨大的、构图绝妙的水墨写意画。在灰暗的石缝和山石间，飞溅着银光烁烁的条条瀑布，流下几米后又随即消失，山崖上的点点绿斑是岩石上的一片片绿苔、石缝间的一棵棵小树或一丛丛绿草。

我的目光在搜寻着一个人的身影，胡先生告诉过我，他的佣人老王会在山脚迎接我。因为上山的路相当艰难，而且还不容易找到，羊肠小道一左一右地在陡峭的山间曲折向上，有些地方还相当危险。

胡先生是北京的一位大银行家，当然不会有很多时间来他的"山崖庄园"居住。一如他所说的，闲暇日子来"云天外"小住，呼吸呼吸山间清新、养人的空气，能够很好地放松身心、舒缓疲劳、缓解压力、蓄养精神。他热情有加地邀请我：

"如果您愿意，可以随时去我的'山崖庄园'小住。您什么东西都不用带，山上什么都有。我也会事先将您去的消息告诉庄园的看护人老王，他会到山下接您上山。"

山间小径上有一个人正急匆匆地下山，下山之后便殷勤地直奔我而来，关切地询问道：

"您就是我家主人胡先生请来的客人吗？"

"是的。"我回答。

在得到了肯定的答复后，他马上接过我手中的手提箱，并问我是否愿意先到附近的寺庙里休息一会儿，因为上山的路还很长，也很艰难。

我谢绝了他的好意，开始上山。走在山间小道上，他对我说：

"我已经在这里等您两个下午了，山上已经为您全部安置妥当，铺好了被子，打扫了卫生。由于山上晚间很冷，还烧好了暖气。小心！注意脚下……"他突然提醒了我一句：

"不要在这里绊倒了，山路上有潜在的危险，岩石上的青苔是很滑的。您看……"他用手指着旁边的一处山泉对我说：

"我每天都要在这个泉眼里取水，然后挑水上山，山上没有水井……"

老王实际是一位生气勃勃的小伙子，也就三十岁刚出头的模样，皮肤晒得黝黑，身材结实健壮。他告诉我，为胡先生服务已经近十二年了，在胡先生从乔家将"山崖庄园"买下来重新装修之后，就来这里了。

天渐渐黑了下来，大山童话般的宁静包围着我们，像是在轻声细语地表达着人们内心的某种渴望。听得见山间瀑布的潺潺流水声，时不时还会传来山崖局部崩裂、石块滚落的声音。老王走在我前面，迈着令人信赖、稳健坚实的步履。山路陡峭，有些地方甚至得伸出双手攀缘、爬行。由于不熟道路，我必须慢慢地、小心翼翼地跟在老王身后。老王走得轻快、敏捷，走上几步他就得停下来等等我，提醒我注意前面即将遇到不平坦的山路。此时，我已经是气喘吁吁了：

"是不是快到了?"我问。

"没有，我们爬了还不到一半的山路。"老王的回答没有给人带来什么安慰。我只得提出建议："那么，我们先休息一会儿吧。我的天，也太热了"。

多么凉爽的山风！多么清新的空气啊！我和老王坐在一块大岩石上。我累得大口喘气，胸脯一起一伏，老王却显得十分平静，爬山，对他来说真是一点也不累。他每天都要上上下下好几趟，还得挑上重重的两桶水。我问他累不累，他似乎没觉得什么，说道：

"我已经习惯爬山了，这些年来一直都是这样。但我十分理解，这条路对您来说太过艰难。我的主人胡先生每次都是坐轿子由两个人抬上山的。遗憾的是，今天轿夫们都在田里收割庄稼，否则，我也会为您请上两个轿夫。如果您实在精疲力竭走不动了，我可以背您上山。"

我婉言谢绝了他的好意，说道："我愿意自己登山，这样有利于健康。"

坐在岩石上，人们可以一览山下的大片原野，我们大概已经爬了七八百米的高度。崖壁边，凉气袭人，不能久坐，得继续登山。夜越来越深，只有一弯月亮洒下的清辉使崎岖的山路依稀可辨。人必须高度集中注意力，以避免脚下踩空，山路近旁就是悬崖峡谷。深不可测的峡谷，望一眼都会令人发晕。老王十分照顾我，紧紧地挨着我走在前面，几乎每走一步都会叮嘱我一句。

终于，要到达目的地了。走完人工修建的一段二百米长的宽石阶路之后，"山崖庄园"出现在眼前。前面是一个院子，进深约五十米、宽约四十米的灰白色地面沐浴在皎洁的月光中。

院子的一边是一排房子，朝山的一面建有一道矮墙，墙中间有一个通往第二个小院子的圆形通道。第二个院子在靠山的一面同样建有一排房子，与山崖隔开。大院子向东的一面是敞开的，站在那里，可以极目远眺，观赏山下一望无际的原野风光。

老王领着我进了其中一排房子的第一间房。这是一个套间：工作间和睡房。房间里配备了简单且结实的家具，特别使我满意的是那张弹簧床。老王点上一盏小油灯后，准备离开，他告诉我："我得下山回家了，只能让您一个人待在这里。明天一早我就来了，会将早餐和茶给您带上山来。"

我坐在了柔软舒适的沙发上——山上竟然还配备有沙发！真得感谢世界上所有的善神和恶魔！佣人离开了，暖气将房间烧得暖烘烘的。一看窗户玻璃蒙上的一层雾气，就知道室外的温度一定降得很低了。幽灵般的宁静充满着整个房间——超现实的宁静。

我合着衣服就这样在沙发上睡着了。

第二天一早，当我像新生儿似的苏醒过来时，太阳正好从东方地平线上升起，橘红色的霞光从窗外斜射进房间。我走出房门来到院子里，呼吸着新鲜的、带着些许冰冻韵味的山间冷空气。直到现在，我才真正注意到，我现在所处的位置是如此之高。脚下的滚滚流云——灰白色的云团——也像刚刚苏醒过来一样，缓缓地、无精打采地悬浮着、飘荡着。

环顾四周后我发现，院子里有一个一半隐进了山崖崖壁的小壁龛，这是一个用石头和灰浆砌起来的石缝，石缝里放着一个马桶，这正是我现在要寻找的厕所。

在这里，人们可以环顾山下东北方向的一大片平原，直至远方平原尽头处黑黝黝的山脉。俯瞰眼前，一垄垄的万顷良田，像铺上的彩色地毯，美丽如画。田野的上方，悬浮着一片片、一缕缕透明的云霭，像惊起的一阵阵野生的蜂群。

"山崖庄园"在山坡上依山而建，由呈阶梯状的几个院落组成，院子则被一排排平房围成，庭院间由石阶路连接起来。在最高一层的院子里，建有一个供人拜神祈祷的小寺庙。

当我从院子重新回到房间时，桌子上已经摆好了早餐：咖啡、黄油、果酱、麦面馒头，甚至还准备了一个煮熟的鸡蛋。老王知道西式早餐应该怎么准备，他的主人、大银行家胡先生在生活的很多方面都十分欧化。胡先生曾经告诉我，他认为欧式生活比较简单实际、井然有序，不那么费时劳神。作为一个银行家，他的生活必须有规律、遵守时间。

老王从睡房出来，惊讶地问我为什么自己把睡床整理好了。

"由于昨天太过疲劳，我在沙发上就睡着了。"我解释道。

他将咖啡递到我手上，并告诉我："今天一大早，我听一个骑马的邮差说，我的主人胡先生今天中午要亲自来这里，还要带一些客人过来。我想，您一定会十分高兴的。一个人长时间地待在这高山上，很快就会感到单调乏味，甚至害怕的。"

早餐过后，我又到山庄附近去转了转。在石阶路最高层的尽头，围墙围住的院子有一个门通向后面的山脊。朝着这个方向再走上一天路程，就可以到著名的寺庙所在地妙峰山。妙峰山是一个朝圣地，每年都有数十万中国信徒前往朝拜，信徒们在三千米高的山峰上，向上天、向保护人类的神灵祈祷、求福。

我现在走过的山梁，没有一棵树，也没有灌木丛，只有光秃秃的岩石和收割后围绕着山梁的褐色的庄稼地，看不到任何动物。我的头上是近乎无色的明亮天空。

当我再次回到"山崖庄园"时，差点就认不出来了，院子里此时到处都是人、轿子和行李箱包。二十名佣人和轿夫正在打开一个个箱子、盒子、篓子和筐子。一头灰色的小毛驴正耐心地站在院子的一角，三条又小又矮的京巴犬正欢快地来回奔跑，还不时凑到墙脚闻闻，嗅寻着熟悉的气息。

老王满腔热情地跑了过来，高兴地说："主人们都来了，胡先生正在里面等您呢！"

"您在这里，"老王话刚说完，胡先生就已经迎面走了过来。

"怎么样，在山上过得美滋滋的吧！"说着拉着我的手，把我介绍给同来的其他人。我因此认识了曾先生和夏先生，并问候了与胡先生同来的众太太们。

"这是我的正房太太，这两位是姨太太，"胡先生向我一一介绍。我向四周鞠躬致意，也向那些衣着、举止看起来很得体的佣人鞠躬致敬。当太太们都哄堂大笑起来时，我才注意到，在她们看来，向佣人点头致意是一个可笑而又美丽的疏忽。

简单地吃了一顿快餐后，我们又被邀请到院子里。在此期间，院子里已经摆上了一张大桌子，桌子上放上了摩卡咖啡，还有奶油和砂糖。与此同时，佣人们将躺椅也支了起来。这是完全应该的，因为长途跋涉已经使太太们过于疲劳。先是五个小时颠颠簸簸的车程，与中国其他地方一样，这里的公路质量很差；之后的一段旅程是征服大山，尽管有两人抬轿，坐在上面似乎很舒适，但实际上也是相当劳累的。

胡先生正随意地用他那修长的手指轻轻地抚摸着身边一位丫头黑丝般的长发。"丫头"的德语词为"Zofe[14]"，德语的发音有点类似于"京巴犬"。另外两位先生在离我们几米远的躺椅上休息，正静静地享受着眼前美丽的景色。太太们也一样躺在舒适的椅子上轻声细语地相互聊着天，看起来，她们也很享受这冷峻的、不易亲近的高山阳光，佣人们给她们裹上了柔软的被单。

五位太太在这里相处得是何等和睦，其中的三位甚至还共有一个丈夫！这些年轻的女人没有因为互相嫉妒或争风吃醋而影响自己的生活，这在我看来简直是一桩无法理解的天方夜谭。相反，她们的举止言谈倒像是发生在同胞姐妹之间。中国女人在这方面表现得是既不狭隘保守，又不吝啬小气，总之，完全不同于欧洲女人。试想，在欧洲，如果一个男人与三到四房太太同时住在一个屋檐下，每位太太还带上三到四个孩子来到人世，那这个家庭真不知要乱成什么样子呢！但在中国，属于一个男人的多个太太彼此之间却能很好相处。一定程度上存在的争吵和妒忌，也隐没在良好教养背后，这是经过了千年考验的教化所取得的社会人文结果。当然，这并不是说，中国妇女在感情上就一定是麻木、冷淡、毫无热情的。

这种颇令人困惑的结果只是更多地说明了孔子儒家学说的教育方

---

[14]　意即女佣。——译者注

法。孔子儒家学说要求，一个社会集体，首先要有理性的、不违背个体本身自然本性的社会秩序与行为规范。这样做是可能的，中国就是一个经典的范例。这一结果证明了一种心理上的正确性，而正是这种正确性使孔子儒家学说得以建立。孔子儒家学说明确地规定了人与人之间的行为方式：媳妇对待丈夫、朋友对待朋友、父母对待孩子，或反过来孩子对待父母、兄弟姐妹对待兄弟姐妹、家庭对待家庭、宗族对待宗族、主子对待奴仆，以及个人、家庭、宗族对待皇帝等规矩。这个所谓"理（规矩）"不是一种笼统的、负有义务的说教，而是对所有可能的、自然的相互关系，进行了最详尽清楚的权衡之后提出来的行为准则。这种中国人生活中随处可见的学说，顾及了人类所有好的、坏的方面，并将其互相协调起来。在一定程度上也可以说，这是一种人为的所谓"神"实施的"暴政"，它通过将全部的鬼和神拉扯在一起，起到对人类社会生活方方面面的所谓监督、提防、警惕的作用。从这个意义上讲，鬼神相当于"秘密警察"。

夜谈政治

下午和晚上的时间都是在谈笑风生中度过的，胡先生和他带来的"团队"给这高高在上、孤寂的"山崖庄园"，带来了喧闹的气氛和兴高采烈的情绪，以至于时间过得非常快。明天有一项计划好的定向出游活动，因此，太太们已经早早离去休息，只留下男人们围坐在客厅的圆桌旁，在油灯黯淡的光线下喝着"莱茵葡萄酒"聊天，酒是胡先生特意从北京带来的。

"柯先生，我特别高兴，我们能在这里相聚，"胡先生来到我的面前弯腰表示致意，继续说道：

"我们相识已经快一年了，但直到今天才找到机会，能在这夜深人静时，不受干扰地在一起针对时局畅所欲言。或者，您现在已经很累了，来这里只是想安静地休息、疗养……"

"噢，不！"我赶紧回答说："我从来没有因交谈而疲倦过，即使这个交谈在一定程度上要使我特别打起精神，我也会觉得是一个令人愉快的负担。"

"您讲得真好。"胡先生站在我对面说道，又将我的酒杯斟满，然后陷入沉思地望着蒙上了一层雾气的窗户玻璃，好像要集中思想、捋捋思绪似的。

　　胡先生给我的印象一直都很好，他年复一年周游列国的工作经历，已经将他历练成一位社交界名人了。瘦高的身材和丰富可读的面部表情，使他更多地表现出一种不同于普通中国人的毅力和活力。他是一个精力旺盛、闲不住的人。他了解日本就像了解美国一样，他深入考察过荷兰的殖民地和英国的殖民地，同样也考察游历过法国的殖民地印第安、新加坡以及南美大陆上的众多国家。年轻时，他在英国和德国留学，能说一口漂亮的英语和说得过去的德语，用德语与人交谈没有什么大问题。

　　胡先生今年四十二岁，但模样好像才三十出头。中国人一般都是这样，看起来显得要比实际年龄小。我以为，如果中国人都是胡先生这种类型，人们就大可不必为中国的未来担忧了。但遗憾的是，今天的中国，胡先生这样的人还只是极少数的特例。

　　"在城里，人们又开始忧心忡忡了，担心这个世界正在由一个已经腐朽了的支柱支撑着，"胡先生若有所思地停顿了一下，继续说道：

　　"在证券市场的交易上，人们是胆怯的、怀疑的，人人都对未来怀有恐惧之心。我们国家的金钱数十亿计地流向了国外，大部分甚至流向日本，使日本人能够用这笔钱补足、完善军事装备之后，又反过头来对付我们。尽管蒋介石先生在为中国努力，但广大民众还是对一个面向未来的政治和政策缺乏信任。也难怪，过去数百年间的中国历史进程中，人们对这种政治上的未来规划所抱期待的次数太多太多了。那时，人们还能够做到充满信心地去期待它，可现在……这是谁之过？无人有过！且人人有过！是复杂多变的国际国内形势使然！是世界上各派势力相互对立之过！是各自利益争斗之过！是挑起并激化今天全球世界观冲突之过！而形势是否又会在某个时候给人类重新展现出一个卓有成效的未来前景呢？

"肯定的，无须否认，并且，现在已经有了这种苗头和迹象，尽管它还是那么不起眼！我担心的是，我们目前还在继续营造一个令人讨厌的、不平静的时代。即将到来的岁月——也很可能过高地估计了这个时期——将变得更加尖锐、剧烈。更确切地说，如果我没有被形势所迷惑、没有误判的话，它不仅仅只是针对我们中国人。但是，我现在暂时只想评说一下地球的这个半球，即人口主体是我们中国人的这个半球。

"难道中国人就已经颓废潦倒、无能为力了吗？难道中国人就不能将自己的国家治理好吗？或者说，我们中国人太穷，没有能力向现代化的社会转型，无法像小小的日本岛国那样吗？！不！不是这样的！我们中国人有足够充满才智的脑袋，有亿万勤劳的双手。我们缺乏的，仅仅只是一个'铁腕'。我确信，我们中国人能够在相对而言更短的时间内，更多地实现日本用了六十年才实现的现代化目标……"

说到这里，胡先生端起了酒杯，一饮而尽。

"缺乏一个'铁腕'，"他引人深思地又重复了一句，并将手指紧紧地攥成了一个拳头。

"我们的政府在采取有力措施方面还做得不够强势，政府要能迅速地、刻不容缓地应对所有发生的事件。如果一个政府无决断力、延误时机，会带来什么后果呢？正如您现在所看到的：内战频发，经济形势动荡不安，国民贫弱困苦，以及必要的、迫切的民族统一的推迟……"

说到这里，意犹未尽的胡先生又重新坐回自己的沙发上，做思考状地抬头凝视着微光曦曦的天花板。

"谁要是对中国的认识只停留在，即只是将大多数中国人视为一群脏兮兮的、特别能吃苦的、只知道天天辛苦劳作的苦力族，那就是对这个民族最简单的误解。难道您不知道……"说到这里，他停顿了一下，转过头来搜寻我的目光，继续说道：

"……据统计表明，现在有一千一百多万中国人居住在国外。您只要想想位于世界各地的所谓'中国城'。如此多的欧美大城市都建有中国城，如洛杉矶、旧金山、伦敦、巴黎……在这些城市里，中国人能在毫无政府规划的情况下，短时间内自发地形成以典型的中国文化为核心的封闭圈子。在融入陌生国度的进程中，中国人不像其他民族，需要祖籍国在权力意义上的任何支持。在自己国家，他们就已经学会了怀疑权力、不信任权力。他们遵纪守法，平和且极为有效地与所在国的人民相互渗透、融合在一起。他们的所作所为，能使所在国的权力拥有者们放心，因为他们带去的唯一武器是：勤劳和知足！"

"我的朋友柯先生，我要使您明白的是，中华民族既不愚蠢也没有退化，更不应该受到所谓行将亡国的诅咒和谴责。您只要去印度支那、新加坡或法国人统治的南海岛屿，或者去英国人、荷兰人的海外领地和其他的什么地方看看，是谁在支配着所有这些国家的贸易？谁又是左右这些国家经济命脉的金融寡头？是中国人，是那些通过自身努力从贫穷走向富裕的、现在像王公侯爵一样生活在那些国家的中国人。中国人的钱，或者说得好听一些，中国人在这些国家支配的钱，给这些国家的本地人带来了实惠和福祉。就连外国人，即那些真正的权力拥有者，如英国人、法国人、荷兰人、日本人或美国人也都很高兴，因为他们都能从中渔利。"

"但也就是这些中国人，尽管他们拥有很强、很高的生活能力，拥有这种不仅仅只在过去的历史上得到足够多的证明，而且今天也还在不断得到证明的能力，却没能成功地管理好自己的国家，这一点实在令我费解。"

胡先生摇了摇头，休息一会儿，斟满酒后又说了起来：

"但是改变这一切的时代就会到来！我们相信这一点，在不久的将来就会实现想要实现的东西。因为，与国内局势过于紧张，有时候甚至近乎歇斯底里的日本国对比，中国拥有面对未来与生俱来的、原始健康的、从不气馁的强大生命力储备。尽管自然灾害频频、兵痞流氓横行以及遭受其他一些命运的打击，具有原始生命力的中国农民人数仍在不断上升。有人估计，现在中国人口数已经达到了四至五亿，还没有确切的统计数字。但即便我们取平均值作为实际人口数，这也是一个不可小觑的庞大数字！"

胡先生用一种权衡的、斟酌的眼光打量着我说：

"中华民族儿孙满堂是众所周知的，在哪里能见到这么多的孩子呢？如果日本的国民人数年增一百万，那么，人们尽可以放心地在中国将这个数字再乘以六或者八，达到八百万，年年因饥饿、洪水灾害或战乱等死亡的数十万、上百万人还未计算进去。这条上升的人口增长曲线能清楚表明，中国的人力资源根本就没有，也不可能会丧失。"

胡先生再一次强调："这样的民族是不会消亡的，所有接踵而来的难关都会被克服。日本人明天来，是的，他们要来，这是无疑的，他们企图用利剑将我们国家据为己有……"

讲了这番话后，胡先生沉默了，尽管看起来好像还有很多话要表达。他站起来走到低矮的窗子跟前，庭院尽头是自上而下直抵深渊的峭壁。他放眼窗外，长长地深吸了一口山间清冷的空气。

"嘿！"他突然叫住了院子里急匆匆行走的佣人，交代道："从果树上摇一满筐栗子下来，马上炒熟，我们一会儿要吃。"接着转过头对我说道：

"这里长着核桃般大小的栗子，是十分爽口的一个品种！"

他又回到自己的座位上，然后询问我，是否对如此长谈已经感到疲倦。

"完全没有，相反，我对您的看法特别感兴趣，您的话使我受益匪浅，我期待着谈话的继续。"我赶紧回答。

"哦，我的演讲不值一提，"胡先生答复道，同时做出了一个谢绝的手势。然后，拿出一个精致的金色香烟匣请我抽烟。在胡先生的控制之下，香烟匣的上盖略显沉重地、自动优雅地慢慢打开。

"我刚才给您说的这些，对您来说一定没有什么新意。"胡先生接着说。

看来，他想换一个话题了。因为，他接下来开始详细询问我昨天是如何上山的，在山上睡得还好吗，对老王的服务还满意吗……他告诉我，老王是一个很忠诚的人，也是他私下很好的朋友。还告诉我，他当时是怎样花不到一千元就从前主人手中将这个"山崖庄园"买下来的。价格这么低，是因为这个庄园经常闹"鬼"，原来的那位庄主害怕。当然，胡先生完全不信这些。"山崖庄园"他已经买下三年了，还根本没有见到一丝一毫的"鬼"影。

"这山上难道没有土匪强盗吗？"我问道。

"哦，是的，土匪，"他点点头说："遗憾的是，中国到处都会有土匪，不过到目前为止，土匪还没有光顾我的'山崖庄园'。人不能不考虑安全问题，我也有一些保护和防范措施。"

他弯腰凑近我压低声音继续说："瞧，坐在对面窗前下棋的，是我的两位朋友夏先生和曾先生，他们每晚都要摆棋对弈。他俩不仅是我的客人，还是我的私人保镖，也就是我雇来保护我的人。他们两位拥有丰富的犯罪侦察学、防范土匪偷袭的经验和知识，还十分熟悉从美国带回来的武器装备，这些都是非常好的防范措施。此外，在您昨天睡觉的房间里和最高层的寺庙建筑里，我还特意架设了两挺机关枪，曾先生和夏先生都是极其出色的机枪射手。您尽可放心，没有土匪可以轻松爬上山来。同时，我还有一个不坏的主意，只要我上山，就会在这附近时不时地响上一阵阵枪声，对土匪可以起到威慑作用。"胡先生诡谲地点点头，同时又斟满了一杯酒。

在与我举杯相互致意后，他又兴致勃勃地说开了：

"您知道吗？柯先生！我很熟悉您的家庭，我父亲是您父亲的好朋友。我还能清楚地记得，当我还是一个小男孩时，您父亲在我的眼里就是一位有才华、能干、诚实正直的榜样。可惜，他过早离开了人世。对中国而言，您父亲是一个在合适的岗位上工作的合适人选。在你们驻中国的公使冯·克林德[15]先生被谋杀后的一个很短暂的时间里，他担任了驻北京的民事行政长官。他知道应该阻止外国军人对北京城的洗劫，因此，也博得了我们中国人的好感。他的安排和布置都十分机警巧妙，虽然有时也表现出必要的严厉。柯先生，是不是您父亲做出的、对在皇宫秘密授意下向冯·克林德先生开枪的谋杀者恩海的死刑判决？你父亲目

---

[15] 全名为克莱蒙·奥古斯特·冯·克林德。——译者注

睹了恩海被斩首的过程吗?"

"我相信,是的。"我点头,胡先生接着又说了下去:

"就我所知,您父亲是唯一一位敢于冒风险陪同冯·克林德公使踏上危险之路的欧洲人。不久前,您不是告诉我,找到了您父亲记录这段时间这一事件的一本日记吗? 能给我看看吗?"

"这个日记本就放在我随身携带的箱子里,如果您感兴趣,我现在就去取。"我回答道。

胡先生高兴地点头称好。

我将日记本取来,并和胡先生一起翻找到了那一页,上面有关于这一谋杀事件的详细描述,作为这一事件的见证,我父亲是当时现场唯一的一个欧洲人。我为在座的人阅读并翻译了日记中的这一段:

　　……就在同一天晚上,冯·克林德先生通知总理衙门(中国清廷主理外交事务的机构),第二天早晨九点钟要去拜访,去做看起来也是毫无希望的最后努力。目的是拜访当时负责中国外交的大臣,要规劝他,希望他能理性地对待局势。

　　前往总理衙门的途中,就在哈德门大街,而且是直接在靠近通向总布胡同、宫廷风格的弧形建筑东单牌楼以北的巡捕房附近,等待着我们的一个清旗营兵小分队,在令人毫无准备的情况下,在不远处突然向我们开了枪。第一枪就打中了冯·克林德先生的头部,他当场在座位上毙命。我的腿部也中了枪弹。射死公使先生的是一位有军衔、头戴蓝翎军帽的旗营下士。

　　我不愿意再一次对当时的情景做生动而又具体的描述,这确是一个令人恐惧的时刻,我手中没有任何武器,束手无策。我能够逃出来，对我自己以及所有关注我的人来说，都算是一个奇迹。

　　从轿子里跑出来之前，我就意识到自己已经受伤。跑出轿子后，数发步枪子弹就在附近朝着我射来，枪声在我周围呼啸作响。但尽管如此，我没有中弹，逃进了下一条侧街。大约半个小时之后，我才在半昏迷的状态下跑到哈德门附近的美国传教团，那里有士兵站岗。一到那里，我就不省人事了。在进行简单包扎后，我躺在一块卸下来的门板上，由我们的士兵抬回了德国公使馆。

　　在逃跑的过程中，我首先跑向一条侧街，即西大街胡同[16]，后面追逐的枪声响了好一阵子，接下来又是手持长矛的士兵追捕。渐渐地，长矛士兵不再追了，我也转进了一条向南的、有很多商铺的热闹胡同。半昏迷状态的我，看眼前的一切都像是透过了一团乌云，听到的声音也感觉十分遥远。街上的行人要么呆板地、毫无表情地瞪着我，要么赶紧跑进屋子，将大门关紧。指望中国人的帮助是不可能的，因为，一旦某个人表现出对我哪怕是一点点的兴趣，在旁人眼里他就有对外国人友好的嫌疑。

　　穿着满是鲜血的衣裳，我呻吟地拖着脚步穿过两边都站着人的窄胡同巷。出于担心，我还得坚持支起身子，以免再活生生地落入屠夫之手。街上的人不敢太注意我，有时我上前问路，也没有人愿意回答。只有一位老头儿靠近我时说道："遭罪的洋人（意即一个受到了应有惩罚的外国人）"。他说这话时并没有仇恨，像是在断言一个他期望预料到的事件。在胡同的一个角落处，我突然碰了一个牵着马的清兵。与我一样，他也惊愕地望了我一眼。

---

[16]　根据音译，原文为"Shih Tajen Hutung"。——译者注

他没有携带武器。我问他，他走来的这条街是不是向南，他说不是。我进而转向西行。

我终于拐进了一条僻静的胡同，胡同里只有一个手摇拨浪鼓叫卖的小商贩，唱歌似的吆喝着、兜售着他的小商品。我问他去哈德门的路，因为我感觉在这条路上已经走了相当长一段时间了。小商贩友好地告诉我，沿着这条胡同再往前走，到下一个口子向西转，走到底后再向南转，就会看见一个有美国士兵站岗的传教团。按照他告诉我的方向，走到下一个路口，本该西行，我却错误地选择了向东，指路的小商贩看见后又友好地叫住我，我才又回到正确的路上。几分钟后，我就身在美国人的武器保护之下了。

最后到了德国公使馆，我的伤口才由我的朋友、上尉军官菲尔德先生合乎医疗标准地包扎起来。虽然伤势看起来严重，但我还是深感幸运，躲过了中国士兵的尖矛和利刀，没出什么大的意外。

其他人告诉我说，为我们赶车的马夫在事发之后马上飞奔回来报信，说我和公使先生都被枪杀了。德国公使馆马上派出一支精干的巡逻小分队到达出事地点。他们端着枪在东单牌楼附近狂扫一阵后，一无所获地撤回来。不幸的克林德公使先生的尸体直到现在也还没有得到。

中午时分，德国公使馆派人将我抬到英国公使馆，那里有一家为应对预料中可能出现的包围特别建立的公共医院。

"您父亲能够得救，真是一个奇迹！好在，事件已经过去了。"胡先生表示同情地摇了摇头。

"您对当前远东地区的政治形势是如何看的？"我向胡先生提出了一

个新问题。胡先生像有心理准备似的很快接过这个话茬，回答道：

"在远东，没有什么政治是不与这个世界上发生的那些革命性、划时代的事件有直接联系的，我们的政治已经不再是简单的局部政治。欧洲和美洲发生的事件共同决定着我们中国的政治，决定它会强化到何种程度，会发展到何种程度；决定我们国家最终是处在日本人的影响下还是处在共产主义的影响下。

"就目前形势而言，这样的机会很少，即能够依靠自己的力量从沼泽地里将自己拔出来。我的观点是，有三条路可走：第一条，我们继续维持现状，保持旧有的'力量平衡'，继续使中国作为国际经济利益感兴趣的一个游乐场；第二条，打开或不打开国门，或者再一次在外国强权的统治下；或者走第三条路，我们都成为共产主义者。"

说完，胡先生沉默地低下了头，现在的他，看起来像寺庙里的和尚，只是没有光头，还留着一头时髦的现代发式罢了。

越过胡先生的头顶向窗外看去，我看到山下由黛蓝色的遥远山脉围绕起来的辽阔宽广的大平原。在明亮的月光照耀下，山村正慢慢隐入移动着的山峦阴影之中。

第四章

别离北京

世界上还没有哪一座城市能让我如此依依不舍。我留恋这里的一切，这里的城墙、胡同、街道和四合院；这里知名的、不知名的芸芸众生；这里的灰尘、气息和喧闹，包括所有无法计算的、在这个城市经历的、看起来似乎是毫无价值的小事、细节……

老年人展

一个人到底能活多少岁，我在世界上任何一个地方都没有在中国的北京看得如此清晰明了。

一个礼拜天，也正好是那个月的十五，我在北京近郊无目的地闲逛着，不知不觉就来到一座寺庙门前。这里正在举办一年一度的庙会，到处是五颜六色的临时售货摊。一个个摊主正声嘶力竭地叫卖着，极尽能事地夸耀自己的商品是如何价廉物美。饮食摊上飘散出扑鼻诱人的香味，不少妇女和儿童正蹲在摊前喝着热气腾腾的豆浆。逛庙会的人大都身着最漂亮的节日盛装，有乡下人也有城里人，大家共同愉快地欢度着庙会的热闹时光。

寺庙前，停泊了不少漂亮的豪华轿车，尊贵的车主们已经下车，周围则是一长溜候着的黄包车。在另一个僻静的角落，一群灰色的毛驴正嚼着秸秆，不少城里人都是骑着它们来这里逛庙会的。

一位赤裸上身的赶驴人告诉我，这是这一带一个颇有名气的喇嘛庙。他一边细心地抚摸着毛驴长长的脖颈，一边向我介绍今天这里举办的大型庙会。游客可以在这里祈福，燃上一炷香，以求长命百岁。游客的请求还可以通过另外的捐赠来表达：僧侣们会心存感激地接受香客们捐出的钱款和物品。在寺庙的最后一个院子里，供养着一些高寿的老人和其他一些年迈的动物,作为一种可供观看的展品来表明,通过向神灵,即向僧侣们捐赠,人就可以如此长命百岁。

我感觉到,这位朴实的赶驴人十分友好,也是一位风趣的讲解者,对这里发生的一切十分熟识。我问他,有没有兴趣做我的导游,带我进庙。我愿意邀请他,甚至能为他的生活做一些捐赠,让他因此而真正长寿。

赶驴人高兴地应允了我的邀请,但他请求说,与其为他祈寿,还不如为他家的毛驴祈福。因为毛驴更加珍贵,毛驴不仅仅只是对他,而且对他整个家庭都很重要。他家有妻子和八个孩子,全部的生活都依赖这头灰色毛驴的收入。

"好!我当然也会给你的毛驴捐赠祈福。"我答应了赶驴人的要求。

就这样,在赶驴人的带领下,我跨过门槛走进了喇嘛庙。

在第一个院子里,我看见一座拱桥,横跨在一个约三米宽的壕沟上。壕沟里,半圆形的大理石拱桥下坐着一位僧侣。在僧侣一动不动、毫无表情的脸的前方,距离大约两手掌宽处,挂着一个盘子般大小的铜锣。僧侣穿着一件硬板板的厚棉长袍。

导游向我介绍说,来访的香客必须将铜钱向僧侣扔去,看谁灵巧准确,能用铜钱打中僧侣的脸。由于脸的前方吊挂着一面铜锣,铜钱要越过铜锣击中脸部可不是那么容易的。如果铜钱击中了僧侣的脸,那么投掷者就能得到神灵赐予的长寿福祉,不仅能活上一百岁,而且百岁寿辰前还不会遇到什么灾难。

拱桥被上百人围挤着,大家纷纷掏出哪怕是自己的最后一枚铜板,瞄准僧侣那张铅灰色的脸扔过去。我自己也为这人为的小把戏捐出了几枚铜钱，看起来如此简单的游戏，我却总是出错。我一直自信，比他人更具备良好的投掷天赋，但一次都没有击中，且屡试不中，所有的铜钱都是碰到僧侣的棉袍而掉落下来，赶驴人也一样不幸，没有一枚铜钱击中。

这个把戏的窍门在于，香客只能在壕沟的栏杆外扔铜钱，而僧侣脸前的铜锣又挂得十分巧妙，从这一边看过去的人会产生错觉，以为很容易击中。这也确实是一个在视觉上欺骗人的把戏，即看起来总会觉得僧侣的脸要比铜锣大。人站在三米开外处，总以为，只要铜钱能准确飞过铜锣边缘，就能击中僧侣的脸。事实上，铜锣比脸大多了，击中僧侣的脸几乎是不可能的。但这根本就不妨碍人们一厢情愿地用自己的钱去碰运气。只见大理石板铺设的壕沟沟底已经铺满了一层铜钱和银圆，几乎都快看不到大理石地面了。这骗人的把戏看来还真是一个不错的敛财之道。

赶驴人对我说，在这十五天的庙会中，寺庙仅在这一个点上，收入就会超过两万多银圆。我不由得想起欧洲中世纪修道院里修道士玩的一个类似的把戏："钱袋硬币响，灵魂升上天……"

离开拱桥，我们走进了一个大神殿，半明半暗的神殿里粗大的红漆圆柱支撑着庞大的屋顶，给人以阴森的感觉。待眼睛逐渐适应了神殿内朦胧昏暗的光线后，才发现一尊尊闪耀着金光的高大神像耸立在壁龛里。部分神像的面部表情是愠怒的，部分是含笑的，部分则是被神化了的、容光焕发的。

神像前的地上放着一块棉蒲团供香客跪拜，并以跪着的姿势点香。

在站起来之前，还得前额触地地磕上三个头。

赶驴人把我给他的铜钱塞了几枚给寺庙的僧侣，买回了一把香签，然后手举着冒烟的香签跪在棉蒲团上，专注地面向神像祈祷，带着一副半神化、半害怕的表情。当他再次站起来时，一位僧侣马上靠近他，嘀咕了几句我听不懂的话后，两人同时转向我。诚实的赶驴人又来到了我身边，在他的请求下，我只好又捐给了僧侣几枚铜钱。

接下来，我们来到寺庙下一个院子里的一排房子前，房门进口处已经被数百名香客挤得水泄不通。赶驴人告诉我，里面展示的是上了年纪的超级老"寿星"，有男有女，还有老态龙钟的动物，诸如猪、羊、牛等。

经过长时间的排队等候，我们终于挤进了房间。房间面积大概也就三十平方米。一半的面积都被一张周围圈起来的大床占据了。所谓的床也就是一张大炕，炕上挨个坐着六位老太婆。苍老的"寿星"们几乎看不出人的模样，像一具具皮包着骨头的干尸：纯粹的、地道的、活着的木乃伊。

一位老太婆喘息的声音响亮且沉重。另一位十分虚弱地咳嗽着，像患有严重的哮喘病。第三位老太婆呼吸困难，喉部还不断发出呼噜呼噜的声响，下巴垂挂着，嘴角在不停流着口水。第四位老太婆患有"舞蹈病"，幸好"舞蹈"动作的幅度不大，如果真正舞起来，她那气力一定会吃不消的。第五位老太婆完全是垂头丧气地呆坐着，模样毫无生气，人们根本看不出她还在呼吸。第六位也是一样，与其他"木乃伊"不同的是，她没有坐着，而是躺在炕上，经注意观察后才知道她一息尚存，还在缓慢地顽强呼吸着。

房间里的空气真是糟透了，比圈养骆驼棚子里的空气还要差。在里面待了两分钟，我几乎都不敢深呼吸。够了，我已经完全确信，人如果像这些老太婆那样长寿，是没有半点幸福可言的。

当我们终于从屋子里挤出来时，赶驴人仍在津津乐道地对我述说着那些"木乃伊"般高寿的老太婆们。我问他，这些老太婆到底有多大年纪了。他说，房间里的墙上贴了一张纸，所有的年龄都记录在上面。他读过了，第一位已经一百四十六岁，第二位一百三十四岁，第三位一百三十二岁，第四位一百五十二岁，第五位……他记不住了，第六位一百一十六岁。

"真是高寿！高寿啊！"赶驴人十分感慨地又重复说了好几遍。

"我们是否也能活到这个高寿的年龄啊？"他深深叹息着，接着又说："希望如此！刚才我已经在庙里为您祈祷了，"边说他边睁大眼睛盯着我："您也一定会如此高寿的！"

听着他的祝福，我却在一旁悄悄地想，在我的眼里，这些"木乃伊"更多的是使人对"高寿"产生一种恐惧心理，而不是希望今后能实现这一愿望。

北京的灰尘

　　一天，我走在回家的路上，穿过胡同的时候，感觉口里似乎嚼到了些许沙子。迅即一阵大风刮起，脸上又落满了新的灰尘。此情此景，使我一下子清晰地回忆起几天前与一位年轻的英国小伙子之间的谈话。

　　这位英国小伙子向我吐露，他确实很喜欢这里的灰尘，并称之为"可爱的北京灰尘"。他认为，北京的整个文化历史都沉淀在这尘埃沙粒之中。说这话时，年轻人完全不是那种开玩笑的样子，表现出一脸的郑重。

　　当我对他奇特的爱的表达露出了些许不太相信的笑容时，他甚至提高了声调，进一步阐明了他钟情"北京灰尘"的理由：

　　"当然，您必须首先了解中国的历史，这样，才不会对'北京灰尘'产生偏见。这种灰尘其实并不是什么脏东西，而是被碾碎了的东方文化的一个最小的载体，它承载、代表着华丽的建筑、艺术的瑰宝、彩绘的漆器、珍贵的陶瓷、精美的丝绸、锦缎和宝石，还有众多历朝历代由暹罗国、印度、波斯、土耳其斯坦[17]，以及西藏地区、蒙古地区朝拜皇帝进贡的珍品……"说到这里，他激动地、加大幅度地挥动着手臂。

_____

[17]　某些外国人沿用的对里海以东的广大中亚地区的称呼。——译者注

笼罩在扬尘中的老北京

街头戴口罩防灰尘的老北京人

"您理解吗?"边说他的眼光边逼视着我。

"我认为,它甚至不仅仅只是形象的,而且完全是具体的。它是经过了几千年艰难曲折的高度文化熏陶,经潮起潮落研磨而成的颗粒、灰尘、细粉。您知道吗?"

说到这里,他吃力地抽出手绢,激动地擦拭着鼻子,鼻子上已经落有一层灰色的尘土了。然后,他将拇指与食指、中指紧紧地捏在一起,凑近我的脸说道:

"这里面就有灰尘,如此精细,肉眼几乎难以分辨,但如果将捏在一起的手指相互碾磨,您就能感觉到。财富、文化价值在无情残忍的岁月里践踏成了碎片,碾磨成了粉末。"他还在入迷地自言自语,大拇指几乎是在亲切、深情地碾磨、抚摩着另外两个手指上留下的尘粒。

"历史沉淀、隐藏在这尘粒之中。它就是废墟,留在我手指上的尘粒就是真正的废墟。在我的眼中,它不是渺小的,而是巨大、雄伟的,象征着宏伟壮观、被岁月摧毁了的古老皇宫和殿宇!世界上没有哪一个地方有这种尘粒,只有在北京:精细的、粉尘式的废墟!相比之下,其他任何一个地方的文化遗存都太过直接、粗糙,其组成部分还都是一块块可见的石块。而在北京,则是这些精微细腻的尘粒。"

他几乎已经说服了我,使我确信,至少他使我熟知了一个颇令人感兴趣的解释和自白。这种思维,即视令人生厌的灰色"北京灰尘"为体现过去岁月的一种精深、典雅崇高的印记和象征,视灰尘为一种伟大形象的思想,我越想越觉得有道理。认同他的这种思维也并非是空穴来风,以前我就有下意识的感觉:北京的灰尘与其他地方的灰尘就是不同。

大风卷起街道上又一阵灰雾，尘粒纷纷扑打在我的脸上，可我不仅没有了生厌的感觉，相反，产生了一种深沉的战栗。直到现在，我才真正理解了一位法国外交官不久前告诉我的话，他说，他专门就"北京灰尘"写了论文和诗篇。

我转过又一个胡同的角落，又是一阵密密匝匝的灰尘云雾高高扬起，我不得不将整个脸"完全封闭"起来。我感觉到了尘粒发出的低沉的嚓嚓响声，一如来自远古岁月的、含混朦胧的喃喃细语……

一个体重超过一百公斤的乞丐

　　每天在离我住处不远的两个胡同的交叉口处，我都能见到一位胖胖的男人蹲坐在那里抽噎、啜泣、哭号，可怜巴巴的十分令人同情。出于怜悯，每次路过，我都忍不住要往他身前的碗里扔上几枚铜钱。因为，只要一听到碗里铜钱的叮当响声，他就会安静沉默下来，拭去脸上的眼泪后，歪在一边睡觉。他的身下铺着一块漂亮干净的棉被。

　　如果他不可怜巴巴地抽噎、乞求路人的施舍，你根本就不会认为他是一个乞丐。他看起来营养不错，脸色红润，长得胖胖的，不像一个经常饿肚子的人，也完全没有那种在精神、肉体上备受痛苦折磨的神情。

　　我有时候也想，可能是我弄错了，他的肥胖、健康的肤色没准是身体里潜藏的某种慢性疾病导致的虚假外表。他一定有一种难言的痛苦，要不然，他怎么会天天坐在街头可怜兮兮地向路人乞讨呢。昨天，我的黄包车夫就对我说，他猜想，这个人一定患有水肿病。

　　几个星期后的一天，我去北京郊外逛一个庙会，令我大吃一惊的是，我竟在庙会上见到了这位胖胖的乞丐。他不仅没有裹着褴褛不堪的乞丐服，而是一身富贵人的穿戴打扮：绘有图案的深蓝色丝绸长衫，得体雅致，脚上一双锦缎鞋，头戴一顶同样用闪亮的绸缎制成的小帽，帽

老北京的街头
乞丐

顶子上有一颗丝线编织成的红色丝球。这是目前中国人很时兴的帽子，帽顶子上小丝球的颜色可以更换，平时是黑色，节庆日为红色，办丧事时则是白色。

我真的没有认错，他就是成天坐在我们那里行乞的那个乞丐，现在正站在一个卖肉包子的食摊前与摊主讨价还价呢。我清楚地看见，他付钱时，掏出的是一张五十元的大面值银票。难道他是一个骗子吗？我暗自思忖，或者，他现在是在假扮成一个富家纨绔子弟？但真真切切，他确实是我每天抱着极大同情心将铜钱丢进瓷碗中的那个乞丐啊！

　　但尽管如此，我甚至对我的这一发现不仅没有感到恼怒，反而更多地觉得这是一个很有意思的现象。出于一个记者的敏感，我对自己说，跟上他一定是值得的。

　　巨大的寺庙场院上，挤满了逛庙会的人，混乱嘈杂，北京的庙会皆是如此。不仅逛庙会的人叽叽喳喳，不安静的还有那上百个小摊贩。摊贩们在场院里支起货摊，都想利用今天庙会的机会做点生意。就在我不为人注意地悄悄潜近那位富有的乞丐时，我听见卖包子的摊主在吆喝：

　　"今天的肉包子特别好吃，里面都是最好的羊肉和今年刚上市的、最鲜嫩的白菜！"

　　胖乞丐吃着包子，满意地抿嘴嚼着，下颚一上一下地蠕动着："真的很新鲜，确实好吃！"边说他边俯身前倾，以免口中流出的油水滴落到那件只在节日才穿的、十分讲究的长衫上。

　　胖乞丐狼吞虎咽地将七个包子一个一个都吃光了，然后从宽大的袖筒子里抽出手巾，抹了抹油光水滑的嘴唇。

　　卖包子的摊主在此期间已经将要找回的钱拿在手上，低三下四地弯腰鞠躬，将满手四十九块银圆以及一大堆小铜钱递给胖乞丐。胖乞丐数了数后，将银圆用手绢包好，零币就随意地塞进了衣兜。然后，转过身来，摆出一副平易近人且居高临下的姿态，向摊主点了点头就走了。

　　他慢条斯理地走在我前面，两手在后背交叉着，那稳重和自信的样子，简直令人难以置信！这是一种非语言难以描述的稳重和自我意识。观察他的时间越长，想摸清他底细的愿望就愈发强烈。尽管我知道，所有的中国人天性喜欢交际，但我此时要采取何种态度和方式才能接近他，与这位胖乞丐说上话呢？

　　我们一前一后来到了一个圆形的拱门处，拱门通向另外一个场院。游人都堵在这里，必须等待。在拱门左右两侧的壁龛里，我看见两尊特别滑稽可笑的神像雕塑。也就在我站定摆头左顾右盼时，有人踩了我的脚。虽然踩得并不怎么疼痛，因为，中国人穿的是鞋底柔软的布鞋，可就在他踩我的同时又推了我一把，导致我的身体一下子失去了平衡。迅即，我抓住了这个可以引起胖乞丐对我注意的机会。我故意跟跟跄跄地猛地向前窜去，撞到了胖乞丐宽大的后背上。胖乞丐很快转过身来，热心地用双手将我搀扶起来，还关切地询问我是否摔疼了，表现得十分殷勤。我赶紧摇头，并向他表示衷心的感谢。

　　接着，胖乞丐马上转过头来开始训斥那位踩我的脚、推我一把的中国人，表现得怒不可遏，一副要为周围人伸张正义的样子。他愤愤地训斥起来："你这个杂种小子！"出于真正的愤怒，他的脸涨得通红。

　　"没有您的帮助，我一定会摔坏的。"我对胖乞丐说。

　　但他马上拒绝了我的谢意，并表示这根本就不值得再提。他说，对付这种人就得用竹棍子抽，让他长长记性，学会应该如何对待他人。

　　他充满正义感的愤慨使我感到特别开心，这人看起来根本就不令人恶心，给我的印象甚至是诚实善良的。就在我们一起并肩前行时，他还关切地询问我来自哪个国家？叫什么名字？来中国多长时间了？中国人特别拘于礼节，特别是在一个谈话开始时。虽然他总是在不断询问着几乎是相同的问题，但并不使人觉得他头脑简单、愚笨。他提问，并不是因为好奇，而是出于礼貌和礼节，也并不指望对方回答。也就是说，如果他问你的年龄，你大可放心地回答说：天气非常好！即便这样，他也不会介意的。

　　我知道，在中国要想干成任何事情都需要时间，所以我也不着急直接向胖乞丐提问，或者说让他马上想起自己担当的乞丐角色，暂时找了些无关紧要的话题：问他是否有孩子？是男孩还是女孩？是否已经吃过午饭？对庙会上的活动是否很感兴趣，等等。

　　事后令我追悔莫及的是，我还是太过谨慎。因为，当我们走到寺庙门口时，胖乞丐突然提出要我在此等他一会儿，他要先进庙里在神像前磕个头，很快就会回来。说完，他就这样走了。可我是一等再等，他也没有回来。我赶紧进庙里寻找，可哪里还有他的踪影呢。走出庙外，我又到所有的院子来来回回地找了好几遍，可再也没有发现他。唉！他一定是感到内疚，问心有愧，认出了我就是每天给他丢铜钱的施主，因此选择了逃离。

　　我暗暗下定决心，如果明天他仍在胡同口可怜巴巴行乞的话，我一定要上前问个究竟。

　　第二天一早，他果然又在原地像以前一样哭号着乞讨。我没有想要再给他扔铜钱，而是径直地上前问道："我们不是昨天在庙会上相遇了吗？"

　　可他看都没有看我一眼，继续用他那肥胖的声音哭丧着乞讨，就像没有听见我的问话一样。

　　我再一次仔细辨认，确信他就是昨天遇到的那个人，只是今天又脏兮兮地裹着褴褛破旧的乞丐服而已。可他的哀鸣是那样真切和伤心，又让我不得不怀疑，我是不是真的看走眼了。如果真是我看走眼，再继续盘问下去，就显得太唐突、太不礼貌了。

　　我继续前行，在下一个街口遇见了一位执勤的警察，穿着镶了白边的黑色警服，打着灰色的绑腿，脚蹬一双结实的大头皮靴。他一定是看出我有事相求的神情，突然停下脚步问我，是否需要帮助。我说，没有。他笑了笑，道一声歉后，意欲离开。我马上又叫住了他：

"哈罗！警官先生，请留步，我还真有件事想问问您。您知道坐在那个街口行乞的乞丐确实是缺衣少吃的人吗？您瞧他那红光满面健康的模样，可再听他可怜的哀号声，就像一个行将饿死的人似的。"

"为什么？难道他为难您了吗？"警官吃惊地问。

"那倒没有。"我回答，并给警官先生详细讲述了昨天在庙会上遇到他的情景。

警官笑着听完我的讲述，然后把我招呼到一边，告诉我说：

"这没有什么奇怪的，北京的大街小巷里有很多这样的乞丐，其实，他们生活得都不错。对北京人来说，这已经是一个公开的秘密了。乞讨也是一门职业，像其他被社会认可了的职业一样。

"这些到处游荡的乞丐都是有组织的，在城里，他们划分了各自乞讨的区域范围，每一个乞丐都知道，哪些地方可以去，哪些地方不能去。丐帮们严格遵守各自的帮规，不存在互相竞争的问题。

"至少在北京，人们知道有丐帮这个行当，行当的领头人被称为'丐帮王'。丐帮王在我们城里是很有影响力的人物，与政府当局也走得很近。丐帮王的周围聚集着一大堆乞丐：瞎眼的、跛脚的，也包括流氓无赖和一些贫穷的人，简言之，是所有被丐帮吸收的人以及以乞讨为生的人。

"有些乞丐实际上完全没有必要成为乞丐，他们只是因为当初起誓于这一行当。有不少这种所谓的'上流乞丐'，他们都是富裕家庭出来的子女，乞讨对于他们来说，只是一种用以自我磨炼、一种苦行僧似的生活方式，他们中许多人都受过良好的教育。

　　"接受富有的家人、亲戚或朋友金钱上的馈赠，在丐帮里是一种禁忌，遭人唾弃。真正的乞丐，只能依赖辛辛苦苦乞讨获得的那点可怜的铜钱度日。即使是乞讨来的钱，还得上缴一部分给丐帮帮会，即交给丐帮王。丐帮王是丐帮中唯一不用去自行乞讨的人，而是靠他'臣民'上缴的铜钱生活，他的生活也完全不同于一般乞丐！丐帮王坐着小轿车穿行于闹市，监督、控制那些分布在城区各地的乞丐。话说回来，丐帮王对待他属下的'臣民'也相当不错，像父亲一样照管着他们。'臣民'们的进贡是自觉自愿的，不会去忌妒丐帮王花天酒地的豪华消费。为了保护他的'臣民'，丐帮王经常出入政府机构，也是市长和市府头脑们宴会上的座上宾。

　　"作为一种秘密力量，政府当局也十分敬畏丐帮，暗地里愿意与丐帮携手合作，干那些政府不能拿到台面上来的事。丐帮有能力干诡秘狡诈的秘密间谍工作，因为他们遍布各地，清楚他们所在城区角落里发生的那些见不得人的勾当。人们经常能听到，一个人突然失踪了，或者发现一个人遍体鳞伤地躺在大街上。这就是令人心寒的'乞丐仇杀'！而政府当局宁可隐瞒掩盖事件，也不会主动去对着干。一般来说，警察都会避开乞丐，即便有什么理由，要进行干预，往往也十分麻烦。出于内心的恐惧和担心，警察也不敢去伤害一个乞丐。因为，他们事先并不知道，这个乞丐是否是丐帮中的一员，如果不小心被丐帮王在他的上司面前告上一状，他可就要吃不了兜着走了。

　　"如果路人之间发生了争吵，而其中的一个看起来像乞丐，那么旁观的民众一般都会向着乞丐一方。同情只是一个方面，更多的是出于害怕。丐帮的秘密勾当对一般民众而言是一个无形的巨大压力。丐帮王在他们心目中是一个传奇人物，人们只是在私下议论他，谁也没见过他。

那些瞎子、跛子、病残者、麻风病患者……在民众嘴里往往被誉为有特异功能的奇人。

"据传，数百年前，一位王子离开了皇宫，到处收容这些流浪的穷人，成立了丐帮行会，并通过彼此间不可违背的神圣誓约将乞丐们凝聚起来。誓约要求乞丐们在执行被赋予的使命时要不惧死亡，尽管还从来没有人要求他们献身。丐帮王监管着丐帮中的一切。"

"坐在前面街角的这个胖乞丐，"最后，警察告诉我说："我猜想，是丐帮行当里的一个成员，没准还是一个小头目。与他打交道，您可要特别小心，不要激怒他。您昨天在庙会上见到的很可能就是他，但是……"说到这里，他伸出手指提高声调又一次警告我："千万不要去招惹他……"

淤泥中窒息而死的黄包车夫

北京，大雨如注。

大雨软化了这座城市，几分钟的时间，马路上的尘土就被泡成了烂泥。在这种日子里外出是难以想象的。

天光灰绿，一片朦胧。我为日常的活动安排被这恶劣的天气所破坏而感到懊恼，在房间里来来回回地踱着大步。我那在他人看来似乎是十分私人、没有什么具体目标和事情可干的外出，对我而言，却是一项十分重要和严肃的使命。因为，我觉得，我不应该是一个纯粹来这里消遣娱乐的旅游者，而应该是一个不知疲倦的、中国社会生活的观察者，这才是一个新闻人真正的本分。新闻记者就像一个猎手，追逐着现实生活中微小、日常、鲜活真实的所见所闻。这些见闻都是迅即发生而又马上会消失的，如果记者不能很快抓住它的话。在记者的眼里，新闻事件就像一个真正猎人眼中奔跑和飞翔的野兔、狍子、野鸡、绿翅鸭……

雨水沿着屋檐下的水槽哗啦啦地流，瀑布般地撞击着院子灰色的砖石地面。院子里的积水已经有一脚高了，到处是雨点落在水面上形成的水泡。尽管大雨滂沱、天气恶劣，街头小贩仍在胡同里穿行叫卖，我听见了他们尾音拉长、显得孤零、单调的叫卖声，更我产生了一种要上街的强烈愿望。

我叫来了男佣人，并问道，在这种恶劣的气候条件下叫一辆黄包车出行是不是显得太过冷酷、太不近人情。我这少有的、如此关怀备至的问话，使佣人尴尬地笑了起来。他告诉我，一辆黄包车就在门前，不论早晚、不管刮风下雨，他每天都在那里等着。

"只要天上不下刀子！"佣人毫不含糊地说道。

尽管如此，我心里还是感到不太自在，自己坐在干燥的车篷里，却让车夫在瓢泼大雨中，在烂泥般泥泞的地面上拉着车跑。

"还是去把车夫叫进来问一问吧！"我吩咐着佣人。

佣人摇着头，感到多此一举，但还是遵命去了。不一会儿，一身湿漉漉的车夫高高兴兴地跑了进来，听到我担心的话后，他却不好意思地笑了起来：

"一点小雨，不碍事儿！"他都习惯了，说话时那愉快轻松的神情，好像外面是阳光灿烂的晴天一样，快活的笑脸驱散了我最后的疑虑。

"两分钟后我们出发。"我告诉他。

总的来说，中国人不是那么娇生惯养的，对诸如严寒气候、环境肮脏、态度粗暴等恶劣的外界条件，他们不会表现得过分拘谨、敏感、忸怩和矜持，所具备的承受能力几乎令人难以描述。只有十分熟悉和了解中国人的人，才会知道，他们拥有多么顽强和坚韧不拔的毅力。在逆来顺受、忍受命运打击、顽强地与命运抗争方面，中国人的表现是无与伦比的。我不知道世界上还会有哪一个民族拥有如此顽强的忍受和宽容的能力：一种近乎宗教般的忠诚和顺从。这种忠诚和顺从给人带来的并不是软弱、懦弱、奴性的印象，而是发自他们内心的一种义务和责任感的

老北京四合院门前的黄包车夫

表现。在中国人眼里，所有的命运打击，都被视为一种不可回避的、必须面对的日常生活现象。面对不容更改的、命中注定的事实，他们不会抱怨。中国人镇定自若、认可天命的宿命情结，被认为是最不做作和最纯真自然的。所以，贫穷的中国人是没有什么社会成见、偏见的，他们不会去怨天尤人、记恨社会等。中国穷苦人的心灵是最原始健康、不可动摇的。只要是人力所及的事情，中国人都能干，换句话说，他们完全是现实需要的产物。中国人不会推动非人力所及的领域前进，有"长城"将中国人与这个领域隔开，这个起保护作用的"栅栏"是中国人生动逼真的想象。只要一件事超出了力所能及的范围，中国人就会原地"踏步"，即在这里停住，十匹马都休想拉动他。

由此，也表明了中国人头脑里固有的、在欧洲人看来非同寻常的、固执死板的一种名誉观念，即所谓的"面子"观念。名誉、面子在中国被理解为一种至高无上的神圣责任和义务，实际是一种非人性的、很少顾及自己、很少考虑到人与生俱来就有的自尊心的一种道德观念。保全面子是家庭成员对家庭、氏族直至列祖列宗的一种责任。先祖是继续生活在精神世界里，能在上天密切注意人世间凡人的永生不死的灵魂，对一个人的人身侮辱和不敬可视为对家族所有列祖列宗的侮辱和不敬。在这里，祖先就是神，就是上帝。因此，如果个人名誉受到了抨击，也就是间接地攻击了祖先。例如，一个人辱骂了另一个人，但如果只是针对他个人，他通常会一笑了之，觉得没有受到什么伤害。但如果当着他的面，使他觉得父母和祖父母都受到了伤害，他就会出于义务和责任反击，以挽回自己的面子。在这一点上，就连最稳重冷静的中国人也都会激动起来。

带着这样的思绪，我坐进了摇摇晃晃的黄包车。响亮的雨点猛烈地敲打着头顶上的车篷，这是中国雨神以剧烈的方式，给予地球独有、空前的恩赐。

街道的地面已经完全被雨水软化，车夫的双腿直至膝盖都陷进了黑色淤泥之中。每当他将脚费劲地从泥里拔出来，得"呼哧呼哧"地喘上一阵子粗气。车夫就是这样一步一步地向前挪动着，平日那样有节奏的小跑此时根本就不用去想。同样，车轮直至轮毂中央的车轴都陷在泥里面，每滚动一下都得艰难地犁开成团黏稠的淤泥。

车夫青筋暴起的双手紧紧把握住车辕，一步一步地向前拉、一米一米地往前挪。他双唇紧闭，雨水和汗水混合着在脸上流淌……顽强的毅力令我惊讶，也使我深感同情。

我向车夫喊道："还行吗？我带了雨衣，可以自己下来行走，走出这段淤泥路段后我再上车。好吗？"听到我的喊声，车夫很快回头一笑说道："完全没有关系，我们在一步步向前，只是慢一点而已，马上就会走出这段淤泥路段了。"

说完，他又绷紧坚毅的脸，继续咬紧牙关顽强地向前拉。随着呼吸的节奏，他的胸脯一起一伏，我的心也随着艰难的步履越绷越紧。

终于，我们的车跋涉着走过了这段糟糕的淤泥路段。前面的路段看起来还不算太差，只有将近一手宽的泥层仍盖住胡同的路面，淤泥刚好与轮子的橡胶部分齐平。车夫开始小跑，黄包车摇摇晃晃地前进在坑坑洼洼的街道上，不时溅起水花。我注意到，车夫此时已经没有穿鞋，脚用布片包裹着，鞋子很可能已经陷入了黏稠的淤泥里。

天公还是不作美，又下起了倾盆大雨。

"拐弯了！留神！"车夫提请前方的车辆注意，然后拐进一条街边小胡同。这里，路面上的淤泥又深了起来，车夫的第一脚就陷过了膝盖，接着车轮开始打滑。

"现在不可能再前行了吧，我们的车子已经被死死地陷住了。"我正这样想着，可车子忽地又启动了，一左一右呈之字形地向前窜去。直行太难，黏稠的淤泥已经紧紧吸住了车轮。

这是人干的活吗！我再也不能舒适地坐在车上了，每行进一步，车子都会剧烈地掀动、颠簸一次。如果车夫倒地，我无疑会被掀到车外的淤泥里。尽管如此，车夫还是不允许我下车步行。每当我问他，我下车步行是不是更好一些，他都会友好地付之一笑，他不希望我下车劳顿。

小胡同像一个无人的通道，看不到一个人影，只有我们前方不足一百米处的路中央停着一辆黄包车。我想，大概是雨太大、道路难行，车夫逃到胡同边的某个房子里躲雨了吧，那辆黄包车也深深地陷进淤泥中。这辆车停得也太不是地方了，歪歪倒倒地正好横在胡同道路的中央，窄窄的胡同完全被挡住了，左右两侧留下的空间太小，我们的车根本无法挤过去。

当我们的车驶近时，车夫高叫道："让道啦！"

但无人应答。在我们的车迫不得已停下来之后，车夫又冲四周大叫了几声，并带着搜寻的目光扫视着胡同两边的墙面，还是没有反应，也见不到人影。真叫人一筹莫展，不知如何是好，叫喊声也被随之而来的隆隆雨点声淹没。最后，车夫不得不放下车辕，车辕一落地就深深陷入淤泥里，他要自己动手将挡道的黄包车移开。我则坐在车篷下的座位上等候着。

突然，我的车夫惊慌地打着手势跑了回来，用刺耳的声音冲着我大声喊道："一个车夫倒在地上了，整个脸都埋在淤泥里，怕是已经死了。"

我赶紧跳下车，踩着膝盖深的、黏糊糊的稀泥跋涉过去。"车夫在哪里？我只见到了一辆黄包车，根本没有人？"我问道。

我完全没有发现地下躺着的人。我的车夫则一脸恐惧地站在那里，用手指着地上。凑近后，我才发现淤泥里伸出来的一只痉挛的手，人已经完全陷进泥里了。我用力地将人从泥里拖出来，然后将其平躺着放在黄包车的脚踏板上。我这才发现，人已经窒息而死，脸色都发青了。

"你赶快从旁边屋里叫几个人出来，"我吩咐着站在一旁六神无主、惊恐万状的车夫。

车夫跑开后，我马上从兜里掏出手绢，在路旁的水洼里沾上水，欲将死者嘴边和鼻子上厚厚的一层淤泥拭去，然后架起他的手臂，实施人工呼吸。但无济于事了，他已经完全没有了生命迹象。我按压他的胸腔，也未奏效，脉搏已经停止了跳动。

车夫气喘吁吁地跑回来说："没有人愿意帮忙，他们都说，已经看见了躺在那里的人，但帮不了什么忙。他该死，不然也死不了的，这就是他的'命'。"说到这里，我的车夫也不作声了，深表同情地瞧着自己的同行。

我们继续在淤泥中跋涉，大雨仍在无情地倾泻着，毫无减弱的迹象。短时间的艰难跋涉之后，我们终于看见了一家警室——开着一扇窗户的小木板房，离车夫倒毙的地点估计也就两个街角的距离，警室里坐着两名警官。

我下车，走了进去。

警官十分惊讶地注视着我从上到下全身糊满了淤泥的狼狈样子，这两位国家公务员马上从坐凳上站起来，询问我要干什么。还没待我说明情况，其中的一位就抓住手枪，系上了武装带，那样子一定以为我要报告一桩街头遭抢劫的重大事件。听了我的叙述之后，他们的表情才明显地放松。我话还没说完，他们手中笨重的毛瑟手枪（第一次世界大战中枪的款式）就已经放在了桌上，并示意我落座。

警官将他们的座椅移了过来，显得很有见识但至少是对我的叙述没有什么触动地说道：

"这个人已经到达了他的'命'数，雨停之后，我们会将他搬走的。现在处理这事太困难了，外面雨还这么大。"说话间，警官倒了一杯茶递给我，并让我雨停以后再离开。接着又问我："死者是您雇佣的黄包车夫吗？"

"不是，"我摇了摇头。

警官笑着说："那，您与这事就一点关系都没有了，连棺材钱都不用付。您完全不用操心，我们会在此之后都料理好的。黄包车在那里，上面有车号，我们可以通过车号找到车行，知道死者是谁。"喝了一口茶后，他最后说道："车行老板会付棺材钱，还会付几块银圆的安葬费。"

我听着警官的叙述，看着他那一副使我感到完全陌生的冷漠表情，没有再碰茶杯，仓促地告别离去了。

瓢泼大雨不知什么时候已经停了，我打发黄包车夫回家，想独自继续再步行一段。

带着满脑子的思绪，我踩着烂泥行走着，直到走出胡同，踏上了有着坚硬路面的哈德门大街。我深深吸了一口气，这里开阔、敞亮，雨水洗刷了含尘的空气，此时的北京城显得异乎寻常的清新、洁净。所有的灰尘今天都留在了地面上，形成了所谓的另外一种集合形态：淤泥。为了逃避泥泞的马路，我选择了前往城墙的方向，我寻思，今天站在城墙上极目远眺，视野一定会更加辽远、清晰和美妙。

气候明显变冷了。远方，在行将消隐的昏暗雷阵雨云团后面，西边的天空正挂着一轮红日，落日洒下的万道光芒将西天染得通红。很快，它就会在西山黛蓝色的剪影后徐徐下落。

古老的核桃

　　站在城墙上，观赏着不断向前扩展延伸的北京城区，总会有一种陌生、新奇、异样的感官刺激：恢宏的城市规模，错落有致的建筑布局，纵横笔直的街道马路以及雨后潮湿的建筑物上马约里卡屋顶熠熠闪烁的金色、绿色和深蓝色的光芒！

　　可此时北京城里洋溢着的这种独特的梦幻般安详平和的气氛，却与我现在的心绪不相吻合，倒在小胡同烂泥中的黄包车夫死去的悲惨一幕，在我的脑际里仍挥之不去。我似乎看见黄包车夫正吃力地喘息着、奔跑着，突然失去平衡，跌倒在泥泞之中的凄惨情景。接下来，他被浑浊的泥浆水呛着，艰难地咳嗽着，继而绝望地向上挥动着双手。无力继续抗衡的他，慢慢地、深深地陷进淤泥而不能自拔，最后窒息而死。

　　唉，苦命的车夫！

　　正当我沉浸在令人心悸的回忆之中，忽地，一条长长的阴影从我的脚下轻轻掠过。抬头一看，是斜阳下一个中国人的身影，正悠闲地从我的身边缓缓走过。看起来，他应该是一个颇有教养的人，穿着一身前后摆垂至踝关节的浅灰色长衫，这长衫该是用厚实沉甸的山东产丝绸精心制作的。他脚上蹬着一双光亮的黑缎布鞋，布鞋底色浅、厚实。这位中国人留着光头，圆圆的、锃光瓦亮的黄褐色头顶反射着斜阳橘红色的光芒。光头是目前中国男人最时尚的发型，与以前几乎要垂到地面的长辫子相比，可要摩登多了。

他从容不迫地在北京城墙上踱着方步，用一种漫不经心的懒散姿态，悠闲地观赏着眼前一大片被雨水打湿的、在斜阳映照下熠熠闪亮的屋顶，表现出一种无尽的庄重和自豪神态，双手交叉着背在身后。

我倚靠在一人高的城墙墙垛上，将一半身子隐藏在城墙上一棵酸枣树的后面，北京城墙的地面上有很多这种从石头缝里伸出来灌木丛。

这位中国人并没有注意到我，可我的眼睛却在不由自主地追随着他。我看见他身后的一只手上握有两个褐色的东西，并在手上不间断地把玩着。他小心翼翼地用手指拨动着两个圆球似的东西，十分缓慢且镇定自若。两个球则在手指间相互摩擦、不停滚动着。以前有人对我说过，这是一种含义颇为深刻的游戏。我突然产生了想进一步弄清缘由的兴致。

我大步地跟在这位衣着讲究的中国人后面，不让他发现地渐渐靠近，以便更清楚地看清他身后手中把玩的这两个圆圆的东西。

哦！这是两个已经被把玩得发亮的核桃，像抛过光一样，外表呈深褐色，略带点红。核桃在他纤细的手指间亲切温柔地转动、摩擦着。核桃的表面还没有完全磨平，残留在上面的槽纹显示着它的品种"身份"。两个核桃在手指微微的挤压中，转动着、滚动着，发出响声。这声音有点像磨牙，也可以说，有点类似于轻微的鼾声或刮东西的声音。

当这位先生终于转过身来，我赶紧抓住机会，笑脸迎了上去，支支吾吾地说了几句不乏尴尬的话："站在这……这上面俯瞰过去，北京城真的、真的很漂亮……"

"是的，"他附和道，脸上露出具有亲和力的友善微笑。

"您一定在我们国家生活了很长时间，中国话说得这么好。"他感到有些诧异。

"是的，我熟悉中国，特别是北京，已经很多年了。来中国的次数越多，我就越爱这个国家。北京是一个了不起的城市，世界上没有哪一个城市可以与之媲美。我并不是出于客套才这样说的……"我回答道。

显然，听到我的赞扬，他十分高兴，为自己的国家和这个城市感到自豪和骄傲。没留胡须的脸上顿时堆满了笑容。中国男人不像欧洲男人那样天天都要刮胡子，他们的胡茬没有我们那样粗硬，最多会在嘴角边留下两缕胡须，像两撇黑色的蝴蝶触须。中国人中鲜有络腮胡子。

"先生，请问，您手上把玩的到底是什么东西？"我不失时机地问道。在中国，作为尊称一般不说"您"，而称"先生"。"先生"直译为"先出生的人"，与德语词"Herr[18]"相对应。

听到我的问话，他将手移到身前，以便让我更清楚地看到手中的两颗核桃。回答道：

"这是两颗普通的核桃，也就是人们一般食用的那种核桃，只是它的形状不那么难看罢了，我的祖先早就已经用手把玩它了。在我们中国，把玩核桃球是一种传统习俗，我也说不出已经流传多少年了，但可以肯定的是，相当古老悠久。在中国流传最早的古画中，人们就可以看到在手掌上把玩核桃球的画面。核桃的年代越老，也就越有价值。当然，核桃上不允许有裂缝或其他被损坏的痕迹。人们拥有这种核桃后，

---

[18]　意即德语里的"先生"。——译者注

每天都会放在手掌上把玩，用手指转动它，按摩它。通过这种转动和按摩，人身体里的'气息'会逐渐渗透进核桃。渗透的过程也是一种'培育'的过程，核桃也因此鲜活起来。核桃接受了人体的气息，时间一长，就与人融为一体了。这种富有灵气的核桃，人们自然是不会轻易放手的。

"一个古董核桃一般是买不到的，因为它已经成为核桃'培育者'不可分割的一个部分。中国人很迷信，如果一个贴身把玩的核桃丢失或损坏了，则意味着会有霉运。在古董店里，您能买到仿古核桃，但这是一种假核桃，是一种工艺品，专为外国人生产。如果真有机会买到一颗真正的核桃，那就相当昂贵了，一颗核桃堪比一颗价格不菲的珍珠……"

"为什么中国人喜欢把玩核桃呢?"我又进一步追问。

这位"东方先生"调皮地笑了起来，说道:

"这可是一个只可意会、不可言传的秘密。如果您自己没有亲身经历的话，您就很难理解其中的奥秘了。您必须自己去体会! 因为它涉及人心灵的放松，是的，人的心灵!"他强调道。

他用手指着自己的太阳穴，似乎要告诉我，人的灵魂就藏在这太阳穴里面。他还告诉我说:

"通过对核桃适度的把玩，能将人的心灵触动和唤醒。就我自己的体会而言，每当我倍感疲劳、特别想休息一下的时候，或在工作中受不顺心的事所折磨、所累的时候，或到了晚上，忧虑还在纠缠、影响着我的时候，我就需要放松，需要真正的休息和恢复。这时，我会想到我的核桃。我将核桃拿出来，放在手掌上把玩。您看，就这样轻松缓慢地、投入地、长时间转动，一个小时又一个小时……慢慢地，你会觉得手心发痒，这种舒适的感觉会上升到整个手臂，然后再传输到整个身体。是的，还不仅仅只是身体，还会传感到大脑（中国人称大脑为'头上的神经'，即脑筋）。那感觉就像有一双女人柔嫩的手在轻轻地抚摸一样，能唤起人的精神上无尽的平和与宁静，新鲜得就像刚刚沐浴过一样。把玩核桃是心灵按摩的一种极好方式。"

　　说完，这位中国人礼貌地对我鞠躬告辞，然后向东朝着哈德门的方向，又慢慢地行走在宽阔的北京城墙上了。我久久地凝视着他的背影，他的两只手又在身后交叉起来了，修长的手指开始继续轻缓地把玩着那两颗古老的核桃球，又在凝神静气地进行他的心灵按摩了。

北京的秋天

很多人都说，北京的秋天是最美丽的。

是的，在北京的秋天，满树明暗交替的金黄树叶使整个城市拥有最为丰富生动的色彩反差。辽阔的天空蓝莹莹的，像蓝色的宝石，空气中纷纷扬扬的黄土尘埃，折射出依稀可辨的金黄色的熠熠光彩。

紫禁城金色的瓷砖、众多亲王府屋顶上玉石般绿色的琉璃瓦，还有位于北京西城墙外数公里处宝石塔公园里淡绿色清澈可见的玉泉……

宁静、威严宏大的湛蓝色天坛圆顶，是从前"天子"经常前往的神殿。在那里，皇帝下跪祷告，虔诚地与"先皇"对话，祈求先皇赐福于皇族，福荫他的子民，他的千千万万、贫穷、智慧的子民。在大自然的天理、天道面前，皇帝为他和睦、荣耀、勤劳、谦恭、敬畏与顺从的民族祈祷。这是一个天生智慧的民族、一个艺术辉煌的民族、一个产生了伟大思想家老子和孔子的民族。光亮的、使人目眩的白色是汉白玉石阶和护栏，在晌午炎热时分，像悬浮着的朵朵白云……

也有很多人认为，北京的春天才是最美丽的。

是的，在北京的春天，当太阳洒下清新的光芒，当巨大的金合欢树结出美丽的花蕾，当茵茵草地披上新绿，当市民们身着轻便的春装，展现出快乐的笑脸，悠闲自在地在户外活动……在北京的公园里、花园里，你能见到无数丛丁香花正滋滋发芽，结出"珍珠"，溢放清香……世界上任何一个地方都没有如此美丽的丁香花：白色天鹅绒般的珍珠样花序、淡红色小斑点、浅蓝色的小星星、紫色的小花结，一如风情万种的女人脸庞前那块细腻轻柔的面纱上缀着的朵朵花结。

北京的春天，你只要看上一眼那柔嫩、粉红色的樱桃花，就再也不会忘记……

春天里，空气中弥漫着来自从泥土、植物浆汁和香草中散发出来的绿色气息和芳香。在这阳光灿烂、大地回春的时节，人们又可以结伴前往中央公园，自由自在地观赏喂养在硕大的灰色陶缸里的千姿百态的罗袍尾金鱼了。

金鱼是一种十分奇异独特的观赏鱼，是人工繁殖的鱼种。当金鱼透明的长罗袍尾在水中翩翩摆动时，看起来就像猎獾狗，像大水母，像女人银白色的脊背，像一株株游动的郁金香或一只只飞舞的蝴蝶……在阳光下，它呈现出深黑色、黛蓝色、灰褐色、茶黄色、翠绿色……还有鲜亮的玫瑰红、黯淡的丁香红、覆盆子红、阿德里亚海蓝和明亮的紫丁香色等丰富的色彩色调。北京独有的这种长且透明的罗袍尾金鱼是世界上最美的动物之一，它甚至已经不是原始的动物品种了，它完全由人工繁殖、喂养、培育而成，是绝伦美妙的工艺品，像中国的丝绸一样。

在中国，对金鱼的精心培育已经有数百年的历史，人们挑出最优秀的品种进行杂交，进而不断地优选、杂交、再优选……直到成为今天这样一种可以游动的、拥有瑰丽色彩和奇异形状的鲜活小鱼种。金鱼的颜色和形状协调地融合在一起，一如人们幻想中美轮美奂的小精灵，即便是人间最漂亮的晚礼服也无法与这种鱼的形态媲美。金鱼确实是一种用各色鲜亮的丝绸编织成的、灵动的水中尤物。

　　只有在北京，人们才能见到这种鱼，世界上任何地方不可能有。像京巴犬一样，金鱼是北京的特产。

　　春天里，当身材苗条的中国女人穿上长长的各色丝绸旗袍，那又该是一幅多么生动的画面啊！绚丽多彩的色调、优雅迷人的身姿，能媲美身边盛开的任何花朵，其魅力简直令人难以抵挡！她们的笑声明亮、爽朗、开心、惬意！在中国女人面前，即便是过去无忧无虑的公主小姐们都会感到汗颜，她们的衣着打扮也一定不如今天的中国女人那般充满诱惑力。你瞧，薄薄的丝绸紧紧地贴在腰肢上，纤细苗条的身段尽显妩媚，女人味十足，只要一阵微风轻轻吹过，轻盈飘逸的下摆就会撩人地掀起。中国女人还爱穿滚着漂亮彩色镶边的丝绸长裤，裤脚一直垂到踝关节处。玲珑秀气的小脚再配上一双做工精细的锦缎绣花鞋，鞋的形状与欧洲的式样类似，也有高高的弧形鞋跟，走起路来，碎步轻盈、婀娜多姿，好不性感！

　　春天的女人，是北京又一道迷人的风景。

　　春天，如果你在艳阳高照下的北京中央公园漫步，深深铭刻在记忆中的情景就像完全凭记忆背诵出来的一首爱情诗章。人们穿着节日盛装，在灿烂的阳光下悠闲地溜达。有的牵着自己的孩子，有的坐在茶馆前的草坪上，有的坐在满是节疤的松柏树下的石凳上，惬意地吮吸着松柏树溢出的松香味儿……

　　然而，我个人则更钟爱北京的秋天。

　　我觉得，秋天里弥漫着的那种听天由命、心灰意冷的肃杀情调，更符合今天的北京，更符合这个巨大的、几乎是非现实的、只能存在于记忆中的工事城堡建筑物。这是对从前的伟大、权力、辉煌、华美，以及对这里从事和发生过的波澜壮阔的宏伟事业、事件和壮举的不朽记忆。

现在正是秋天。

当秋风乍起，扫过屋外墙角边的落叶，那沙沙的响声就像来自远方的大森林。一轮圆月挂在淡且柔和的天空上，人造物一般。圆圆的晕圈环绕着月亮，淡化了、模糊了它原有的鲜明轮廓。

如果你细细聆听，可以听到从大合欢树上落下的枯萎秋叶在簌簌细语。它们喃喃地诉说着、在风中飘摇着，像一个个鲜活的生物，像老鼠或像一只只蹦蹦跳跳的小麻雀，在月光的照耀下反射着金色的光芒。

是的，夏天基本上已经过去。几个星期前，窗前还是满树盛开的合欢花。那段时间，我的整个房间都会始终充溢着一阵阵甜蜜的香云，一种柔和的、热忱的植物的气息和花朵的芳香。可现在，外面吹着来自东面、来自海洋的冷风，来自天津方向，甚至来自更远的黄海……在空气中，人们分明能感觉到，地球上的一切在慢慢趋于安静，自然界节庆般热闹的夏日渐渐结束。这一切，人们都能通过嗅觉真真切切地感觉到。

抬头观看今晚的星星，在夜空中挂得很低很低，像一个巨大的影影绰绰的华盖。在夜的絮语中，人们听到了严冬缓缓的脚步声。凌霄高挂的月亮，孤独地俯瞰着大地，一如夜空中屹立着的雪峰上的一弯冰块，昭示着寒冷即将来临。

此时正是深夜时分，夏天的这个时候，大街上、胡同里还十分热闹。但今天，人们早已关在自己的小安乐窝里，安静地上床睡觉了。因为，人人都知道，夏日的欢快已经过去，炎热中的心醉神迷已经过去。

人们的嗅觉已经十分敏感地闻到冬季衣物散发出来的那股樟脑丸味儿了……

难道这种寂静是酩酊大醉后的一种难受情绪，就像参加了节日派对后拥有的情绪一样吗？人们没有后悔的感觉，更多的是盖上被子安安静静"冬眠"的一份安逸。外面的世界死气沉沉，可世界的内部、民众内心的情愫，在复活、在苏醒、在焕发出强大的生命活力。

一阵"沙沙沙"的响声又通过敞开的窗口传了进来，这源自大自然的音响此时与一阵人的吆喝声产生了共鸣。一位夜间小商贩在街头叫卖，夜风托送他那恍若遥远、略带忧伤的拖长的音调："硬——面——饽——饽！"

街头小贩哼唱着："硬面粉烘烤的面食哟！"

我赶紧穿过庭院来到通向胡同的大门口，狭窄的胡同寂静而又孤独，风卷起的尘土在胡同里飞扬。胡同的右前方，映照着一个人的剪影，那是街头小贩的身影。一盏微弱的红色光点在他后背的上方闪烁、晃悠着。

晃悠的身影越来越近，很快一位中国老人就站在了我的眼前。老人头发灰白，留着一缕山羊胡须，红红的酒糟鼻子湿漉漉的。他穿着打着补丁的蓝色长衫，右手臂弯挽着一个荆条筐，筐里亮着一盏小油灯，微弱的灯光只能说可以象征性地驱赶黑暗。中国人迷信，认为黑暗中有鬼魂在四处游荡。因此，点灯不仅仅只是为了照明，更重要的意义在于驱鬼。灯光是老人的一种武器，可以镇住鬼魂。

"老人家，您在干什么呢？"我问道。

"硬——面——饽——饽！"老人即刻放下筐子并亮出了他的食品，

一双颤抖着的年迈的手将两个圆圆的饽饽递到我的鼻子前。

"多少钱一个?"

"一分半一个,"他结结巴巴地回答道。

"您大概要在这附近转悠多久?"我又问道。

"一通宵,直到拂晓,然后再回家睡觉。"他回答了我的提问。

"深夜还会有人买您的饽饽吗?"

"有,那些玩通宵的人。"

"什么人?"

"打麻将的人。深夜有足够多的玩麻将的人,我的饽饽每天晚上都能卖完,将近六七十个。真是谢天谢地,北京有这么多深夜玩麻将的人,要不然,我就要挨饿了。"

老人继续前行,又只能看见黑夜中晃悠着的微光,听到时不时传来的苍老响亮的叫卖声了。叫卖声慢慢远去、消逝……胡同里又恢复了安静和黑暗,黑夜中树叶沙沙的声响在渐渐增强。

整个世界似乎都关闭了,人们依靠着自身的力量,一股能使自己振作、带来生机和幸福的内在力量顽强地生活着。

啊!北京的秋天!

在鸡尾酒宴的派对上

昨天还是艳阳高照，给人以又是早春二月的假象——抬头看看街边的大树，大部分树干还都是光秃秃的，只是偶尔能见到挂在树上的几片稀疏凋零的黄叶。今天，来自北方的冷空气团带来了今冬的第一场雪。整个夜晚，空气中都充满着一种莫名的魅力，一种由多种多样形式的梦幻和渴望混合组成的一种魅力，一种令人相信冬季已经临近的魅力。

北京下雪天并不太多，既不经常，雪量也不是很大。只要强风一吹，地面上覆盖着的仅几厘米厚的雪层，就会一如寻常地被迅速扫向四面八方。

北京的灰尘——所谓的"文化灰浆"，这种在夏天打上一个"喷嚏"就会将其高高卷扬起来的灰尘，现在已经结成坚硬牢固的冰层。北京人已经套上了厚厚的棉衣棉裤，走起路来像一头头笨重的熊，缓缓挪动着的两条腿像灌了气的两根圆柱。

在北京的外国人，只要一个新的季节开始，就会收到一份参加鸡尾酒宴派对、午餐或晚宴的邀请。豪华的欧式酒店还会举办大型的晚间舞会，所有参加的人都得毕恭毕敬地穿上正式的晚礼服、燕尾服。在舞会上，你能见到许多国际知名的外交人士……

每天晚上，宽敞的酒店大厅里都会充斥着由舞会乐队演奏的激越、带打击乐节奏的音乐声。男士们西装革履，女士们浓妆艳抹，人们相对而拥，默不作声地前后移动着，不停顿地摇摆着肢体。中国侍应生们则在大厅里来来回回地奔跑，手上托举着酒瓶和酒杯，在持续的运动过程中保持着平衡。侍应生们穿戴都十分整齐、整洁，清一色的白色长衣衫，配一个紧身的浅蓝色无袖小背心，显得格外精神。

大厅的一角，一位中国魔术师正支起摊位准备表演魔术。魔术师是一位牙齿都快掉光了的年迈老人，他的小孙子已经被训练成他的帮手。老人总是在用他那响亮的声音在大厅角落里不断重复地叫喊着魔术咒语："嘟当！嘟当！依过嘟当！[19]"

此时，老魔术师的手臂上正好变出了一个红色的玻璃容器，容器里有许多金鱼在游动。在接下来的一瞬间，他又当着大家的面将玻璃容器里的金鱼变没了，观众最后只看见飘浮在空气中的一个个爆裂的肥皂泡，消失得无影无踪。不管我怎么使劲，也看不出老练机敏的老魔术师露出半点破绽。

现在，老魔术师又开始口吞一条熊熊燃烧的长布条。他镇定自若，口中喃喃自语地又念起了魔术咒语："嘟当！嘟当！依过嘟当！"

老魔术师边念边慢慢地将燃烧着的布条从自己的袖筒子里抽出来，带着自信的神情，将抽出来仍在燃烧的布条旋转着抛向空中。就在燃烧的布条还在空中缓缓旋转下落、尚未落到地面时，老魔术师又顺手在空中一抖，将一把银光闪闪的宝剑神不知鬼不觉地抓在手中。为了使观众相信手中宝剑的锋利，他向空中扔出了一根竹棍，并迅疾用手中的宝剑

---

[19]　原文为"Liang-dang, Liang-dang, igo-liang-dang"，译文根据音译。——译者注

将凌空飞起的竹棍劈成两截，两截竹棍在众人的注视下落到了地毯上。此时，老魔术师苍白的脸上表现出故作吃惊的表情，在围观的女士们压抑的、不敢恣意放开嗓音的惊叫中，他提着这把锋利的剑走向站在身旁的小孙子。说时迟那时快，只见老魔术师将手中的利剑高高举起，一个弧线形动作，劈向了小孙子的头颅。一声微弱的惊叫，小孙子的头带着沉闷的响声落到了地毯上，年幼的身躯则倒在地上。老魔术师顺势又将手伸向空中，抓回一块红色的大方浴巾，盖住躺在地上的小孙子。

表演至此，我看见观众中的一位女士已经当场发软晕厥过去了。

带着诡谲的笑，老魔术师面对红色的浴巾弯下腰来，又"嘟当！嘟当！依过嘟当！"地叫唤起来。接着，他的眼睛牢牢地盯住观众，趁观众不注意的当口，以迅雷不及掩耳之势揭开了盖在小孙子身上的红浴巾：一条玲珑可爱的小京巴犬现出身来，笨拙娇憨地面对着惊呆得几乎窒息的观众，"汪！汪！汪！"地叫唤开了。老魔术师再次笑着念起咒语，随即将活蹦乱跳的小孙子从他那宽大的百褶裙下拉了出来。

"死里逃生"的小孙子此时胸前挂上了一个小筐子，走向观众开始收钱，接着是一枚枚银币扔进筐子里"叮叮当当"的响声！

酒店高高的窗外，雪花像松软的絮团在纷纷扬扬，无意地强化着一种冬季特有的圣诞气氛。

在大厅远远的另一个角落，我看见一个年轻人正孤单地坐在那儿愣神，两手随意地放在皮沙发的扶手上，一副心不在焉、甚至有些恍惚的样子。他苍白的脸庞上镶嵌着一对睿智的、不安宁的大眼睛，轮廓分明的脸部和向前凸出的下巴给人一种坚毅的感觉。尽管如此，待我靠近后才注意到，他的容貌特征其实很温柔、友好，甚至可以说有点女性化。

当他发现我在观察他时，先是怔了一下，然后马上站起来，脸上带着亲切友好的笑意。

"我们以前好像在什么地方见过？"他问我，并做了一个手势，示意我在他身边坐下。

他在思考，带着不太确定的语气说道："我或许上一次在上海见过您？当时，您好像就在我旁边的桌子上与一位漂亮的中国女孩兴奋地聊天。如果我认错了人，那就太对不起您了。"

"但不管怎样，我们现在已经彼此相识了，这已经足够了。您来这个城市已经很长时间了吗？"我问他。

"没有，我才来几天，"他回答。

"我现在正在进行环球旅行，原计划只在北京待一天的。但这个城市简直是太诱人了，我根本就没有料到，也不得不使我的后续旅行计划一天天地延后。我十分喜爱这个城市，欣赏这个城市。在这个城市里，每天我都有令人惊叹的新发现。我认为，北京是人类完成的一个最伟大的成就，它不完全只是体现在才智、文化和精神意义上，也体现在手工制作品精彩绝伦的意义上。"

他招手将一位刚要快步从我们身边经过的侍应生叫了过来，要了两杯鸡尾酒。

"您是一位记者吗？那么，您在这里的工作任务就很重了。如果我没有说错的话，记者工作并不容易，如果您要想正确地描述和介绍这个城市。尽管在这里，人们完全不用去刻意寻找所谓的轰动事件或珍奇新闻，但是，要真切地接近这个城市并不容易。它就像一个大圆球，没有开始，没有边界，也没有终点。是的，的确就是如此！人们无从知道，要从哪里开始，又会在哪里结束。事实上，就我目前所见到的以及能做出的判断，这个城市的方方面面都十分吸引人，令人感兴趣。一个人要想详尽地报道北京就得对整个中国进行描述，这几乎是不可能的，至少对我们来说是这样。"

"新闻报道是一项十分诱人的工作，但谁又能完整地完成这项任务呢？记者必须将他见到的、听到的、留神注意到的、亲身经历的、追忆的，以及之后感觉到的素材和思想写成一篇报道，这就像一个人，要把灰尘、沙粒、泥土这些没有形状的材料集中起来，制成一个有形状的花瓶。是的，我就是这样想的：将泥土捏成花瓶——将社会现实叙述成合乎时势的'花瓶状'，这才是一篇真正的新闻报道。"说到这里，他扬起手在空中划了一个意味深长的动作。

侍应生来了，打断了我们之间的谈话，将我们的酒杯斟满后，问我们为什么只在这里坐着，不到那边去跳舞。

"那边有许多年轻漂亮的女士，"侍应生带着一副建议的神态补充说道。其实，他这样插嘴是很不礼貌的！

"倒是一个不坏的主意，"我站了起来，并问年轻人："您也有兴趣一块去吗？"

他点点头，慢慢地随着我穿过大厅。向充满狂欢节气氛的舞池走去。舞池上空弥漫着浓烈的烟、酒气味儿以及女人身上散发出来的、能使人眩晕的香水味儿，这香味儿诱使着我想去摘世界上几乎所有的花儿……

在我们站着用眼光寻摸合适位置时，我的对话伙伴又继续着先前的话题："东西方现在来往活跃，双方在寻找一种平衡，就像水在两根连接起来的管道里一样。因为，地球变小了，各民族、各文化之间更加接近了，自然地也就需要努力去求得一种平衡。尽管火车、轮船、飞机等现代交通工具缩短了彼此间的距离，但相对于我们时代取得的令人自豪的技术成就，人类思想意识的发展却落在了后面。现在，各民族之间其实还像马可·波罗所处的时代那样陌生、疏远。是什么造成的呢？原因自然在于人类本身。人类一方面要跟上时代的步伐，但一方面内心感觉又并不舒适，这充分暴露出了人类内心的懒散、迟钝和惰性。最显而易见同时也是最有害的特征和表现是无礼，这种无礼以成见和偏见的方式体现出来。我甚至要强调……"他固执地继续说，并从一个主题跳到了另外一个主题：

"在'丝绸之路'约六七百年前那个时代，亚洲人民和欧洲人民相互之间的理解甚至比今天更加容易。相反，今天的人类出于过分热心，跌跌撞撞地从一个极端走向了另外一个极端，从愚昧无知的状态走向了过于精明的状态。就是如此，今天的人太过精明，知道得太多了……"

爵士乐队稍作停顿后，又开始演奏新的舞曲了，音乐盖过了谈话伙伴激情昂扬的声音。一对对舞伴又相继从各自的座位上站起来，一张张纯粹、苍白、严肃的"上流社会"的脸，表明这是一个衣着讲究、高雅风流的世界。如果不道明这是在北京，人们完全可以相信，现在正置身于英国伦敦的一家上流的高级夜总会里。

在北京过中国年

地面已经冰冻得像石板一样，凛冽的寒风呼啸着刮过北京的胡同，冷酷无情地钻进我紧裹着的厚厚的熊皮大衣。我竖起大衣的高领，顶着寒风小跑着，双手插进双层皮毛制成的长手套里。我的鼻子已经冰块般的冻僵了，皮帽上的长毛绒帽檐被我向下拉得低低的，以便能严严实实地盖住脖颈和耳朵。我的眼睛因冰冻而流泪，必须用力才能勉强睁着。但尽管如此，已经是晚间时分的此时，大街小巷里仍令人惊讶地人来人往。我现在正在去梁太太四合院的路上，行进在挤满了人的七拐八弯的狭窄胡同巷子里。

应梁太太的邀请，我今天要去她家与她的朋友们一起欢度中国新春佳节。

几天前，在一家俱乐部的溜冰场上遇到梁太太时，她就热情地向我发出了邀请。尽管她的先生要她去上海过年，要她与他在上海的大房、三房、四房太太们和他的儿女、侄儿侄女、七大姑八大姨、堂兄弟及姐妹们一起团聚。但是她先生因生意耽搁不能返回上海，得留在巴达维亚[20]。

---

[20]　印尼首都的旧称。——译者注

因此，梁太太也决定，这个春节还是独自待在北京过。

她在北京有足够多的朋友，是绝不会感到无聊的。虽说梁太太在旧式家庭中长大，但她却一直认为无拘无束的自由生活最为美好。她给上海那边写了回信，谎称自己患流感卧床，不能前去上海团聚。在溜冰场上，她得意于自己编出的托词，以至于忘形，在哈哈大笑之中一屁股摔倒在冰道上。

我在将她扶起来时，打趣地取笑她说："您瞧瞧您瞧瞧！这就是惩罚，因为您不固守中国的传统习俗，不愿意去上海与所有的家人一起共度春节！"

可她不爱听我说的话，而是紧紧地抓住冰场上的一根柱子，摆出一副可怜兮兮的样子，好像马上就要痛苦流泪似的。

梁太太向我抱怨道："我觉得，我的臀部已经摔坏了，请您把我扶到咖啡厅去吧。"

说着说着，她的胳膊就搂住了我的腰胯，我不得不紧紧地拽住她的肩膀，我们就这样一步一拖地在冰场冰道的另一边往咖啡厅走去。在咖啡厅品尝温热的格罗格酒时，梁太太才招认，她的痛苦模样在很大程度上都是故意装出来的，其实摔得并不重。

在中国，一年中也只有春节这一段日子，会有这么多人兴高采烈地在街上奔走。中国的新年要比我们西方的新年晚一个半月左右，即按西方的历法，在二月中旬前后。

新年到了，天神即天上的神仙，会携带数千随从下凡拜访人间。天神下凡，给人们带来幸福、谴责、惩罚、酬劳和报答，它要满足人们对来年的新信念和希望，并将这种信念和希望送给人们。对那些问心

有愧、充满内疚、有不安恐惧的人来说，为了迎接看不见
的天神们的到来，就要在新年期间准备真正喧闹的各种节
庆活动来迷惑不期而至的天神，使自己也能享受节日的快
乐。春节，是全中国人最大型、最庄严神圣的节日。偌大
的中华大地，家家户户都会以同样的风俗习惯举行各式各
样的欢庆活动，到处都是五彩缤纷的场景，人们都沉浸在
热闹非凡、令人陶醉的喧嚣之中。

胡同两边纸糊的窗户都亮了起来，家家都传出欢声笑
语。中国人认为，如果春节里高兴，全年也就会高兴，春
节期间吃好穿好，全年就会不愁吃穿了。因此，人人都在
尽最大的努力，要制造快乐、看到快乐、拥有快乐。

春节期间，所有的四合院里、大街上、胡同口都会鞭炮声声、爆竹隆隆，好像整个北京城都在爆炸似的。实际上，噼里啪啦的爆竹声来自封闭的火药鞭炮，人们只是希望用它将妖魔鬼怪从住宅里驱赶得远远的。有钱人家肯花数百元买鞭炮，即便穷人家，包括乞丐也都会将自己最后的一点铜钱交给卖烟花爆竹的商贩。一时间，到处噼噼啪啪，这里似"炮声"隆隆轰，那边似"机枪"哒哒响，重型炮仗震天价响，彻宵不绝，既吓人又危险。到处可见喜庆的男男女女、来回奔跑的孩子，到处听得到叽叽喳喳的叫喊声。大街小巷，毛驴在"咦啊咦啊"地叫唤，骡马在"呋呋呋"地嘶鸣，狗在"汪汪汪"地狂吠，黄包车夫拉着车奔跑着，也在不停地吆喝着："让道啰！让道啰！"

好一个欢快的春节北京。

梁太太四合院大门上贴了许多红色的纸条，上面书写着针对各种用途的祝福话语，还有许多红布条幅从屋檐上垂挂下来。佣人们今天也穿上了节日新装。数不清的各式小纸灯笼照亮着整个院子，灯笼上粘贴着各种不同题材的图案。每一块墙面都贴上写有"福""财"等吉祥字样的菱形红纸片，意味着幸运、福气、富裕和发财。从四合院进口大门到院内正房的房门、横穿庭院的长长甬道上，撒满了栗子壳、花生壳和核桃壳，人走在上面就会发出一阵阵"咔嚓咔嚓"爆裂的声响，这也是带来幸运和满足的象征。地上有多少果壳，就意味着吃掉了多少果仁。在新春佳节的这个月里，整栋房屋都不允许打扫，其象征意义是，所有的都不能"扫地出门"，要做到只进不出！

在梁太太高大宽敞的客厅里，点燃了许多高脚蜡烛，烛火快乐地闪烁着。客厅的地板上也同样撒满了各式果壳，桌上红色的苹果、黄色的梨子、金黄色的甜橙、朱红色的柑橘等水果堆得像金字塔一样，整个房间都充溢着节庆般的水果香味儿。在一个彩色的大陶瓷盘子里，放着蜜饯果脯，有葡萄干、苹果干、海枣和莲藕片。漆盘里，有各种各样干炒的瓜子儿，诸如葵花瓜子儿、西瓜瓜子儿、南瓜瓜子儿等。客厅的一角，摆放着一个用丝绸布围住的小祭坛，祭坛上供奉着一尊大小适中、两眼向外窥视的铜铸神像。两个特别粗的、装饰着金色图案的红烛在神像前闪烁着，烛火照亮了堆放在祭坛上的面包、蛋糕、果品等。火星点点的香签插在一个古老的铜香炉里，散发着阵阵细木的清香。

客厅里大约聚集了二十来个客人，个个都兴高采烈、喜形于色，没有一个人坐着。我们在一起闲聊、跳舞，并没有完全遵照传统的中国习俗，留声机里还放着流行的弧步舞曲。来宾们部分身着中式服装，部分穿西式晚礼服，男士们则一律西装革履。佣人们端茶送水，显得格外殷勤，因为，今天不仅能得到双倍工资，还会有额外的奖金。

梁太太问我："我今天穿的晚礼服好看吗？真正的巴黎款式，是我先生从新加坡空运过来的。来！我们俩先跳一曲吧！""咔嚓！咔嚓！咔嚓！"我们有节奏地踩着满地的果壳，梁太太用右手撩起了她那件一直垂落到地板上的茶黄色奥甘迪（Organdy）晚礼服，以免被脚踩上。跳舞的还有几对。站在一旁观看跳舞的客人们则频频向我们抛扔着花生仁，引发起一阵阵欢快的笑声。

梁太太的客人们都是在北京上大学的男女年轻人，他们都能凑合着说几门外语。相应的，他们的行为举止也是一半中式、一半西式。

接下来，我们被请到院子里，开始燃放烟花爆竹。燃烧的爆竹呼啸着冲向夜空，闪电般划过天际，然后是一阵噼噼啪啪的爆炸声。我们都穿着厚厚的大衣，在冷飕飕的寒风中围站着、听着、看着，了解这驱逐妖魔鬼怪的过程。烟花爆竹燃放完毕，带着快乐的情绪，我们又回到了

老北京新年
叩拜先祖的
仪式

暖烘烘的房间里。

回到客厅，气氛一下子就发生了变化。大家搓着双手、微露笑容地站立在客厅角上的祭坛周围，眼瞅着闪烁着火苗的蜡烛。本来是欢快自在的气氛，不知怎的突然间就庄严肃穆起来。这些人站在祭坛前要干什么呢？难道这些追求时尚的年轻人，这些刚才还对中国传统表现得不屑一顾、陶醉在弧步舞曲和爵士乐中的年轻人，现在真的心血来潮要返祖归宗了吗？难道他们心仪的西化的空中楼阁要塌垮了吗？难道传统的中国"良知"又开始回归了吗？

只见他们颇为尴尬地面面相觑，表现出一种不自在的羞怯神情。空气中似乎隐藏着一种情结，一种使我感到难堪甚至负罪的情结，好像我的存在导致了他们的拘束和不自在。我切实地感觉到，现场有一股冲击着我的、带着敌意的暗流，我好像突然间就变成这个圈子中的一个陌生人了。

过了一会儿，一位年龄稍大点的来宾才解开了我颇受压抑的、不安定的心结。他示意我跟他走，来到隔壁房间坐在沙发上后，他带着些许迟疑和不确定的腔调，开始轻声向我解释：

"我觉得，把您带到这里来要好一些。其他人现在都跪在祭坛前，几分钟后祭拜仪式就会结束。"他尴尬地笑了起来，接着用手指着客厅的方向，继续说道："那边的人要祭拜家中的神仙，他们会在祭坛前下跪，身体要前俯，将额头碰到地板上，这叫'磕头'。正如您所知道的，在中国，磕头仪式是一种相当古老但至今仍很普遍的、表达尊重和敬意的习俗。"他十分害羞地又一次笑了起来，并滑稽笨拙地挪动了几下身子。

"但是，我为什么就不能在场呢？"我深感惊奇地表达我心中的疑惑。

他继续解释说："您在场当然也没有什么大的关系，对我来说是无所谓的，因为我知道，您不会取笑我们的风俗，但其他人就不一定会这样想了。他们担心的是，方才还在您面前表现得如此西化、欧化，可现在竟然马上就要当着您的面在神坛前下跪。他们想，您一定会当场笑话他们……很可能，这些年轻人自己都不知道，为什么会表现得如此拘束和不自在，但我却十分明白他们内心的那份尴尬。

"不是中国人就很难理解，春节对我们中国人的真正含义。对我们而言，这是一年中唯一的一个日子。在这个日子里，每个中国人都会强烈地感觉到生活的意义之所在，即生活中的乐趣和美好……整整一年，大家都在辛苦地工作，日复一日，从不间断，像一条完整无缺陷的链条，拴着担心和忧虑，成天都在为获取食物和其他生活必需品而奔波。正如您所知道的，在我们的时间表上是没有周六下午和周日等休息日的，但在春节，所有人都会放假，大家都要休息。城市、乡村皆是如此。这是生存抗争过程中的一个片刻喘息机会，是中国人高兴地享受自由时光的一种方式。关于这些，没有一个外国人能够真正理解。

"只有唯一的，当然也是一个快乐的牵挂，即要在赋予慈善象征的神仙面前表现出自己的高兴和愉快，安静时热闹时都一样。走在大街上，穿行在胡同里，您到处都能听到噼里啪啦的鞭炮声、燃放焰火的砰砰声、火药的爆炸声，还有人们的欢笑声、歌声、喊叫声，甚至任意一种人为的、以期能引起他人注意的喧闹声，人人脸上都映射着光彩。在家里，人们会虔诚地跪拜在家中供奉的神像前，喃喃自语地默默祈祷，恳求宽恕上一年的过失和罪恶，期待着新一年里能希望成真。人人几乎都有自己私下的、秘不示人的迷信，在中国，大同小异的迷信种类可是数不胜数的。春节里，人们会纵情享受丰盛的年饭，与一年之中食品匮乏、节衣缩食的寻常日子形成了鲜明的对比。

"你们欧洲或美洲可能就没有这种节日，即能在民众中间激发起类似这种身心完全释放、喜气洋洋感觉的节日。春节是一年中最大的节日，它代表着新生、复活，代表着春天的来临。春天里，日月、阴阳、男女……结合在一起，形成一个有机和谐的整体。春天里，万象更新：新的一年、新的一页以及完全不同于往年的新的形式，每个个体的生活也是如此。对于商人而言，希望新的一年生意更加兴隆，所有外债都必须坚决索回，所有的欠债也都必须尽最大努力还清。所谓生活的大书要翻开新的篇章，在新的篇章上，将引人注目地闪耀着两个孕育着新希望的词：'幸福和富裕'。这种您难以弄懂的矛盾感受，在春节里、在民众的心目中激发出来了。"

这位先生终于结束了他的讲述，语调中，似乎还包含着他的抱歉：

"即便是最欧化的中国人，即习惯了西方基督教历法，已经将我们中国的老皇历弃之不顾的中国人，在春节这个日子也会屈膝下跪的，特别是当他身在中国家乡，感受到家乡浓郁的精神氛围的时候。即便他气恼，内心并不情愿，但也得在久存的、纠结在心灵中的力量面前下跪，在这种特别的、凝聚中国人精神并在数千年来使中国之所以形成中国的传统力量面前下跪。"

别离北京

凌晨，一辆老掉牙的福特轿车正摇摇晃晃地行驶在寂寞的胡同和冷清的大街上。

真是一辆老掉牙的轿车——挡泥板已经松动，在行进中"啪嗒啪嗒"地响个不停，令人心悸；马达节奏混乱地嗡嗡叫唤着，在我听来，运转极为不良，时不时还会突然"咔"地哼上一声。松动的螺丝在不同的部位破锣似的抖动着；冷却水被烧开了，在水箱前"吱吱"作响，像一只汽笛在无力地呼啸；水箱的多个部位已被压瘪，只有经过仔细辨认才能看到曾经镀过镍的痕迹。

似乎还睡意蒙眬的胖司机正漫不经心地握着方向盘，方向盘的转动范围也只有半圈，一个平缓的弯道，方向盘都得转上个四分之三圈。车子右上角的挡风玻璃缺了一块，贴上了一张黄色的牛皮纸。

我坐在车子的后座上，冷得发抖。寒风从车子所有的缝隙和裂口中带着啸声放肆地钻了进来，车门松垮垮地吊挂在铰链上。行驶中，整个车身都在一个劲地"啪嗒啪嗒"响着、抖动着。

随行的两个小手提箱就放在我的脚前，望着它，我陷入了沉思。我机械地读着手提箱上贴着的许多酒店及客栈的纸条：德语、英语、日语、汉语、俄语标签，来自旅行社、远洋轮、海关和邮局……每一张纸条和标签都会使我想起过去日子里发生的那些事情：想起哈尔滨、莫斯科、谋克敦、里加[21]、上海、大连，以及新加坡……想起辽阔的东亚大陆上遥远偏僻的乡村客栈，想起不同的名字和名称……想起动物、人和神，想起风格各异的景致，想起友情、欢乐以及愤慨和担忧……想起所有这次远东旅行中所经历的林林总总。整个世界都包含在手提箱上贴着的这些彩色纸条中了。有些纸条已经被撕掉了一半，有些已经磨损成一块块小纸片，有些已经被覆盖，以至于只能见到一个或两个字母。但是我很清楚，这个别字母代表的具体含义是什么，隐藏在字母后面的全称又是什么……

车子现在已经驶近前门，颠簸、跳跃在大街上布满了大小坑洼的路面上。坐在车座上的我被摇晃的车子甩来甩去，头随时都有可能撞向车顶。但车子仍在顽强地行驶着，由于不是所有的汽缸都在运行，车子行驶时总会冷不丁地"抽搐"一下。车子的离合器也不知什么原因开始"嗡嗡"地响起来了。唉！一辆产自1923年的福特车，你还能要求它些什么呢？

车子继续向南，笔直地行驶在汉人居住的城区，这个时辰，整个城区还是死一般的寂静。商店的大门还紧闭着，门前用家什堵着。偶尔能见到一两个裹着厚厚棉衣棉裤、手上拿着一根钩子，在大街上拾马粪、毛驴粪和骡子粪的人。他们动作熟练敏捷，用钩子在地上勾上粪便，顺手一扬就丢进肩上背着的木粪篓子里——他们是京城拾粪人。

一种离别的隐痛渐渐开始折磨我了，因为，我现在正在前往南苑的路上。南苑是原来的南部兵营，著名的马可·波罗桥[22]就在那里，而北

---

[21]　拉脱维亚首都。——译者注

[22]　西方将卢沟桥称为马可·波罗桥。——译者注

京机场就在附近。今天，我将乘飞机离开北京，继续向南，前往南京和上海。

在这座世界上最古老、人口居住最密集的城市里，我经历了太多太多的珍奇逸闻，我也因此爱上了北京。是的，我几乎都快成为北京城的一个部分了。在我行将离别的今天，才感觉到这种融入是如此的深切，如此的不可分割。

世界上还没有哪一座城市能让我如此依依不舍。我留恋这里的一切，这里的城墙、胡同、街道和四合院；这里知名的、不知名的芸芸众生；这里的灰尘、气息和喧闹，包括所有无法计算的、在这个城市经历的、看起来似乎是毫无价值的小事、细节……数月来北京的生活场景又开始浮现在我的脑海里了，它不是具体的某一个事物、某一个见闻，而是抽象意义上的一种陶醉、一种梦幻。不时，我的眼前会不经意地浮现出一幅特别的画面，可能是一个小小的圆柱、一块砖或一片瓦、一棵小草或一块汉白玉石块，也可能是一段通向古老殿堂逐级向上的石阶路；可能是街头小商贩带着忧郁伤感情绪的凄凉叫卖声，也可能是街头乱窜的野狗一两声毫无意义的狂吠；可能是北京戏台上一个带彩的、动人心魄的旋转；可能是北京城阔少和纨绔子弟们呆板的姿态；可能是太太小姐们身上飘逸出来的刺鼻香水味儿，也可能是……

车仍在摇摇晃晃地颠簸前行，冷极了。东方渐渐露出鱼白，太阳要升起来了。我们的车子驶过了天坛公园的大门，然后又沿着环绕着天坛的红色长围墙行驶。

前方，公路的尽头，一座城楼依稀可见，这是永定门。永定门城楼立在围绕着汉人城区的城墙上。很快，穿过永定城门，城楼被我们甩到了后面，车子开始颠簸在开阔的平原上。原野是平坦的，但车道仍是坑坑洼洼，真苦了这辆 1923 年的福特车，到现在它都还没有四分五裂。车轮在可怜地呻吟，车身在痛苦地抱怨。

到了飞机场，冷飕飕的刺骨极风在呼啸，三发[23]容克飞机正隆隆地轰叫着驶离停机坪。

北京梦幻般的日子就这样结束了。此时，我清醒地站在飞机场上，似乎又感觉到了这个世界的一片苍白。寒气袭人，我像没睡够一般感到精神疲乏，脑海里不由地冒出以前曾在学校里背诵的几句话来：

现在，他安静地、微笑地回望这个世界虚幻的景致，这个景致曾经打动过他，也折磨过他。可现在，这个景致却像棋盘上摆着的、刚刚下完了的棋子儿，像早晨要卸掉的化装舞会的奇装异服。奇装异服的造型曾在昨晚狂欢之夜里逗弄、戏耍过我们，我们也因此激动而不得安静。这种生活和生活中的形象现在仍悬浮在他的面前，像一个短暂易逝的表象，像早晨半醒的、轻飘飘的梦幻。现实在这个梦幻中隐隐约约，这个现实不会再落空……

此时，这段话打动了我，虽然我已经记不住它到底出自何人之口，但它所描绘的情景与我现在的心境十分吻合。是的，就是如此！只有在回望中我才能真正意识到，在北京的这些日子里，忧伤情绪和痛苦的曲调竟如此复杂地交织在一起，尽管所见所闻都是些零星小事，是难言的窘境，是不明快的混浊和暗淡，但仍像是在倾听一首气势恢宏的音乐作

---

[23]　即三个发动机。——译者注

品，让人们能切实地感受到，人真正的价值是什么以及它能体现的价值又是什么。

飞机正在预热，发动机疯狂地轰响着，不一会儿，我仿佛就像被罩在一种令耳朵都会被震聋的噪音中。我的行李箱已经在飞机上堆放好了，一位德国飞行员在叫我，飞机就要起飞了，请我赶快登机！

我不得不登上飞机！

飞机上已经等候着四位乘客，他们也要飞往南京，从外表上看，像是政府官员。他们的神情是如此严肃，令人顿感敬畏。很是遗憾，现在不能与这些人交谈，我真的有很多问题想与他们交流。例如，日本人的企图到底是什么？他们是想以统治者的身份或者只是想以保护者的身份待在这里？我想起了著名的美国总统西奥多·罗斯福的一句话：

地中海时代随着美洲的发现而结束了，大西洋时代正处于开发的顶峰，势必很快就要耗尽它所控制的资源。唯有太平洋时代，这个注定成为二者之中最伟大的时代，正露出黎明的曙光。

发动机的轰鸣声实在是太大了，它禁止所有的交谈，飞机上的人连自己发出的声音都很难听到，更别提听到他人的声音了。况且，飞机上的四位政府官员摆出的那副冷若冰霜的表情，使我也提不起与他们交谈的兴致。

飞机要发动了，发动机的运转更加凶猛，轰鸣声增强，像一阵飓风刮来。舱门已经关闭，地勤人员退到一旁，飞机开始颠簸着慢慢移动了。地面上的草茎向后倾斜、飘动。飞机开始加速、再加速！接下来，动作慢慢趋于平缓、稳定。

　　窗外是一片新的景象，长满蒿草的大地在缩小，飞机已经离开地面，悬浮在空中。发动机的轰鸣声似乎也可以忍受了，大概是人已经习惯、适应了这种喧嚣刺耳的噪音了吧。

　　飞机强烈倾斜、侧行、拐弯，飞出一条大的弧线，我必须牢牢地抓住什么，才不至于从座椅上倾翻下来。我赶紧系上了安全皮带。

　　我与机翼下的皇城北京已经相距好几百米了，城池在整体地慢慢缩小。渐渐地，变成玩具般大小了：雄伟的建筑群、宽厚的城墙和高大的城楼。昨天，自己还感觉侏儒似的站在它们面前，可今天，它们却渐行渐小地像一堆彩色的装饰品了。

　　飞机在飞行，皇城在微缩，它渐渐地消隐在平原尽头，消隐在纱幔般的晨霭后面，与尘埃中悬浮着的熠熠闪烁的光点融为一体……

　　平原隐退了，舱外浮现出褶子般纵横跌宕的山峦，像是人工搭建的一个巨大舞台背景。光秃秃的，还是光秃秃的……幽灵一般，只是偶尔能在这里或那里见到一小块一小块绿色的斑点。随着距离的增大，绿色也消失了，视野中再也寻觅不到北京的踪迹了。

　　北京——伟大、辉煌的皇城，海市蜃楼般地消失了……

　　此时此刻，在飞机发动机隆隆的轰鸣中，我才真正地感觉到，我在皇城北京里所有的经历，似乎都不真实地像一个缥缈的梦幻……

　　虽经多方努力，仍未能与原著作者及版权所有者取得联系。希望原著版权所有者见到本书后与出版社联系。谨表谢意！